Um adeus no inverno

ROBYN CARR

Um adeus no inverno

Tradução
Natalia Klussmann

Rio de Janeiro, 2022

Copyright © 2008 by Robyn Carr. All rights reserved.
Título original: A Virgin River Christmas

Todos os personagens neste livro são fictícios. Qualquer semelhança com pessoas vivas ou mortas é mera coincidência.

Direitos de edição da obra em língua portuguesa no Brasil adquiridos pela Editora HR LTDA. Todos os direitos reservados. Nenhuma parte desta obra pode ser apropriada e estocada em sistema de banco de dados ou processo similar, em qualquer forma ou meio, seja eletrônico, de fotocópia, gravação etc., sem a permissão do detentor do copyright.

Direitos exclusivos de publicação em língua portuguesa cedidos pela Harlequin Enterprises II B.V./ S.À.R.L para Editora HR Ltda.

A Harlequin é um selo da HarperCollins Brasil.

Contatos: Rua da Quitanda, 86, sala 218 — Centro — 20091-005
Rio de Janeiro — RJ
Tel.: (21) 3175-1030

Diretora editorial: *Raquel Cozer*

Editora: *Julia Barreto*

Copidesque: *Marina Góes*

Revisão: *Kátia Regina e Julia Páteo*

Adaptação de capa: *Beatriz Cardeal*

Diagramação: *Abreu's System*

CIP-Brasil. Catalogação na Publicação
Sindicato Nacional dos Editores de Livros, RJ

C299a
    Carr, Robyn
        Um adeus no inverno / Robyn Carr ; tradução Natalia Klussmann. – 1. ed. – Rio de Janeiro : Harlequin, 2022.
        272 p.   (Virgin river ; 4)

        Tradução de: A virgin river christmas
        ISBN 978-65-5970-133-9

        1. Romance americano. I. Klussmann, Natalia. II. Título. III. Série.

21-75277
                CDD: 813
                CDU: 82-31(73)

Meri Gleice Rodrigues de Souza – Bibliotecária – CRB-7/6439

Um adeus no inverno *é dedicado a Kris e Edna Kitna,*
com profunda gratidão pela ajuda,
por sua incomparável hospitalidade
e também sua amizade.

Prólogo

Marcie estava de pé ao lado de seu fusca verde-limão, estremecendo no frio de novembro, com o sol da manhã pouco acima do horizonte. Suas malas estavam arrumadas e ela estava pronta, animada e ao mesmo tempo assustada com aquela empreitada. No banco de trás, um bolsa térmica cheia de petiscos e refrigerantes. Também havia um pacote de garrafas de água mineral no porta-malas e uma garrafa térmica com café no banco do carona. Ela trouxera um saco de dormir, caso os lençóis do hotel de beira de estrada não fossem de seu agrado; as roupas que havia colocado em sua mala consistiam em, basicamente, calças jeans, casacos de moletom, meias grossas e botas, tudo que era adequado para caminhar pelas cida-dezinhas nas montanhas. Ela estava louca para pegar a estrada, mas seu irmão mais novo, Drew, e sua irmã mais velha, Erin, estavam demorando demais nas despedidas.

— Você está com os cartões de orelhão que te dei? Caso o celular não pegue direito? — perguntou Erin.

— Estou.

— Tem certeza de que você tem dinheiro suficiente?

— Eu vou ficar bem.

— O Dia de Ação de Graças é daqui a menos de duas semanas.

— Não vai demorar isso tudo — disse Marcie, porque, se dissesse qualquer outra coisa, haveria outro desentendimento. — Acho que vou encontrar Ian bem rápido, tenho uma boa noção da localização dele agora.

— Por que você não reconsidera isso, Marcie? — pediu Erin, insistindo uma última vez. — Eu conheço alguns dos melhores detetives particulares... contratamos esses profissionais o tempo todo lá no escritório. Nós poderíamos encontrar Ian e entregar as coisas que você quer dar para ele.

— Nós já discutimos isso — respondeu Marcie. — Eu quero vê-lo, quero conversar com ele.

— Nós poderíamos primeiro encontrá-lo, e aí depois você...

— Drew, explica para ela — implorou Marcie.

O rapaz respirou fundo e disse:

— Ela vai encontrar o Ian, vai conversar, descobrir o que está acontecendo, passar um tempo com ele, depois vai entregar os cards de beisebol, mostrar a carta e voltar para casa.

— Mas a gente podia...

Marcie pousou uma das mãos no braço da irmã mais velha, os olhos verdes transparecendo determinação.

— Chega. Eu não vou conseguir seguir em frente até fazer isso, e vou fazer do meu jeito, não do seu, ok? Estamos conversadas. Eu sei que você acha que é uma estupidez, mas é o que vou fazer.

Marcie se inclinou na direção da irmã e deu um beijo em seu rosto. Erin, tão elegante, linda, bem-sucedida e sofisticada, e também tão diferente de Marcie, tinha sido uma mãe para Marcie desde pequena. E era difícil para Erin deixar de lado essa característica maternal.

— Fica tranquila... não tem nada com que se preocupar. Eu vou tomar cuidado. E não vou demorar.

A seguir, ela beijou o rosto de Drew e disse:

— Você não consegue arrumar um calmante ou alguma coisa assim para ela?

Drew estava cursando medicina e, não, ele não podia prescrever nada.

Ele deu uma risada e abraçou a irmã com força.

— Só não demore e acabe logo com isso. Erin vai me deixar louco.

Marcie estreitou os olhos na direção de Erin.

— Pega leve com ele. Essa ideia foi minha. Antes que você perceba, eu vou estar de volta.

E, então, entrou no carro, deixando os dois na calçada diante de casa. Marcie conseguiu chegar na rodovia antes de sentir os olhos arderem com as lágrimas. Ela sabia que estava deixando os irmãos preocupados, mas não tinha opção.

O marido de Marcie, Bobby, tinha morrido havia quase um ano, pouco antes do Natal, aos 26 anos. Isso aconteceu depois de ele ter passado mais de três anos em hospitais e uma clínica de repouso — suas sequelas eram irremediáveis, com dano cerebral, condições acarretadas enquanto ele estava de serviço no Iraque como fuzileiro naval. Ian Buchanan era sargento e seu melhor amigo, um fuzileiro a quem Bobby costumava dizer que serviria por vinte anos. Mas Ian deixou a corporação logo depois do acidente de Bobby e, de lá para cá, ficou incomunicável.

Por saber que Bobby jamais se recuperaria, por ela ter sofrido durante um bom tempo antes de ele de fato morrer, Marcie achou que sentiria certo alívio quando o marido falecesse, pelo menos pelo fim do sofrimento dele. Tinha imaginado que estaria pronta para começar uma nova vida, uma que tinha sido colocada em espera durante anos. Com apenas 27 anos, já viúva, ainda havia tempo o suficiente para coisas como estudar, namorar, viajar — inúmeras possibilidades. Mas fazia pouco mais de um ano, e Marcie estava presa. Incapaz de seguir adiante. Sempre questionando por que o homem que Bobby tinha amado como um irmão tinha desaparecido e nunca havia telefonado ou escrito. Ele tinha se afastado dos companheiros da Marinha e do próprio pai. E também dela, a esposa de seu melhor amigo.

E havia esses cards de beisebol. Mesmo se Marcie forçasse ao máximo sua imaginação, não conseguia pensar em nada que sua irmã advogada acharia mais ridículo do que querer ter certeza de que Ian receberia os cards de beisebol de Bobby. Mas, tendo conhecido Bobby aos 14 anos, Marcie sabia o quanto o marido era obcecado por aquela coleção. Não havia jogador ou estatística que ele não tivesse decorado. Aparentemente, Ian também era louco por beisebol e tinha sua própria coleção; ela sabia, por causa das cartas de Bobby, que os dois tinham combinado de trocar uns cards.

Nos desertos e nas cidades do Iraque, enquanto caçavam insurgentes e se preocupavam com homens-bomba e franco-atiradores, Bobby e Ian conversavam sobre trocar cards de beisebol. O que era surreal.

Então, houve aquela carta que Bobby mandou antes do acidente. Era só sobre Ian e sobre como ele se sentiria orgulhoso se se tornasse parecido com o amigo. Ian era o fuzileiro dos fuzileiros — o cara que se enfiava nas confusões junto com seus homens, que os liderava com força e coragem, que nunca os deixava na mão, que estaria ao seu lado em qualquer situação, fosse ela lutando em alguma enrascada com poucas chances de sobrevivência ou chorando por causa de uma carta informando ao destinatário sobre um pé na bunda. Ian era um sujeito engraçado, que fazia todos eles rirem, mas também era um sargento durão, que fazia o pessoal trabalhar duro e seguir todas as regras ao pé da letra, em prol de sua segurança. Foi naquela carta que Bobby disse que esperava que Marcie o apoiasse, caso decidisse seguir carreira militar. Como Ian Buchanan. Se ele conseguisse ser metade do homem que Ian era, ele ficaria orgulhoso para caramba, porque todos os homens viam Ian como um herói, alguém que estava no caminho para se tornar uma lenda. Marcie não tinha certeza se conseguiria abrir mão da carta, mesmo ela sendo toda sobre Ian. Mas ele precisava saber. Ian precisava saber como Bobby se sentia em relação a ele.

No ano em que Bobby morreu silenciosa e tranquilamente, ela passara pelo aniversário dele, pelo aniversário de casamento deles, por todas as datas comemorativas e, ainda assim, era como se ainda existisse uma pendência. Um grande pedaço faltando; alguma coisa que ainda precisava ser resolvida.

Ian tinha salvado a vida de Bobby. Ele não saíra inteiro do episódio, mas mesmo assim… Ian tinha enfrentado a morte para levar Bobby para um lugar seguro. E, depois, desaparecera. A situação era como uma cutícula solta para Marcie; ela não conseguia parar de remexer naquilo. Não conseguia deixar para lá.

Marcie não tinha muito dinheiro; ela mantivera o mesmo emprego como secretária durante cinco anos — um bom trabalho com boas pessoas, mas com um salário que não permitia sustentar uma família. Marcie teve a sorte de seu chefe dar a ela tanto tempo quanto necessário após o acidente de Bobby. Primeiro ela viajara para a Alemanha, depois para Washington D.C., para ficar perto dele, e as despesas tinham sido imensas, muito maiores do que seu contracheque poderia cobrir. Como um fuzileiro alistado em seu terceiro ano de serviço, Bobby ganhava menos de mil e quinhentos dólares por mês. Sendo assim, Marcie forçara o limite dos cartões de crédito ao máximo e pegara empréstimos, a despeito da disponibilidade de Erin e da família de Bobby em ajudá-la. No fim das contas, o seguro de vida militar de Bobby tinha sido todo gasto para pagar essas dívidas, e a pensão de viúva que ela recebia não era muita coisa.

O milagre foi conseguir trazê-lo para casa, em Chico, o que provavelmente se dera única e exclusivamente graças à persistência de Erin. Muitas famílias de militares com deficiências que foram alocados em centros de cuidados prolongados na verdade se mudavam para ficar perto do paciente, porque o governo não queria ou não podia enviá-lo de volta para casa. Mas Erin conseguiu colocá-lo no Champus — um programa complementar que oferece cuidados médicos para militares —, que por sua vez o alocara em uma clínica de repouso particular em Chico, com as despesas pagas. A maioria dos soldados não tinha essa sorte. Era um sistema complicado e sobrecarregado, nos últimos tempos repleto de casos de baixas de guerra. Mas Erin cuidara de tudo, usando seu maravilhoso cérebro de advogada para obter do Corpo de Fuzileiros os melhores benefícios e remuneração possíveis. Erin não quisera que Marcie, além de todo o resto, também tivesse que se preocupar com benefícios ou dinheiro, e cuidara inclusive de pagar as contas da casa. Além de tudo isso, ela havia conseguido, sabe-se lá como, administrar os custos da faculdade de medicina de Drew.

Então, para aquela excursão, Marcie não podia aceitar nem um centavo da irmã, não quando Erin já dera tanto a ela. Drew tinha uns trocados, mas, por ser um pobre estudante de medicina, não era muito. Teria sido muito mais prático esperar até a primavera — até que pudesse economizar um pouco mais de dinheiro — para ir até as cidadezinhas e montanhas do norte da Califórnia à procura de Ian Buchanan, mas alguma coisa a respeito da chegada do aniversário de morte de Bobby e do Natal a fez sentir uma vontade imensa de resolver o assunto de uma vez por todas. Não seria ótimo, ela ficava pensando, se conseguisse obter respostas para suas perguntas e restabelecer o contato com Ian antes das festas de fim de ano?

Marcie queria encontrá-lo. Para dar paz aos fantasmas. E, então, todos poderiam seguir em frente com suas vidas...

Um

Marcie Sullivan chegou àquela que era sua sexta cidadezinha do dia e se viu cara a cara com a poda de uma árvore de Natal. A equipe reunida para a tarefa não era grande o bastante — a árvore era imensa.

Ela parou ao lado de um grande chalé com uma varanda ampla, estacionou seu fusca e saiu do carro. Havia três mulheres trabalhando no pinheiro que tinha quase dez metros. Uma delas era mais ou menos da idade de Marcie, com um cabelo castanho sedoso, e segurava uma caixa aberta, talvez contendo enfeites de Natal. A segunda era mais velha, com o cabelo branco e macio e óculos de armação preta, e apontava para cima, como se alguém a tivesse colocado no comando; a terceira, no topo de uma escada alta e dobrável, era uma loira muito bonita.

A árvore estava entre o chalé e uma velha igreja toda coberta com tapumes, com dois campanários altos e um vitral ainda intacto — uma igreja que, em outra época, deveria ter sido uma linda estrutura.

Enquanto Marcie assistia à poda, um homem saiu do chalé e veio até a varanda, parou, olhou para cima, xingou e caminhou a passos largos até a base da escada.

— Não se mexa. Não respire — disse ele, em um tom de voz baixo e autoritário.

Ele subiu bem rápido, de dois em dois degraus, até alcançar a mulher loira. Então, passou o braço em volta dela, em um lugar logo acima do que

Marcie percebeu ser uma pequena protuberância que indicava gravidez e abaixo dos seios, e pediu:

— Desça. Devagar.

— Jack! — repreendeu ela. — Vê se me deixa em paz!

— Se for preciso, eu vou carregar você até o chão. Desça da escada, devagar. Agora.

— Ah, pelo amor de…

— *Agora* — repetiu ele, com calma e firmeza.

Ela começou a descer, um degrau por vez, pisando entre os pés grandes e firmes dele, enquanto o homem a mantinha segura com o próprio corpo. Quando chegaram ao final da escada, ela colocou as mãos na cintura e olhou para ele.

— Eu sabia exatamente o que estava fazendo!

— Onde é que você estava com a cabeça? E se você caísse de lá de cima?

— Essa escada é excelente! Eu não ia cair!

— Você é vidente, também? Pode reclamar o quanto quiser, mas eu não vou deixar você subir nessa escada no seu estado — disse ele, também com as mãos na cintura. — E se precisar, vou ficar aqui, de guarda.

A seguir, ele olhou por cima dos ombros para as outras duas mulheres.

— Eu disse que você não ia gostar disso — comentou a mulher de cabelo castanho, dando de ombros como quem não podia fazer nada.

Ele olhou para a mulher de cabelo branco.

— Eu não me meto em assuntos domésticos. Isso é problema seu, não meu — argumentou ela, empurrando os grandes óculos para cima da ponte do nariz.

Marcie sentiu muita saudade de casa. Muita mesmo. Fazia apenas algumas semanas que vinha dirigindo por aquela região, mas sentia falta de todas as brigas familiares, das confusões cansativas. Ela sentia falta das amigas, do trabalho. E da intromissão da irmã mais velha e mandona, de seu irmão mais novo brincalhão e de qualquer namorada que estivesse atrás dele no momento. Ela sentia saudade da família grande, divertida e calorosa de Bobby.

Marcie não conseguiu voltar para casa para o Dia de Ação de Graças — tinha ficado com medo de ir, mesmo que fosse por um ou dois dias, temendo não conseguir escapar uma segunda vez das garras de Erin. Ela morava em Chico, Califórnia, uma cidade localizada a algumas horas dali, mas ninguém — nem seu irmão ou irmã, nem a família de Bobby — achava que aquilo que ela estava fazendo era uma boa ideia. Por isso, ela vinha telefonando, mentindo e dizendo que encontrara pistas sobre o paradeiro de Ian e que estava perto de encontrá-lo. Todas as vezes que telefonou, pelo menos uma vez por dia, Marcie disse que estava chegando perto, quando, na verdade, não estava. Mas ela *não* estava pronta para desistir.

Mas um problema se delineava no horizonte: ela estava quase sem dinheiro. Nos últimos dias, Marcie vinha dormindo no carro em vez de hoteizinhos baratos, o que estava ficando desconfortável à medida que o clima nas montanhas esfriava. A qualquer momento começaria a nevar, agora que era começo de dezembro, ou a chuva poderia se transformar em granizo, e aquele fusquinha poderia sair derrapando pela encosta da montanha como se fosse um míssil.

Ela odiaria voltar para casa com a missão incompleta. Mais do que qualquer coisa, queria resolver aquilo. Se não fosse bem-sucedida dessa vez, retornaria apenas por tempo suficiente para juntar algum dinheiro e, depois, faria tudo de novo. Ela não poderia simplesmente desistir dele. Dela mesma.

Marcie percebeu que todos olhavam para ela. Ela jogou seu cabelo ruivíssimo extremamente cacheado e despenteado por cima de um dos ombros, nervosa.

— Eu… hm… Eu posso subir, se vocês quiserem. Eu não tenho medo de altura, nem nada disso…

— Você não precisa subir na escada — disse a loira grávida, e a voz dela ficou bem mais suave. Ela sorriu com doçura.

— Eu vou subir na escada — prontificou-se o homem. — Ou eu vou buscar *alguém* para subir na porcaria da escada, mas não vai ser você.

— Jack! Seja educado!

Ele pigarreou.

— Não se preocupe com a escada — reformulou ele, mais calmo. — Podemos ajudar com alguma coisa?

— Eu... Ah...

Ela chegou mais perto do grupo e tirou, de dentro de seu colete acolchoado, uma foto, que estendeu para o homem.

— Estou procurando uma pessoa. Ele desapareceu tem um pouco mais de três anos, mas sei que ele está pela região, em algum lugar. Parece que ele tem buscado correspondência em uma caixa postal no correio de Fortuna.

Ela entregou a foto para o homem.

— Meu Deus — disse ele.

— Você o conhece? — perguntou ela, esperançosa.

— Não — respondeu ele, balançando a cabeça. — Não, eu não o conheço, o que é esquisito. O cara é fuzileiro — disse ele, estudando a imagem do homem uniformizado.

Era a fotografia oficial de Ian do Corpo de Fuzileiros Navais, um homem bonito, bem barbeado e todo paramentado com o traje azul, o chapéu e as medalhas.

— Não acredito que tem um fuzileiro a menos de oitenta quilômetros daqui e eu sequer tenha conhecimento disso.

— Ele pode estar mantendo isso em segredo... Ele teve uma relação turbulenta com a corporação no fim da carreira. Pelo menos foi o que escutei...

Ele olhou para Marcie e a expressão dele ficou muito mais terna.

— Jack Sheridan — apresentou-se. — Minha esposa, Mel. Esta é Paige — disse ele, indicando com a cabeça na direção da mulher mais jovem. — E Hope McCrea, a fofoqueira da cidade.

Jack estendeu a mão para Marcie, que aceitou o cumprimento.

— Marcie Sullivan — apresentou-se ela.

— Por que você está procurando esse fuzileiro? — perguntou Jack.

— É uma longa história — respondeu ela. — Ele é amigo do meu falecido marido. Tenho certeza de que ele não tem mais essa aparência porque... porque ele sofreu alguns ferimentos. Tem uma cicatriz no lado esquerdo do rosto e, nesse mesmo lado, não tem mais sobrancelha. E provavelmente está de barba. Ele estava assim da última vez em que foi visto, cerca de três ou quatro anos atrás.

— O que não falta por aqui é barba — disse Jack. — É uma região de lenhadores... os homens ficam com uma aparência meio relaxada às vezes.

— Mas ele pode ter mudado de outros jeitos também. Tipo... ele está mais velho. Tem 35 agora... essa foto foi tirada quando ele estava com 28.

— Então ele é amigo do seu marido? Dos Fuzileiros? — confirmou Jack.

— Isso — respondeu ela. — Eu queria saber onde ele está. Porque, enfim... ele está incomunicável há um bom tempo.

Jack pareceu refletir enquanto analisava o homem na foto. Houve um longo período de silêncio antes de ele dizer:

— Vamos dar um pulinho no bar. Você come alguma coisa, de repente pode beber uma cerveja, ou o que você quiser. Aí você me conta um pouco sobre ele e por que quer encontrá-lo. Que tal?

— O bar? — perguntou ela, olhando ao redor.

— É um bar e restaurante — explicou ele, dando um sorriso. — Comida e bebida. Nós podemos comer e conversar.

— Ah — disse ela.

Seu estômago roncou com ferocidade.

Já era tarde, perto de quatro da tarde, e ela ainda não tinha comido porque estava economizando o dinheiro para encher o tanque e pensou que poderia adiar um pouquinho a fome. Talvez pudesse escolher uma coisa bem, bem baratinha, só para dar uma segurada, tipo um pão dormido para comer junto com a metade do pote de pasta de amendoim que estava no carro. Depois, ela encontraria um lugar seguro para estacionar e passar a noite.

— Um copo d'água seria muito bem-vindo... Estou dirigindo por aí há horas, mostrando a foto para qualquer pessoa que queira dar uma olhada. Mas não estou com fome.

— Temos muita água — respondeu Jack, sorrindo de novo.

Ele colocou uma das mãos sobre o ombro dela e começou a conduzi-la na direção da varanda do bar, mas, então, parou de repente. Ele franziu a testa, criando uma linha só de sobrancelhas, em uma expressão sisuda.

— Vai indo na frente, sim? — disse ele. — Eu vou logo depois.

Marcie caminhou até a varanda e se virou para ver o que ele estava fazendo. Jack estava confiscando a escada, para que sua esposa grávida não subisse ali outra vez. Era uma escada dobrável tipo canivete, que podia ser montada de dois jeitos, em duas alturas, que ele fechou e dobrou até conseguir carregá-la com uma das mãos. Desmontada, tinha perto de dois metros de comprimento, e ele a levou para dentro do bar. Marcie escutou a esposa de Jack gritar:

— Você é um mandão insuportável! Quando foi que eu dei qualquer indício de que receberia ordens suas?

Jack não respondeu nada, mas sorriu, como se ela tivesse acabado de mandar um beijo para ele.

— Sente-se ali — disse ele a Marcie, indicando o bar. — Eu já volto.

E ele carregou a escada pela porta que ficava atrás do balcão.

Ela respirou fundo e pensou: *Ah, inferno... eu não vou conseguir resistir a esses cheiros!* A barriga de Marcie se fez ouvir mais uma vez e ela pressionou uma das mãos sobre ela. Alguma coisa na cozinha exalava aromas maravilhosos — alguma coisa cozinhando em fogo baixo, deliciosa, quente e cremosa, como uma sopa temperada e com pedaços de carne; pão fresco; e algo doce e com chocolate.

Quando Jack voltou, ele carregava uma bandeja com uma tigela fumegante. Colocou tudo aquilo na frente dela: chili, pão de milho e manteiga com mel, e uma pequena tigela com salada.

— Nossa, me desculpe — disse ela. — Sério, não estou com fome...

Ele tirou um chope gelado que fez com que a boca de Marcie literalmente se enchesse d'água. Ela se sentiu grata por não babar no balcão do bar. E engoliu com dificuldade. Tinha cerca de trinta pratas e não queria gastar esse dinheiro em uma refeição cara; não quando precisava gastar cada centavo em gasolina para visitar cada uma daquelas cidadezinhas nas montanhas.

— Tudo bem, come o que quiser, ok? — disse ele. — Prove só um pouquinho. Eu mostrei a foto para o Preacher, meu cozinheiro, mas ele também não viu o cara. Eu vou falar com Mike... Mike é o policial da cidade e circula por todas as estradinhas, só para ficar de olho... de repente ele pode ter uma ou outra pista. Eles também são fuzileiros.

— Onde eu estou exatamente? — perguntou ela.

— Em Virgin River — respondeu ele. — Seiscentos e vinte e sete habitantes da última vez que contamos.

— Ah, isso está no mapa.

— Eu espero que sim... Somos uma supermetrópole se comparados com um monte de cidadezinhas espalhadas por aí. Prova só um pouquinho — insistiu ele, indicando a tigela com a cabeça.

A mão dela tremeu um pouco quando ela pegou a colher e provou um dos melhores chilis de sua vida. A comida derreteu em sua boca e ela suspirou de verdade.

— É feito com carne de caça — comentou ele. — Pegamos um cervo ótimo uns meses atrás e, quando isso acontece, nós temos os melhores chilis, ensopados, hambúrgueres e linguiças do mundo, por meses.

Ele deu tapinhas em um grande jarro com carne seca, que estava em cima do balcão.

— Preacher também usa para fazer uma carne seca incrível.

Os olhos dela se encheram de lágrimas — a comida era muito boa. Apesar de todas as promessas que fizera a Erin e Drew, Marcie não vinha comendo bem nem se cuidando, mas sim beliscando um pouco de comida e dormindo no carro. Quando Erin visse como a calça jeans estava folgada em seu corpo pequeno, a coisa ia ficar feia.

— Que tal me contar um pouco sobre esse cara enquanto come? — sugeriu Jack.

Ah, tanto faz, pensou Marcie. Ela não comia uma refeição gostosa e quente como aquela já fazia alguns dias, e uma vez que ficasse sem dinheiro, não teria escolha a não ser voltar para casa. Talvez ela gastasse só um pouquinho do dinheiro, quem sabe fosse embora das montanhas um dia mais cedo do que pretendia. Pelo amor de Deus, ela precisava comer! Não dava para ir atrás de uma pessoa sem comer!

Ela deu colheradas apressadas para matar o pior da fome feroz, depois deu um gole na cerveja gelada para ajudar a comida a descer. Estava tudo maravilhoso, maravilha pura.

— Ele se chama Ian Buchanan. Nós somos da mesma cidade, mas, apesar de Chico ser um lugar pequeno, uns cinquenta mil habitantes, não fomos criados juntos. Ian é oito anos mais velho do que nós somos. Éramos. Eu e meu marido crescemos juntos, cursamos o ensino médio juntos e nos casamos bem cedo, aos 19 anos. Bobby entrou para os fuzileiros logo que terminou o ensino médio.

— Eu também — disse Jack. — Servi por vinte anos. Qual era o nome do seu marido?

— Bobby Sullivan, Robert Wilson Sullivan. Alguma chance...?

— Não me lembro de nenhum Bobby Sullivan ou Ian Buchanan. Você tem uma foto do seu marido?

Ela colocou a mão no bolso do colete e tirou a carteira, que abriu e virou para Jack. Havia algumas fotos nos bolsos de plástico transparente. Marcie seguiu comendo enquanto Jack checava as fotos — uma do casamento deles, a foto oficial de Bobby nos Fuzileiros, jovem e bonito. Havia uma série de fotos casuais, mostrando seu corpo forte, de ombros e braços poderosos, e então havia a última fotografia: Bobby, quase irreconhecível, magro, descarnado, pálido, de olhos abertos, porém desfocados, em uma cama de hospital elevada, Marcie de pé a seu lado, apoiando a cabeça dele em seu ombro, sorrindo.

Jack ergueu o olhar das fotos e olhou para ela com um ar solene. Ela pousou a colher no chili e deu pequenas batidinhas na boca com o guardanapo.

— Ele foi para o Iraque na primeira onda — disse ela. — Estava com 22 anos. Vinte e três quando sofreu o acidente. Lesão da medula e dano cerebral. Passou três anos assim.

— Ah, garota — disse Jack, sua voz poderosa fraquejando. — Deve ter sido muito difícil...

Ela piscou algumas vezes, mas seus olhos não lacrimejaram. É, houve momentos horríveis, de partir o coração, houve até mesmo horas em que ela se ressentiu muitíssimo do Corpo de Fuzileiros Navais por terem deixado que ela lidasse com aquela situação sendo tão jovem. Houve momentos também em que se deitou ao lado dele na cama, abraçando-o, beijando seu rosto, perdida em lembranças.

— É, algumas vezes foi — respondeu ela. — Mas nós sobrevivemos. Tivemos muito apoio. Da minha família, da família dele. Eu não estava sozinha. E ele não parecia estar sentindo dor.

— Quando ele morreu? — perguntou Jack.

— Faz quase um ano, logo antes do Natal. De um jeito tranquilo. Bem sereno.

— Eu sinto muito — disse Jack.

— Obrigada. Ele serviu com Ian, que era o sargento dele. Bobby adorava o cara. Ele sempre me escrevia contando sobre Ian, dizia que ele era o melhor sargento do mundo. Eles ficaram bem amigos, quase instantaneamente. Ian era o tipo de líder que estava sempre ao lado dos seus homens. Bobby ficou muito feliz quando descobriu que Ian era da nossa cidade. Eles iam ser amigos para sempre, até bem depois que tivessem saído dos Fuzileiros.

— Eu também fui para o Iraque, também na primeira onda. Provavelmente, nós estávamos lá na mesma época. Faluja.

— Humm, exatamente.

Jack sacudiu a cabeça.

— Eu sinto muitíssimo. — E, dizendo isso, devolveu a carteira, empurrando-a sobre o balcão do bar. — É por isso que você está procurando Buchanan? Para contar a ele?

— Ele já deve saber... eu escrevo bastante para ele. Para uma caixa postal em Fortuna. As cartas não voltaram, então imagino que ele tenha recebido. — Jack franziu a testa, curioso. — Eu não sei o que aconteceu com Ian. Logo depois do acidente, quando Bobby estava no hospital na Alemanha e depois em Washington D.C., eu escrevi e ele escreveu de volta, perguntando qual era o estado de Bobby e como eu estava. Eu ficava ansiosa, esperando pelas cartas dele... eu conseguia enxergar o que Bobby viu nele. Eu me sentia meio próxima de Ian só por causa das coisas que Bobby me contava nas cartas. Então, quando começamos a nos corresponder e eu mesma estava começando a conhecê-lo, passei a sentir como se ele fosse meu amigo também. Não consigo explicar... eram só cartas. E elas falavam basicamente sobre Bobby. Mas acho que me aproximei dele...

— Muita gente de serviço fica bem próxima de seus correspondentes — disse Jack. — Especialmente quando servem em lugares isolados assim.

— Bom, Ian não deu qualquer sinal de que ficou próximo de mim, mas eu fiquei assim em relação a ele. Quando ele voltou do Iraque, foi ver a gente uma vez e logo depois deu baixa, foi embora e nunca mais voltou para Chico. Aconteceu alguma coisa entre ele e o Corpo de Fuzileiros depois do Iraque. Eu não sei os detalhes, mas o pai dele achava que ele seria um militar de carreira, e mesmo assim Ian saiu na primeira oportunidade, logo depois de passar por um momento bem difícil. — Marcie deixou escapar uma risadinha triste. — E então ele nunca mais telefonou ou escreveu. Terminou com a namorada, se afastou do pai e foi embora. Mais ou menos um ano depois, eu descobri que ele estava morando no meio da floresta, como um velho eremita.

— Como é que você sabe que ele está morando no meio da floresta?

— Tem uma clínica de veteranos em Chico e, por causa do Bobby, acabei ficando bem próxima do pessoal de lá. Algumas pessoas sabiam que eu queria entrar em contato com Ian. Eu tenho certeza de que eles não deveriam me contar algumas coisas que contaram, mas sabe como são veteranos… Eles ajudam uns aos outros o máximo que podem. No fim das contas, Ian apareceu na clínica uma vez… devia ser a que ficava mais perto de onde ele estava. Ian disse que não tinha endereço porque estava no meio da floresta e que a cidade mais próxima do local era Fortuna, e que ele poderia receber qualquer formulário do Departamento de Veteranos ou o que quer que fosse na caixa postal da cidade. Em algum momento, ele se machucou cortando lenha e precisou levar pontos, tomar uma antitetânica e antibióticos. Ele estava bem ali… onde nós estávamos, onde seu pai estava… e mesmo assim ele nem sequer telefonou para dizer que estava bem ou para perguntar como Bobby estava. Isso não se parece em nada com o homem que meu marido tinha descrito para mim. O homem que eu conheci.

Jack ficou em silêncio por um instante e Marcie comeu mais um pouco. Ela espalhou manteiga no pão de milho e devorou metade, provando que aquele papo de "não estou com fome" era mentira.

— Comecei a mandar cartas para Fortuna depois disso, mas ele não me respondeu. Acho que escrevia mais por mim do que por ele, sabe? Eu o imaginava lendo as cartas, mas… eu disse para ele me ligar a cobrar, só que ele nunca me ligou.

— E agora você está indo atrás dele? — perguntou Jack, enfim.

— Eu vou encontrar o Ian — afirmou ela. — Tenho que saber se ele está bem. Eu pensei muito sobre isso… até onde sei, ele deve ter voltado do Iraque com sérios problemas, mas talvez não tão evidentes quanto os de Bobby. E, se for esse o caso, eu diria que a culpa é do Corpo dos Fuzileiros, que foi negligente.

— Bem, você está certa... se ele precisava de ajuda, a corporação deveria ter ajudado. Mas tente não pegar tão pesado, porque é complicado... você treina um soldado para ser destemido, depois espera que ele peça ajuda? Não funciona. Quando eu descobrir como resolver essa questão, vou escrever para o governo do Estado.

— Mesmo assim...

— Pode ser que ele tenha escolhido o estilo de vida que quer ter. Eu saí dos Fuzileiros procurando um lugar calmo para caçar e pescar e encontrei Virgin River. Eu também me isolei durante um tempo.

— Mas você perdeu contato com a sua família? — perguntou ela, erguendo uma sobrancelha castanho-clara. — Você se recusou a responder cartas?

Jack não apenas manteve contato com a família, como também com os colegas de pelotão, o que foi muito bom para ele.

— Não. Eu entendo seu ponto.

— Eu vou encontrá-lo. Algumas coisas precisam ser esclarecidas. Concluídas. Sabe?

— Olha, mas e se o cara não estiver bem? — perguntou Jack, apoiando as duas mãos no balcão do bar e olhando para ela bem de perto e com intensidade. — E se ele estiver meio louco, ou alguma coisa assim? Se estiver até mesmo perigoso?

— Bem, ainda assim ele tem um pai que está ficando velho e que não está bem. As coisas ficaram mal resolvidas entre os dois. O sr. Buchanan é um velho idiota, teimoso e rabugento, mas aposto que debaixo daquela casca ele quer o filho de volta, não importa em que estado ele esteja. Se fosse comigo, eu ia querer.

Marcie começou a comer a salada.

— Entendo — concordou Jack. — Mas e se ele for um perigo para você? Ela deu uma risadinha breve.

— Eu acho que é uma possibilidade, mas eu duvido — disse ela. — Eu estive na delegacia, no escritório do xerife e em cada posto de gasolina, loja de ferragens e bar por aí... Ian não tem ficha e ninguém o conhece. Se ele fosse perigoso, provavelmente teria chamado alguma atenção, você não acha? Ele deve ser só um fuzileiro amuado, perturbado e ferrado que acha que cair fora é melhor do que lidar com o passado. E, se for isso, ele está errado.

— Você não acha melhor pensar um pouco no assunto? — perguntou ele. — Um fuzileiro todo ferrado por causa da guerra tem um monte de motivos misteriosos para seguir esse caminho, para cair fora como Ian fez. Pode ser que ele queira esquecer, e ver você só vai piorar as coisas.

— Bom, você esteve na guerra, então deve saber melhor do que eu...

— *Nossa mãe*, como diria minha esposa. Eu tive minha própria cota de coisas ruins, um ou outro problema com transtorno de estresse pós--traumático, mas, por sorte, minha rede de apoio é bem sólida.

— Ian tem só 35 anos, ainda tem tempo para recomeçar, resolver as coisas com qualquer pessoa de quem tenha se afastado, superar qualquer trauma que tenha a respeito do que aconteceu com o Bobby. O pai dele pode ter ficado meio chateado na época em que eles brigaram, mas o velho ainda ama o filho. Eu aposto. — Marcie deu um gole na cerveja e completou, baixinho: — Talvez eu perdesse meu dinheiro, mas eu apostaria.

— Por que o pai dele não foi procurá-lo, então? — perguntou Jack.

— Por que ninguém mais foi? A ex-noiva o odeia de verdade depois de ter levado um pé na bunda, o pai tem 71 anos e está doente. Viúvo, amargurado, teimoso. Preciso admitir que o cara é um velho egoísta e ran-coroso. Mas, mesmo que não dê para fazer nada em relação a isso, posso voltar a conhecer melhor o melhor amigo de Bobby. Nós trocamos cartas durante poucos meses, mas acho que deu para conhecê-lo um pouco. Ian sempre foi um doce e, sei que isso vai parecer meio bobo... mas a letra dele era firme e bonita, as coisas que ele escrevia eram gentis e sensíveis. Eu meio que sinto que perdi um amigo e... — Ela sorriu para Jack antes de continuar: — Além disso, não existe ninguém no mundo que esteja mais determinada do que eu.

— E por que isso? Por que você está tão determinada?

Ela olhou para baixo.

— Eu não vou conseguir seguir em frente até saber por que o homem de quem o meu marido mais gostava, o homem que ele mais admirava, desapareceria desse jeito. Ignoraria a gente dessa forma. Ou por que ele se deixou engolir por uma floresta e não tem qualquer contato com a família, com os amigos. Sério... essa é a parte louca. Eu preciso entender. E quero ter certeza de que ele está bem. Feito isso, vou deixar para lá. — Marcie ergueu o olhar de novo. — Depois, quem sabe, todos nós possamos seguir em frente.

Jack não pôde evitar de sorrir para ela; aquela mulher com certeza sabia o que queria. Ele a viu enfiar a última garfada de salada na boca.

— Bolo de chocolate? — perguntou ele. — É de comer rezando.

— Não, obrigada. Estou satisfeita.

A carteira dela ainda estava em cima do balcão. Ela terminou a cerveja e, na sequência, começou a folhear as notas dentro da carteira.

— Quanto devo?

— Você está de brincadeira, né? Você vai entrar na floresta para encontrar um irmão de farda e você acha que vou cobrar alguma coisa? Eu ofereceria ajuda, mas como você pode ver... eu não posso deixar Melinda sozinha nem por um segundo. Ela é fogo. Então, por favor, deixa disso. Foi um prazer oferecer essa refeiçãozinha. Sempre que quiser, na verdade. Volte sempre, encha a barriga, conte para nós se você descobriu alguma coisa... se encontrou alguém. Todos nós vamos gostar. Tem um bando de fuzileiros que foi para Faluja por aqui.

— É? Por quê?

Jack sorriu.

— Querida, tem fuzileiros em tudo quanto é lugar. Quando abri o bar, um monte de gente do meu antigo pelotão começou a aparecer para caçar ou pescar. Alguns não tinham opções melhores e se mudaram para cá. Nós tentamos cuidar uns dos outros. Todos por um — acrescentou ele.

Ela fechou a carteira e sorriu para ele, um sorriso afetuoso e agradecido. Marcie era bastante experiente em receber qualquer ajuda que lhe oferecessem.

— Sendo assim, vou aceitar o bolo — disse ela.

— E café? — perguntou ele.

— Ah, meu Deus, sim, café — respondeu ela, quase suspirando de gratidão.

Uma cerveja gelada e uma caneca quente de um bom café: duas de suas maiores fraquezas.

— É o melhor café que você vai beber na vida — prometeu ele, enchendo uma caneca para ela.

Então, Jack colocou uma fatia grossa de bolo de chocolate diante dela e perguntou:

— Quando você o encontrar, quais são seus planos?

— Ele foi muito bom para o Bobby... eu só queria agradecê-lo por isso. Conversar com ele. Voltar a me aproximar, como eu tinha começado a fazer antes. Também tenho uma coisa que foi do Bobby para dar a ele. Eu quero perguntar o que aconteceu, ver se tem alguma coisa que posso fazer por ele no momento. De repente, depois que passarmos por tudo isso, nós dois ficaremos mais felizes. Porque está claro que Ian não seguiu em frente, e eu também preciso de um ponto final. Não seria ótimo se nós dois conseguíssemos isso? Ah, sei lá, Jack. Liberdade? A liberdade de deixar o passado no passado?

As sobrancelhas de Jack se levantaram.

— E se ele não estiver disposto a conversar?

Marcie levou à boca uma garfada generosa de um bolo de chocolate fofinho e saboroso, lambendo a cobertura que tinha ficado no garfo. E então sorriu para Jack Sheridan e disse:

— Então eu vou ser o pior pesadelo que esse homem já teve na vida até ele aceitar fazer isso. Não vou desistir.

Antes que Marcie tivesse terminado seu café, um homem bonito, de traços hispânicos, entrou no bar usando a porta lateral. Tinha uma expressão descontente no rosto e carregava um catálogo.

— Sua esposa me deu a missão de ir procurar pelo enfeite de topo de árvore perfeito — disse a Jack. — De quem foi mesmo essa ideia?

— Eu acho que foi sua — respondeu Jack. — E não reclame comigo... não tem a menor chance de decorar aquela árvore sem um miniguindaste. Eu vou precisar alugar um se não quiser ver a Mel usando cordas e roldanas para chegar lá no alto. Mike, esta é Marcie… Marcie, diga oi para Mike Valenzuela.

— Oi, tudo bem? — saudou ela, estendendo a mão.

Mike retribuiu o cumprimento, sorriu e respondeu:

— Prazer. *Essa* ideia foi *dele*… a árvore grande. Tentando impressionar a esposa. Ela pediu uma árvore grande… e ele levou a gente para passar o dia todo na montanha até que ele conseguisse encontrar a maior árvore que pudéssemos trazer inteira.

Apenas ligeiramente constrangido, Jack interrompeu Mike:

— Marcie está aqui procurando um fuzileiro que deu baixa depois do Iraque. Mostre a foto para ele, Marcie.

Ela pegou a foto mais uma vez e explicou de novo quais seriam as possíveis mudanças na aparência de Ian desde a época em que a foto fora tirada.

— Nunca vi — disse Mike.

— Mas ele pode estar bem diferente…

— Nunca vi esses olhos — insistiu Mike.

Ela deixou escapar um suspiro pesado.

— Tem alguma ideia de onde eu possa procurar por ele?

— Bom — começou Mike, esfregando o queixo. — Eu não o vi, mas isso não quer dizer que ele não tenha sido visto. Tem um monte de gente por aí nas montanhas há muitos anos e que não é exatamente sociável… de repente alguma dessas pessoas o viu.

— Você pode me dizer aonde ir? — perguntou ela.

— Eu posso dar umas referências — disse ele. — Mas, mais importante, eu gostaria de dizer quais são os lugares dos quais você deve ficar longe… tem uns cultivadores ilegais por aí que são bem territoriais. Bem pouco amistosos. Às vezes eles enchem o terreno de armadilhas.

Mike puxou um grande guardanapo de debaixo do balcão do bar, pegou uma caneta do bolso da camisa e desenhou uma linha ali no papel.

— Aqui está a Rodovia 36…

Em dez minutos, ele desenhou um esboço de mapa com meia dúzia de cabanas nas montanhas onde havia pessoas morando — pessoas que poderiam ter visto Ian Buchanan — e listou três lugares que ela deveria evitar.

As cabanas que Mike sinalizou com um X no mapa estavam localizadas ao longo de estradas abandonadas de escoamento de madeira. Algumas tinham portões ou ficavam aninhadas atrás de árvores e arbustos, o que as tornava impossíveis de serem vistas a partir da rodovia. Um monte de terrenos nas montanhas foi cedido pelo governo pela Lei de Propriedade Rural para extração de madeira. Mas, depois da primeira extração, o dono tinha que esperar entre trinta e cinquenta anos para fazer a próxima. Então se transformavam em hectares repletos de carvalhos, madrona, abetos e pinheiros de quase vinte metros de altura — árvores lindas, mas que ainda não estavam maduras o bastante para o corte.

— Eu tenho andado por aí, só dando uma olhada, só para saber quem está pela área. Tem uns velhos vivendo sozinhos em pontos bem afastados e algumas velhas viúvas. Tem um ou dois casais, achei uma família de cinco pessoas também. Mas, até agora, nenhum solteiro de 35 anos.

— Talvez ele não seja mais solteiro.

Mike balançou a cabeça.

— Tenho certeza de que não tem ninguém nessa faixa de idade por aqui. Ao menos não com esses olhos. Mesmo de barba.

— Acredite nele — disse Jack. — Mike era um policial de verdade, do Departamento de Polícia de Los Angeles, antes de ele vir bancar o xerife de seriado de televisão em uma cidade com criminalidade quase zero.

— Ótimo — disse Marcie. — Nada de crimes e árvores grandes. Imagino que vocês nunca tenham montado um pinheiro grande feito aquele.

Os dois homens riram.

— Quase dez metros — disse Jack. — Nós nos achamos tão viris, não é, Mike? Encontrando uma árvore grandona feito aquela… Até derrubarmos a coitada e quase precisarmos alugar um caminhão plataforma para trazê-la até aqui. Nós amarramos os galhos bem firme e viemos arrastando com a caminhonete. E essa *não foi* a pior parte: levamos um dia para colocá-la de pé.

— Dois — corrigiu Mike. — Nós acordamos no dia seguinte e ela estava caída na rua. Foi um tremendo milagre que ela não tenha caído em cima do bar e quebrado o telhado.

Marcie deu uma gargalhada.

— Mas qual o motivo disso tudo? Estava tentando impressionar sua esposa?

— Não, não. Mas era um bom momento. Acabamos de perder um camarada no Iraque e um dos garotos da região... um bem especial... entrou para o Corpo de Fuzileiros. Achamos que seria bom erigir um símbolo, um monumento aos homens e às mulheres que prestam serviço militar. Mas acho que vamos procurar um símbolo um pouco menor ano que vem. Mais barato e mais fácil de lidar em termos emocionais. Em todo caso, vou até Eureka para tentar alugar um miniguindaste e terminar o serviço. Melinda e as outras mulheres se dedicaram bastante para deixar a árvore perfeita.

— É uma árvore incrível — disse Marcie, ficando um pouco melancólica.

Ela queria muito encontrar Ian antes do Natal. Por alguma razão, aquilo parecia crucial.

Quando estava indo embora, o sol baixava no horizonte e o bar começava a encher com os frequentadores locais. Já estava ficando escuro demais para se aventurar floresta adentro a fim de conferir as poucas cabanas sobre as quais Mike lhe contara. Era hora de encontrar um lugar para estacionar e passar a noite, algum lugar seguro e não muito longe de um posto de gasolina com banheiro, para que pudesse fazer xixi, lavar o rosto e escovar os dentes pela manhã. Ela recomeçaria a busca no dia seguinte, embora não estivesse muito otimista de que encontraria Ian. Já tinha se decepcionado tantas vezes. Nesse ponto da busca, riscar da lista todos os lugares significava tanto quanto ganhar na loteria.

No entanto, antes de ir para o carro, ela se aproximou da árvore, que estava parcialmente decorada até, mais ou menos, uns quatro metros de altura. Marcie olhou com atenção os enfeites. Entre bolas vermelhas, brancas e azuis e estrelas douradas, havia distintivos — do tipo que são usados em uniformes — de vários fuzileiros e de outros comandos militares. Ela tocou um deles com reverência. Primeiro Batalhão, Oitavo Corpo de Fuzileiros; Segundo Batalhão, Décimo Regimento dos Fuzileiros Navais; Primeiro Batalhão de Operações Especiais dos Fuzileiros Navais. Todos estavam plastificados para não sofrerem com o clima. Divisão de Paraquedistas, Esquadrão de Atiradores, Quadragésimo Primeiro Batalhão de Infantaria. Ela sentiu um nó na garganta; sua visão ficou embaçada.

Era exatamente por isso que Marcie estava determinada a encontrar Ian Buchanan — porque aqueles homens nunca esqueciam, nunca iam embora. Devia haver motivos poderosos para que Ian se afastasse de seus irmãos de farda, de seu pelotão, da sua família, da sua cidade. Uma pessoa não salva a vida de um camarada e depois o ignora. Ian Buchanan tinha sido agraciado tanto com a estrela de bronze quanto com o Coração Púrpura por ter carregado Bobby em meio ao fogo dos franco-atiradores até o transporte médico. Ele levou dois tiros e seguiu em frente. Ian não era um homem que desistia. Então, por quê? Por que estava desistindo agora?

Dois

Os trinta dólares de Marcie — US$28,87, para ser mais exata — duraram mais trinta e seis horas. Vinte e cinco foram gastos no tanque de gasolina; era um custo que ela mal conseguia bancar, mesmo com a ótima quilometragem por litro que seu fusquinha verde tinha. Três dólares para comprar um pacote de pão de forma e duas maçãs, e ela acabou com a manteiga de amendoim. A seguir, voltou ao barzinho em Virgin River e pediu para usar o telefone a fim de ligar para a irmã — tinha praticamente acabado com os cartões telefônicos, já que estava fora por mais tempo do que o planejado, mas ainda havia um pouco de crédito em um deles. Erin, sete anos mais velha do que Marcie, tinha assumido a responsabilidade em relação à família havia muito tempo e estava ficando extremamente irritada com a demora de Marcie em voltar para casa.

O cozinheiro, o homem que todos chamavam de Preacher, deixou que ela entrasse na cozinha.

Marcie telefonou para Erin e, embora isso tenha feito sua barriga se contrair, pediu dinheiro:

— Considere isso um empréstimo — acrescentou ela.

E mentiu, dizendo que estava chegando muito perto, que Ian tinha sido visto.

— Nós tínhamos um combinado, Marcie — disse Erin. — Você prometeu que só ficaria fora por algumas semanas, e já tem um mês. Você nem voltou para passar o Dia de Ação de Graças em casa.

— Eu não consegui, Erin. Expliquei o porquê. Eu tinha uma pista...

— Já é hora de voltar para casa e pensar em outro jeito de encontrar esse cara, Marcie.

— Não. Eu não vou parar, não vou desistir — disse Marcie, resoluta.

— Tudo bem, mas volte para Chico e nós vamos tentar do meu jeito... nós vamos contratar um profissional para encontrá-lo para você... e aí você segue a partir desse ponto. Sério, o único jeito que eu conheço de trazer você para casa e te tirar dessa loucura é dizendo não. Nada de dinheiro, Marcie, para o seu próprio bem. Só vou mandar o suficiente para você voltar. Volte para casa agora. *Imediatamente.* Eu estou ficando apavorada.

— Não — respondeu ela. — Eu ainda não terminei isso!

Em seguida, Marcie telefonou para o irmão mais novo, Drew, que podia não estar muito mais feliz do que Erin com aquilo tudo, mas era mais delicado.

— Marcie, eu não posso. Erin tem razão, isso já foi longe demais. Você precisa desistir disso agora. Qual é, eu fico louco de pensar no que você está fazendo. Está indo sozinha atrás de um doido de pedra!

— Por favor, Drew — gemeu ela. — Nós não sabemos se Ian é doido... ele pode ser perfeitamente normal. Ou pode estar só triste. Por favor, só mais uns dias. Por favor. Eu estou tão perto.

Drew soltou o ar com força, derrotado.

— Eu vou transferir cem dólares, mas depois você volta, ok? E nem pense em contar para Erin que eu estou dando o dinheiro.

— Não vou contar — disse ela, enxugando as bochechas, sorrindo ao telefone. — Obrigada, Drew. Eu te amo muito.

— É, bem, acho que eu mesmo não estou demonstrando o quanto gosto de você fazendo isso. Estou preocupado.

— Não precisa se preocupar, Drew — pediu ela, dando uma fungada.

— Só me transfere o dinheiro, por favor? Eu vou até Fortuna sacar na agência. Chego lá em menos de uma hora... Estou com o tanque quase vazio, mas acho que dá para descer a montanha na banguela quase o caminho todo.

— Onde viram ele? — perguntou Drew.

— Hum... Viram ele na... hum... em uma cabana longe da estrada, bem afastada. Eu vou dar uma olhada lá mais tarde, para ver se é ele mesmo.

Marcie sentiu as bochechas ficarem vermelhas. Ela se despediu, desligou e abanou o rosto, dizendo:

— Ufa.

Quando olhou para cima, se viu encarando os olhos duros do gigante da cozinha e tomou um belo de um susto.

— Ele não foi visto — comentou Preacher, franzindo as sobrancelhas grossas e escuras. — Foi?

— Bem, talvez tenha sido e eu estou prestes a descobrir isso.

— Às vezes, um homem só quer um pouco de paz. Você já levou isso em consideração? — perguntou Preacher.

Enquanto falava, Preacher tirou uma sacola de plástico de dentro de uma gaveta, então se virou e tirou da geladeira uma coisa que parecia ser um sanduíche, colocando-o dentro da sacola. A seguir, pegou mais um.

— Ele teve bem mais do que um pouco de paz — disse ela. — Mas eu com certeza vou dar a ele a oportunidade de me contar, se esse for o caso. E se for, vou poder agradecê-lo pela amizade que cultivou com meu marido, depois volto para Chico e digo ao pai dele e a todo mundo que se importa com ele que Ian é apenas um homem que quer ficar sozinho. Mas não tem uma coisa esquisita nisso? No fato de ele estar incomunicável há muitos anos?

Preacher tirou uma tigela grande da geladeira, abriu a tampa e, com uma colher, passou um pouco de salada de batata para um pote menor, de plástico, então o fechou.

— Você está insistindo mesmo nisso, então?

Ela não queria admitir, embora sem qualquer razão específica, que estava obcecada pelo desaparecimento de Ian Buchanan. Marcie tinha escrito algumas dezenas de cartas — primeiro, para ele, contando como Bobby estava indo e o que quer que estivesse acontecendo com a família dela, em sua vida, passando informações e transmitindo segurança. Depois, escrevia mais por causa de si mesma — como se estivesse mantendo um diário. Ela não sabia muito bem por quê, mas Ian tinha estado com ela por um bom tempo. Então, deu de ombros.

— Tem algumas pessoas que querem saber. Bem, tem eu. Eu quero saber — disse, e então acrescentou, baixinho: — Preciso saber.

Preacher acrescentou à sacola o pote e uma colher. Na sequência, pegou um vidro imenso com picles, tirou dali de dentro três bem grandes e os colocou dentro de um ziploc que estava à mão.

— Bem, então eu imagino que você não vai desistir tão cedo.

— Acho que não — confirmou ela.

E então ele empurrou todo o farnel na direção dela.

— Não deixe a salada de batata esquentar. Lá fora está frio o bastante para conservar ela gelada o dia todo se você deixar isso no porta-malas em vez de dentro do carro. Só um lembrete: salada de batata velha e quente tem uma reputação horrível.

— O que é isso?

— O carro pode andar na banguela — disse ele, erguendo uma de suas ameaçadoras sobrancelhas pretas. — Já você, só consegue andar com o tanque zerado por algum tempo.

Marcie o encarou, ligeiramente boquiaberta. Ela se perguntou se ele tinha feito isso porque tinha visto como sua calça jeans estava larga.

— Isso é muito gentil — disse ela, enfim. — Eu vou... é... trazer a colher de volta.

— Se você passar por aqui, ótimo. Se não passar, temos colheres o suficiente.

— Obrigada — agradeceu ela, aceitando a sacola.

— Boa sorte — disse Preacher. — Espero que as coisas saiam do jeito que você quer.

— Eu também — respondeu ela, com um sorriso encabulado.

Algumas horas depois, à medida que o dia se transformava em tarde, ela dirigia pela quinta ou sexta estrada de terra que não constava no mapa, porém cem dólares mais rica. Bem, oitenta dólares mais rica e com o carro com um bom e saudável meio tanque. Ela havia comido metade de um sanduíche de presunto e queijo, um picles e um pouco da melhor salada de batata que já tinha provado na vida, enquanto pensava: *O cara é um gênio da batata cozida.*

As estradas desembocavam na floresta e a maioria delas estava em péssimas condições. O fusquinha estava sacolejando e lutando, mas aguentava firme como o herói que era. Marcie queria ter encontrado um jeito de conseguir um Jeep ou algum outro veículo 4x4. Se tivesse esperado um pouco mais para começar essa jornada, poderia ter economizado o suficiente para dar entrada em um, só que não podia esperar tanto tempo assim. Marcie pegara o pouco dinheiro que tinha separado para esse propósito e planejara sua rota. Embora tivesse dito a Erin e Drew que ficaria fora por algumas semanas, tinha tirado uma licença não remunerada do trabalho até primeiro de janeiro. Era funcionária de uma companhia de seguros desde que Bobby tinha ido para o Iraque — cinco anos antes —, e seu chefe tinha sido compreensivo.

Erin se opusera à ideia maluca de que ela precisava encontrar Ian desde o início. Foram meses de discussão para tentar convencê-la de que Marcie via algum tipo de propósito nessa busca. Então, Erin teve cem ideias melhores que ela mesma se ofereceu a executar: um site de buscas que acessasse dados públicos das pessoas, um detetive particular, qualquer coisa que não fosse Marcie indo sozinha atrás do homem. Mas Marcie sentia uma força motriz que a impulsionava em direção a essa busca, a conhecer Ian, conversar com ele, conectar-se a ele do jeito que ela achava que tinha feito antes.

A família de Bobby também não gostava muito da ideia, mas isso não envolvia qualquer problema em relação a Ian — eles mal sabiam da existência desse amigo. Bobby tinha escrito a Marcie a respeito de Ian o tempo todo, mas, nas curtas cartas que enviava à família, mencionara Ian apenas algumas vezes. Os Sullivan sugeriram que, se Ian não tinha estado por perto enquanto Bobby estivera internado, o vínculo não era tão sólido quanto Bobby pensava. E também havia o pai de Ian... Um dos velhos mais desagradáveis e negativos que Marcie já tinha conhecido. Ele disse que ela estava perdendo tempo; ele não tinha interesse de ir procurar seu único filho.

— Ele foi embora sem dizer uma palavra e nunca mais entrou em contato. Esse recado basta para mim.

Com perseverança, Marcie descobriu que o velho Buchanan não andava muito bem de saúde nos últimos anos. Ele tinha sofrido um derrame moderado, tratava hipertensão, câncer de próstata, Parkinson e, ela desconfiava, um tico de demência.

— Você não sente saudade dele? — perguntara ela. — Não se pergunta o que aconteceu?

— De jeito nenhum — respondera ele. — Foi ele que cortou os laços e fugiu.

Mas, ao dizer isso, os cantos de seus olhos tinham ficado úmidos, e Marcie pensou: *Ele não consegue dar mais do que isso, mas ele ia adorar ver o filho mais uma vez, ou pelo menos saber que ele está bem.* Não?

A ex-noiva de Ian, Shelly, ainda estava com raiva pelo modo como tinha sido abandonada, muito embora tivesse se casado com outra pessoa três anos antes e estivesse grávida pela primeira vez. Shelly não tinha nada de bom ou simpático para falar do homem que tinha passado pelo fogo-cruzado e levado um tiro para salvar um camarada, ganhado uma Estrela de Bronze e uma medalha Coração Púrpuro. Ela basicamente detestava Ian pela forma como ele acabara tudo e fugira. Mas se Shelly estava feliz com a vida que tinha agora, por que será que os problemas óbvios de Ian ainda a faziam sentir tanto ódio, mesmo depois de tanto tempo? Será que ela não conseguia enxergar como a guerra o havia transformado e causado essa confusão emocional? Depois de passar tanto tempo com um marido desenganado — alguém sem qualquer esperança de recuperação, que nem sequer conseguia sorrir para ela —, ser um pouco paciente e compreensiva com um homem que tinha passado por um monte de traumas não parecia nada demais.

Mas, Marcie fez questão de lembrar a si mesma, *não sei o peso do fardo de ninguém além do meu.* Ela não julgava. Não se sentia inteligente ou forte o bastante para tal.

Era extremamente importante para Marcie encarar Ian e perguntar como era possível que ele salvasse a jovem vida de seu lindo marido e, depois, nunca mais responder nenhuma carta.

Talvez Ian não pudesse dar a ela as respostas que fariam tudo parecer no lugar, mas mesmo assim fazia sentido que conversassem sobre o assunto. Para resolver. O que os terapeutas chamavam de "fechar um assunto".

Ao parar diante de uma casinha feita de ripas mal cortadas, viu um homem surgindo de trás dela, com os braços carregados de lenha. Sua barba estava aparada, mas ele andava recurvado, as pernas arqueadas pela idade, a cabeça careca. Ele parou quando a viu. Marcie saiu do carro e foi até ele.

— Boa tarde, senhor — disse ela.

Ele pousou os pedaços de lenha no chão e seu rosto franzido mostrava sua desconfiança.

— Eu gostaria de saber se o senhor poderia me ajudar. Estou procurando uma pessoa — disse ela, pegando a foto mais uma vez. — Essa foto foi tirada há uns sete anos, então é óbvio que ele está mais velho agora. Ouvi dizer que agora ele tem uma barba, mas parece que ele está morando por aqui, em algum lugar nessas colinas. Estou tentando encontrá-lo. Trinta e cinco anos, um homem grande... acho que tem mais de um metro e oitenta.

O homem segurou a foto entre os dedos retorcidos pela artrose.

— Você é da família? — perguntou.

— Mais ou menos — respondeu ela. — Ele e meu marido eram bons amigos, fuzileiros. Eu preciso contar a ele que meu marido faleceu.

— Não vi esse homem nem ninguém parecido com ele.

— Mas e se ele meio que... decaiu? — insistiu ela. — Quero dizer, ficou mais velho, deixou a barba crescer, quem sabe ficou careca, talvez esteja mais pesado ou magro demais... algo assim?

— Ele planta maconha? — perguntou o homem, devolvendo a fotografia.

— Não sei — respondeu ela.

— Os únicos caras que eu conheço por aqui e que têm essa idade são os plantadores de maconha. E, mesmo se esse sujeito aí seja da família, recomendo que você fique bem longe. Às vezes, os plantadores são meio problemáticos.

— É, eu ouvi dizer. Mas ainda assim... o senhor conhece alguém com essas características? Para que eu possa ir dar uma olhada? Só por desencargo de consciência? Eu vou tomar bastante cuidado.

— Tem um cara lá no alto da colina, ele é meio que difícil de encontrar. Pode ter vinte anos, pode ter cinquenta, mas ele tem barba e é grande. Você tem que voltar por onde veio, descer pela Rodovia 36 por mais ou menos um quilômetro e meio e depois subir de novo. É uma estrada de terra, mas no meio da subida tem um portão de ferro. Ele nunca fica trancado porque, lá da estrada principal, ninguém consegue ver o portão ou casa. Eu só sei disso porque tinha um cara que eu conhecia morando em um quarto lá. Era um quarto bom e grande. Ele morreu já tem uns dois anos, pelo menos. O cara que mora lá agora estava com ele no fim.

— Como eu vou saber identificar a estrada?

Ele deu de ombros e disse:

— Não tem sinalização. Ou você vai acertar e, depois de subir mais ou menos um quilômetro, vai dar de cara com um portão, ou você vai dar meia-volta e tentar a próxima.

— Será que o senhor não quer vir comigo? Para me mostrar onde fica e depois eu trago o senhor de volta?

— Não — respondeu ele, balançando a cabeça. — Eu não quero me meter com esse cara. Ele é esquisito. Fala sozinho, assobia e canta antes de o sol nascer. E ele acha que é um urso.

— Hein?

— Já escutei ele rosnar feito um animal quando passei perto da casa dele. Acho que é melhor você deixar o sujeito em paz.

— Claro — concordou ela, guardando a foto. — Certo. Obrigada.

E assim Marcie foi embora, sentindo-se encorajada por ter ficado sabendo de mais uma personalidade que quase se encaixava na descrição. Aquela não era nem de perto a primeira vez; ela tinha ido a centros de assistência do Departamento de Assuntos dos Veteranos, abrigos para sem-teto em Eureka, hospitais e à Missão Gospel. Tinha seguido indigentes por vielas e estradinhas do interior, andado a esmo pela floresta e também tinha se encontrado com alguns faz-tudo de ranchos e lenhadores. Mas nunca era ele; ninguém tinha ouvido falar de Ian Buchanan. Mas bastaria olhá-lo nos olhos para saber.

Marcie *nunca* esqueceria aqueles olhos. Eram castanhos, do mesmo tom que o cabelo, exceto pelo âmbar que os envolvia. Ela já vira aqueles olhos suaves e quase reverentes, mas também já os vira ardentes e furiosos — tudo no espaço de tempo de quinze minutos — na primeira e única vez que ele tinha ido visitar Bobby. Ian estava de licença e Marcie tinha levado Bobby para Chico, para cuidar dele em casa enquanto esperavam vaga em alguma instituição que pudesse acolhê-lo. Ela observara Ian passar aquela mão enorme no rosto e no cabelo de Bobby, murmurando: "Ah, amigo… Ah, amigo…". Claro que Bobby não respondera; ele tinha ficado paralisado desde que se ferira. Então, após alguns instantes assim, Ian havia virado os olhos tresloucados para ela e o ouro que havia neles faiscou.

— Eu não devia ter deixado isso acontecer com vocês. Isso está *errado*, completamente *errado*.

A visita de Ian acontecera cinco meses depois que Bobby tinha se ferido em Faluja e durara menos de meia hora. Marcie sempre achou que ele voltaria, mas não foi isso que aconteceu. Nunca mais o tinha visto.

Se ele tivesse lido as cartas que ela enviara, saberia que, logo após aquela única visita, eles levaram Bobby para uma casa de repouso. Com o passar do tempo, ela sentiu que seu marido tinha passado a apresentar algum tipo de reconhecimento — havia momentos em que ele virava a cabeça, parecia olhar na direção dela, até aproximava a cabeça, quase se aconchegando a ela, e a seguir fechava os olhos, como se soubesse que ela estava ali, como se pudesse sentir o cheiro dela, sentir sua presença. Talvez ela fosse a única que achasse isso, mas ela acreditara que, em algum lugar dentro daquele corpo completamente incapacitado, ele ainda vivia um pouco, sabendo que estava com sua esposa e sua família, sabendo que era amado. Se isso era o bastante para uma vida, ela não sabia. A família dele queria retirar o tubo de alimentação para que Bobby morresse, mas Marcie não poderia fazer isso. Por fim, consolou-se no fato de que não cabia a ela tomar tal decisão, ela não estava no comando. O trabalho dela era ficar com ele, fazer o seu melhor para confortá-lo e amá-lo, garantir que ele tivesse tudo de que precisasse. Ela não era uma pessoa religiosa, quase nunca ia à Igreja.

Marcie rezava quando sentia medo ou estava com problemas e se esquecia de rezar quando as coisas estavam indo bem. Mas, acima de tudo, ela acreditava que Deus levaria Bobby quando chegasse a hora de ele partir, de voltar para casa. O que tivesse de acontecer, aconteceria.

O que teve de acontecer, aconteceu.

Foi na quarta estradinha de terra que Marcie finalmente encontrou um portão, e ela suspirou em um alívio audível, porque seu fusquinha estava sacolejando, queimando óleo, se esforçando para passar pelos buracos e subir os aclives íngremes. O portão não estava fechado e ela pisou fundo, rezando para que não fosse muito longe. E quem saberia o quão longe o lugar era de fato? Ela estava andando a meros dezesseis quilômetros por hora. Quando conseguiu chegar perto o bastante para avistar uma casinha com uma velha picape estacionada do lado de fora, a tarde estava avançada. Naquela época do ano, logo ficaria escuro.

Marcie estava tão cansada que sequer pensou no que faria se aquele homem acabasse sendo Ian; tantas outras vezes não tinha sido. Ela parou bem em frente à casa e deu uma buzinadinha, o jeito interiorano de anunciar a chegada. As pessoas que moravam na montanha não tinham campainhas. Elas podiam estar dentro de casa, no jardim, na floresta ou em algum lugar rio abaixo. O único jeito possível de notificar uma visita era se essa pessoa gritasse, desse um tiro para cima ou enfiasse a mão na buzina. O pobre fusquinha não tinha uma buzina potente, era mais um sonzinho patético.

Marcie saiu do carro e deu uma olhada ao redor. A casa, uma cabana na verdade, devia ter mais de cinquenta anos. Parecia que tinha sido pintada de laranja, havia muitos, muitos anos. A terra ao redor estava sem árvores e havia uma grande pilha de lenha debaixo de uma lona, perto da casa, mas não se via curral, animais de criação ou celeiro. Nada de varanda; as janelas eram pequenas e altas. Havia uma pequena chaminé, um banheiro externo e um galpão de armazenamento que devia ter uns dois metros por três. Como uma pessoa vivia ali daquele jeito, tão longe da humanidade, tão longe de todas as conveniências?

Marcie planejava ir até porta, mas esperou um pouco para ver se o homem que morava ali aparecia antes. Ela deveria estar toda animada, esperançosa. Mas havia mentido para Erin e Drew — ninguém tinha visto Ian e ela conversara com dezenas, se não centenas, de pessoas nas áreas urbanas, nas rurais, no alto das montanhas. Estava simplesmente cansada e pronta para comer o restante daquele sanduíche e um pouco mais da salada de batata, depois ir até o banheiro de um posto de gasolina e encontrar um lugar para estacionar e passar a noite.

Foi quando, então, ele chegou, dando a volta na casa com um machado na mão. Era grande de dar medo, com ombros muito largos e uma barba cerrada que chegava a alguns centímetros abaixo do queixo. Estava usando uma jaqueta bege e suja que tinha as mangas e a bainha desfiadas; um pedaço do tecido xadrez que revestia a peça tinha se rasgado e balançava, solto. Suas botas estavam surradas, a calça estava remendada nos joelhos. Olhando de relance, ela pensou: *droga, não é o Ian*. A barba era queimada e apresentava um tom de ruivo, muito embora o cabelo do homem fosse castanho — comprido e preso em um rabo de cavalo. Além do mais, aquele homem tinha as duas sobrancelhas, então não podia ser ele.

— Oi — disse ela. — Desculpe, eu não queria incomodar, mas...

Ele deu alguns passos largos na direção dela, com uma expressão carrancuda.

— Que merda você está fazendo aqui?

Ela o olhou bem nos olhos e os tons de âmbar ganharam vida, pegando fogo, brilhando. Jesus amado, *era* ele.

Ela deu um passo adiante, atordoada.

— Ian?

— Eu perguntei que merda você está fazendo aqui?

— Eu vim... eu estava... eu estou procurando você. Eu...

— Eu sei quem é você! Agora que me encontrou já pode ir embora.

— Calma aí! Agora que encontrei você, a gente tem que conversar.

— Eu não quero conversar!

— Mas, calma ... eu quero contar uma coisa sobre o Bobby. Ele se foi. Faleceu. Já faz quase um ano. Eu escrevi para você!

Ele fechou os olhos com força e ficou completamente imóvel por um longo tempo, os braços rijos na lateral do corpo e os punhos cerrados. Dor. Ela viu dor e sofrimento.

— Eu escrevi para você...

— Certo — disse ele, com mais brandura. — Mensagem entregue.

— Mas, Ian...

— Vá para casa — disse ele. — Siga em frente com a sua vida.

A seguir, ele se virou e entrou na cabana, batendo a porta ao entrar.

Por um instante, Marcie apenas ficou olhando para a porta fechada. Então, olhou por cima da colina e viu que o sol se punha. Depois, olhou para o relógio. Eram só cinco da tarde e ela estava de pé, no topo de uma colina, por isso o sol que se punha estava dando a eles um pouco mais de luz naquela tarde de dezembro. Se ela estivesse na parte de baixo da montanha, as árvores altas combinadas com o pôr do sol já a teriam mergulhado na quase escuridão.

Marcie não gostava da ideia de resolver aquelas pendências à noite, mas, depois de tudo pelo que tinha passado, não estava disposta a ir embora tão rápido. Respirou fundo algumas vezes, se lembrando de que ele era, provavelmente, apenas um homem com problemas, não louco, e foi até a casa, pisando firme. Ela bateu à porta. A seguir, andou uns passos para trás, para se manter a uma distância segura.

A porta se abriu de supetão e ele olhou para ela com os olhos incandescentes.

— O que você quer?

— Ei! Por que você está com raiva de mim? Eu só quero conversar!

— *Eu* não quero conversar — disse ele, empurrando a porta para fechá-la.

Com uma coragem inexplicável, ela impediu que ele concluísse o gesto colocando seu pé calçado com uma bota no meio do caminho.

— Talvez você possa *escutar*, então.

— Não! — urrou ele.

— Você não vai me assustar! — gritou ela de volta.

Então, ele rosnou como se fosse um animal selvagem. Arreganhou os dentes, os olhos acesos como se houvesse dentro deles chamas douradas, e o som que saiu do peito dele foi sobrenatural.

Ela deu um pulo para trás com os olhos tão arregalados que pareciam duas bolas de gude.

— Certo — disse ela, erguendo as mãos com as palmas voltadas para ele, rendida. — Talvez você consiga me assustar. Um pouco.

Os olhos dele se estreitaram em duas frestas cheias de raiva, e na sequência Ian bateu a porta de novo.

Ela gritou na direção da porta fechada:

— Mas eu vim de longe demais e passei por problemas demais para ficar com medo por muito tempo!

E, ao dizer isso, Marcie chutou a porta fechada com o máximo de força que conseguiu, mas a seguir gemeu alto e ficou pulando, sentindo a dor nos dedos do pé.

O que, obviamente, não surtiu qualquer efeito. Marcie ficou ali em pé por um instante, fitando a porta fechada. Ela levou um segundo até decidir o que faria a seguir. Não era do feitio dela virar as costas e fugir só porque ele tinha rosnado — mas, de novo, ela não forçaria aquele confronto de imediato. Ao que tudo indicava, Ian precisava de um tempo para se acalmar... e para perceber que ela não desistiria. Então Marcie decidiu que o melhor a fazer era esperar. E comer.

Foi até o fusquinha e pegou o resto do almoço que Preacher lhe dera de sua geladeira portátil: o porta-malas. A seguir, sentou-se no banco traseiro, empurrando o máximo possível os bancos dianteiros, e abriu seu saco de dormir, para se sentar em cima dele. Era como um pequeno ninho, e Marcie se aconchegou. Enquanto abria a bolsa e tirava a metade de seu sanduíche, pensou no brilho nos olhos do homem e em seu rosnado.

Certo, pensou ela — aquilo *não* era para acontecer daquele jeito. Todas as vezes em que fantasiara aquele encontro, considerara muitas possibilidades. Ele poderia ficar feliz em vê-la, dando-lhe um abraço de boas-vindas. Ou poderia ser esquivo. Poderia até ser um lunático delirante, em outro planeta, totalmente fora da realidade desse mundo. Mas o que ela nunca tinha imaginado era que ele olharia para ela uma única vez, se encolheria, obviamente horrorizado com a notícia da morte de Bobby e, de um jeito cruel, insensível e malvado, gritaria para expulsá-la.

A boca de Marcie estava um pouco seca e ela bebeu um pouco de água de sua garrafa térmica — água mineral tinha ficado caro demais. Ela manteve um olho na porta da cabana. Conseguia sentir o calor nas bochechas, fruto da fúria que estava sentindo por ter sido recebida daquela forma depois de ter se empenhado tanto na procura por ele. A única coisa que queria no mundo era ter certeza de que ele estava bem. O babaca. E, então, ela sentiu os olhos se encherem de lágrimas exatamente pelos mesmos motivos. A reação dele a magoara de verdade. O que Marcie tinha feito a ele? Aquilo a deixava absolutamente furiosa e, ao mesmo tempo, partia seu coração. Como ele era capaz de uma coisa dessas? Rugir para ela e bater a porta daquele jeito? Sem nem sequer escutá-la? Bastava ter pedido para ela entrar, dizer que estava bem e que queria ficar sozinho, aceitar os cards de beisebol e...

Por um instante, ela deixou as lágrimas rolarem, em silêncio. Fazia algum tempo desde a última vez que havia chorado. Marcie percebeu que as esperanças que nutrira em relação ao desenrolar daquela situação tinham sido idealizadas demais — exatamente o motivo pelo qual Erin desejara contratar um profissional que lidasse com a situação. Ian Buchanan tinha ido embora porque não queria mais ter relações com ninguém que fizesse parte de sua antiga vida. Não era porque precisava de ajuda. Sobretudo ajuda dela.

Dando um soluço emocionado, Marcie admitiu a si mesma que talvez *ela* precisasse da ajuda *dele*. Essa coisa de seguir em frente talvez tivesse a ver com Ian ajudando-a a entender a relação que ele tinha com ela e com Bobby, e como tudo tinha mudado. O fato de Ian ter grunhido e batido a porta na cara dela não ia levá-la aonde precisava ir. Marcie precisaria se segurar até fazê-lo entender: ela ainda não tinha acabado o que viera resolver com ele. E tudo isso seria bem complicado, já que havia boas chances de ele *realmente* estar louco.

Ela tentou mordiscar o sanduíche, muito embora estivesse sem apetite. O sol caía devagar e ela acabou embrulhando o sanduíche de novo e colocando-o no fundo da sacola com as comidas, inacabado. Era um método efetivo: quando você não come muito, fica sem muita vontade de comer.

O sol mergulhou no horizonte, as luzes da cabana brilharam e uma fumaça fina e ondulante subiu pela pequena chaminé. Ela se recostou no saco de dormir, fisicamente confortável, muito embora estivesse emocionalmente em frangalhos. Mas a decisão tinha sido tomada: ela ficaria sentada ali até descobrir o que fazer.

Em termos mais práticos, realmente esperava que não precisasse fazer xixi durante a noite. Vinha escolhendo com muito cuidado os lugares onde parava para dormir, de modo que, se a natureza a chamasse na escuridão da noite, ela não precisaria se afastar muito de seu fusquinha.

Ela nunca fora muito de acampar, nunca tinha sido boa em esvaziar a bexiga cheia rapidamente. Nunca pegara muito bem o jeito certo de ficar de cócoras; parecia que ela sempre acabava molhando o pé direito. Mas depois de um pouco mais de um mês fazendo buscas pelas montanhas e dormindo no carro em vários estacionamentos, ruas residenciais tranquilas, postos de gasolina e estradas rurais, tinha aprendido. Ela ficava de cócoras, fazia o xixi, voltava para o carro e trancava as portas em menos de um minuto. Havia alguns chuveiros disponíveis em hostels e nos vestiários das faculdades locais, onde ninguém olhava muito bem a identificação das pessoas. Ela se deu ao luxo de dormir em hoteizinhos na primeira semana na estrada, e logo percebeu que o dinheiro duraria mais se dormisse no carro. E, sem pistas sobre o paradeiro de Ian, ela precisava fazê-lo durar.

Então, ela se lembrou... tinha um banheiro do lado de fora da cabana, não tinha? Uau, que hilário era pensar no tamanho da felicidade em ver um banheiro externo! A vida tinha ficado mesmo interessante.

Drew e, acima de tudo, Erin morreriam se descobrissem que ela vinha dormindo no fusquinha. Ela balançou a cabeça. *Sou tão doida quanto ele, com certeza.* E, a seguir, reparou que havia flocos de neve no vidro do carro. Flocos lindos, delicados e fofinhos na luz débil de uma estreita faixa de sol que espreitava por entre as nuvens ao poente. Flocos que reluziam ao cair. A vista acima do cume era incrível. Havia um arco-íris brilhando em meio à neve que caía nos pinheiros altos, magnífico. Ela simplesmente não conseguia ficar chateada ali. Não com Ian, ao menos. Talvez ele tivesse se esquecido de que eram amigos.

Ian provavelmente queria que ela pensasse que ele estava maluco, rosnando daquele jeito, mas Marcie queria acreditar que, por baixo daquela gritaria toda, ele ainda era todas as coisas que Bobby tinha dito que ele era, todas as coisas que tinha sido nas primeiras cartas que trocou com ela, antes de dar baixa. Um homem forte, bondoso, gentil e leal. Corajoso. Ele tinha sido tão corajoso ao fazer o que fizera.

Com a neve caindo bem de mansinho e o sol fazendo o arco-íris se dissipar no crepúsculo, Marcie relaxou e fechou os olhos por apenas um instante. Para pensar.

Três

Ian tentou evitar olhar pela janela; por nada no mundo abriria aquela porta. O silêncio nas montanhas era tal que, se ela tivesse dado a partida no motor do carro, ele teria escutado o clique. Então, ele avivou o fogo na lareira de ferro, acendeu o fogareiro portátil a gás e aqueceu grandes panelas de água, para preparar um banho.

Ele tinha passado um ano na cabana sem banheira, chuveiro ou energia elétrica, mas no fim fizera alguns ajustes: comprou um gerador e conectou algumas luzes de dentro da casa. Encontrou uma antiga banheira com pé em uma loja de móveis usados e a restaurou, o que lhe permitiu tomar banho em um lugar maior do que a pia da cozinha.

A água do banho era sempre pouca — algumas panelas que eram enchidas com a água fria extraída por uma bomba manual. Algumas panelas de água fervente não davam para preparar um belo e longo banho de imersão. Durante o inverno, ele entrava na banheira, se limpava e saía bem rápido. Provavelmente nunca teria um sistema de encanamento além da bomba manual; Ian era cuidadoso com dinheiro e não era habilidoso o bastante para instalar ele mesmo o sistema hidráulico na casa. Fazia anos que não tomava uma boa chuveirada. Mas ele também não via necessidade de ficar se enfeitando. Aquilo era tudo de que ele precisava, pois o deixava limpo e pronto.

Depois de um banho rápido e uma muda limpa de roupas, ele aqueceu um pouco de ensopado no fogareiro portátil. Aqueceu na lata mesmo, apenas removendo o rótulo de papel. Ian quis ir ver onde ela estava, o que ela estava fazendo, mas não se permitiria. Ele iria ignorá-la, se recusaria a falar com ela. Ela iria embora. *Logo*, era o que ele esperava.

Depois de todo aquele tempo, Ian tinha conseguido diminuir a importância de tudo que acontecera antes de vir para as montanhas, mas bastou olhar uma única vez para aquela cabeleira vermelhíssima e aqueles olhos verdes faiscantes para que tudo voltasse bem rápido a sua mente. A primeira vez que ele vira aquele rosto pequeno e bonito tinha sido em uma foto que Bobby carregava.

Aquele garoto era único. Ian tinha 28 e Bobby, 20, com alguns anos na Marinha quando se conheceram. Bobby já tinha algumas condecorações. Ian acabara de receber seu novo comando e se afeiçoou ao garoto na mesma hora — ele era engraçado e destemido. Grande, feito o próprio Ian — um corpo forte de um pouco mais de um metro e oitenta — e nenhuma marra. A princípio, Ian apenas o fez trabalhar feito um condenado, mas logo se viu respondendo à resiliência e ao comprometimento incríveis de Bobby. Não demorou muito para que Ian o orientasse; ensinando-o e moldando-o como um dos melhores entre os melhores. Além disso, de vez em quando tomavam uma cerveja e conversavam sobre a vida em casa, coisas fora do mundo militar: esportes, música, carros e caçadas. E, então, serviram juntos no Iraque.

Mostraram fotos das respectivas namoradas e leram as cartas que recebiam um para o outro, às vezes deixando as partes mais pessoais de fora, às vezes não. Bobby tinha se casado com a namorada, mas Ian tinha noivado menos de um ano antes de irem para o Iraque no mesmo pelotão.

Ian estava com Shelly na época. Ela planejara um casamento que aconteceria quando ele voltasse. Bobby e Marcie tinham planos de começar uma família. As duas mulheres eram bonitas — Marcie era pequena e tinha uma aparência frágil, com aquela massa maravilhosa de cabelo ruivo e cacheado e um sorriso cheio de malícia. Shelly era loira, alta e magra, com a aparência sofisticada e o cabelo longo e liso. Ian se lembrava de que Marcie tinha mandado uma calcinha para Bobby, calcinha essa que ele mostrou para os outros caras cheio de orgulho, embora *ninguém* tenha recebido permissão para tocar a peça íntima. Shelly enviou uma mecha de cabelo, mas Ian teria preferido uma calcinha. Marcie mandou uma foto de calcinha e sutiã em cima da moto de Bobby; Shelly mandou uma foto na frente da árvore de Natal, usando uma calça larga e um suéter com gola rolê. As mulheres também enviaram biscoitos, livros, cartões, meias e fitas, qualquer coisa em que eles pudessem pensar. Quando os coletes à prova de bala começaram a rarear e os soldados começaram a comprá-los, Marcie e Shelly também mandaram um para seus respectivos pares.

Ian não queria pensar naquilo. Será que ela não conseguia entender? Ele não queria ser assombrado por essas lembranças. Não podia, de jeito nenhum, falar a respeito disso. Ele se sentou diante de sua pequena mesa, a cabeça apoiada nas mãos, mas, mesmo assim, as lembranças vieram com tudo.

Em Faluja, não existia isso de missão de rotina. O esquadrão de Ian não tinha visto muita ação, mas naquele dia eles ficaram ali, contra as paredes das construções, indo de porta em porta à procura de insurgentes. A rua estava quase deserta; algumas mulheres diante das portas das casas os observavam com cautela. Então, aconteceu de repente e com violência. Explosões repentinas — um carro-bomba e uma granada — e logo depois os tiros disparados pelos franco-atiradores. Ian viu um de seus fuzileiros ser lançado pelo ar, catapultado pela explosão. Ele imediatamente avaliou as condições do restante do esquadrão; eles tinham se protegido e estavam revidando os tiros. Bobby, porém, estava duplamente ferrado: primeiro, porque fora arremessado a cerca de seis metros de distância pela força da explosão, e, quando Ian o alcançou, também já tinha levado tiros. Na cabeça e no peito.

Bobby olhou para ele e disse, em um sussurro rouco:

— Se proteja, sargento.

Ao que Ian respondeu:

— Não fode! Eu vou tirar você daqui.

Ian levantou o corpo de Bobby e, naquele segundo, soube que aquilo ia acabar mal. Soube na mesma hora. Bobby estava mole como um saco de areia de oitenta quilos. Carregando-o sobre o ombro, Ian o levou para trás da parede de uma construção dizimada, chamou o serviço médico, um socorrista que poderia administrar os primeiros-socorros possíveis em um campo de batalha. Ian colocou a mão sobre o ferimento na cabeça de Bobby, para tentar estancar o sangramento e esperou pela ajuda.

O médico que viajava com o pelotão finalmente chegou e abriu o uniforme camuflado de Bobby, avaliando seu corpo com cuidado.

— Atravessou — constatou ele ao ver o ferimento no torso, e fez uma compressa para estancar o sangramento. — Não dá para saber o tamanho do dano até darmos uma olhada mais de perto. Os sinais vitais dele estão aguentando bem.

— Ele vai sobreviver — disse Ian, embora Bobby estivesse apagado.

— A gente não vai conseguir sair daqui rápido — afirmou o médico, tirando sua gaze e esparadrapo para fechar a ferida da cabeça. — Não vai dar para trazer um helicóptero aqui tão perto. A gente vai ter que carregar os feridos ou usar macas.

— Só mantenha ele vivo enquanto eu consigo um transporte — ordenou Ian.

Mas o médico foi chamado para cuidar de outro fuzileiro ferido e Ian sabia que estava em suas mãos fazer tudo que fosse possível para manter Bobby vivo, para conseguir colocá-lo naquele helicóptero. Bobby estava inconsciente e mal respirava.

Não demorou muito, embora tenha parecido uma vida inteira, antes que o rádio do médico avisasse que havia um helicóptero a alguns quarteirões, em uma zona segura. Ian sabia do fundo do coração que Bobby não sairia bem daquela, mas se recusou a pensar nisso.

— Você vai ficar bem, amigo — ficou repetindo. — Fique comigo, eu vou tirar você daqui.

No minuto em que o fogo dos franco-atiradores pareceu diminuir, Ian pegou Bobby nos braços e começou a correr pelas ruas poeirentas e crivadas de balas de Faluja, em direção ao helicóptero e aos paramédicos que tinham equipamentos melhores do que os disponíveis no campo de batalha. Ian tinha sido atingido na coxa, mas a bala pegara no músculo, não o osso, e ele correu mesmo sentindo dor. Levou outro tiro no rosto, mas ainda não conseguia sentir a dor, sentiu apenas o ardor na bochecha. A seguir, viu o canto do prédio onde, do outro lado, estaria o transporte médico.

Ele levou Bobby até o helicóptero, onde a equipe de resgate assumiu a situação. Ele estava tentando voltar para junto do pelotão quando um dos médicos agarrou a manga de sua roupa e disse:

— Peraí, sargento. Vamos dar uma olhada nisso.

Ian olhou para baixo. Ele estava coberto de sangue. E não conseguia discernir qual sangue era de Bobby e qual era o seu próprio. Bem nessa hora, sua perna começou a latejar e seu rosto, a queimar; a visão ficou turva com o sangue que escorria para dentro do olho.

— Peraí, sargento... você não vai a lugar nenhum. Nós temos que dar uma olhada no...

— Tome conta dele — disse Ian, com firmeza. — Eu vou ficar bem.

— A gente vai cuidar de todo mundo aqui, sargento — respondeu o médico.

Ele levou uma tesoura até a calça de Ian e cortou o tecido até a altura da coxa para expor o buraco que sangrava.

— Ai — gemeu Ian. — Puta merda.

Ian cambaleou um pouco.

E então se sentou enquanto o médico tratava dos ferimentos em seu rosto — um corte que atravessava sua sobrancelha e um ferimento que se estendia por todo o comprimento do rosto. Enquanto isso acontecia, enquanto esperavam por mais alguns fuzileiros feridos, Ian observou Bobby ser atendido.

Um dos médicos disse:

— Sem baixas hoje.

Mal sabiam eles...

O helicóptero finalmente levantou voo e seguiu em direção ao hospital de campanha mais próximo. Havia uma estrutura de atendimento cirúrgico completo naquelas tendas e prédios erguidos às pressas. Foi ali que Ian se separou de Bobby, sendo levado para uma área de tratamento enquanto Bobby foi direto para cirurgia. Um jovem médico havia raspado a sobrancelha de Ian, a fim de dar um ponto firme e bem-feito na laceração; a enfermeira o informou de que os pelos talvez não voltassem a nascer. Quando Ian já se encontrava enfaixado e com um par de muletas, Bobby tinha sido estabilizado e enviado de avião para a Alemanha.

Ian ficou no Iraque. Os ferimentos deixaram cicatrizes feias, mas sua recuperação foi relativamente rápida. Durante os dois meses em que Ian esteve afastado da ação, ele escreveu cartas para a esposa de Bobby, cartas em que dizia ter certeza de que Bobby ficaria bem. Marcie foi para a Alemanha assim que soube do ocorrido e escreveu de lá para Ian. Depois, seguiu Bobby, que foi transferido para Washington D.C. — para o Centro Médico Walter Reed —, onde eles trocaram mais umas cartas.

Ao mesmo tempo que Ian voltou à ação, Bobby saiu da Alemanha, indo para Walter Reed, seguiu para um hospital de veteranos no Texas, até enfim voltar para casa com a esposa. Ian manteve a correspondência. Recebia mensagens de Marcie o tempo todo e respondia a todas. Ela dizia coisas como: "Ele ainda está bastante irresponsivo, mas eles estão trabalhando com ele na fisioterapia" e "Ele não está precisando de respirador artificial, nem nada assim" e "Eu juro, Ian, ele sorriu para mim hoje". Ela contou que havia algum tipo de paralisia e que eles temiam que pudesse haver dano cerebral, não do ferimento causado pela bala, mas por causa do inchaço do cérebro. "Temiam", escreveu ela. E "algum tipo de paralisia".

Foi alguns meses mais tarde que ela escreveu para ele mais uma vez: "Precisamos encarar a realidade. Ele não vai se recuperar. Está paralisado do pescoço para baixo e, embora esteja consciente, não responde." As notícias atingiram o coração de Ian como se fossem um torpedo. Ele releu as cartas anteriores; não havia nelas uma pista da maldição que recaíra sobre o amigo, mas os fatos já estavam apresentados. Uma mistura da negação dele com a esperança dela tinha mantido as péssimas e inevitáveis notícias afastadas por um tempo.

E, então, Marcie escreveu: "Estou tão aliviada por ele estar em casa."

Ian foi condecorado por ter salvado a vida de Bobby. Todo dia ele se perguntava por que recebera medalhas por aquilo, por salvar um homem para que ele vivesse em um corpo que estava morto.

Uma vez que tinha as informações básicas a respeito do amigo, ele achou que estava preparado para a visita que faria quando tivesse uma folga e fosse para os EUA. Marcie ficou tão feliz ao vê-lo. Abraçou Ian, agradeceu. Ele não estivera certo do que esperar, mas com certeza absoluta não tinha sido o que viu. Considerando as fotos anteriores, dava para ver que Marcie tinha emagrecido e ficado mais pálida, com uma aparência ainda mais frágil. Ela era tão pequena, tão delicada.

E quanto a Bobby? O homem que ele tinha visto não se parecia em nada com seu amigo. Aquele homem deitado era uma versão destruída e definhada de Bobby — o tônus muscular desaparecera, ele olhava para o nada, era alimentado por um tubo, não respondia a sua jovem esposa ou a seu melhor amigo. Bobby tinha ido embora, para sempre, embora seu coração ainda bombeasse sangue e seus pulmões se enchessem de ar. Aquela imagem era uma caricatura. E Ian tinha aceitado medalhas por aquilo?

Ian abriu os olhos e os sentiu secos e ásperos. Cheios de areia. Ele tinha sido, literalmente, transportado para o passado, uma coisa da qual vinha fugindo havia muitos anos. Ele nunca teve muita certeza sobre se o que acontecera depois da baixa fora causado pela experiência no Iraque de um modo geral ou se estava relacionado aos eventos que mudaram a vida de Bobby de maneira tão irrevogável. Qualquer que fosse o caso, a coisa tinha atingido seu ápice naquela licença, quando ele voltara do Iraque desorganizado, com a cabeça toda ferrada. Ele visitara Bobby por, provavelmente, menos de quinze minutos, mas fora o suficiente para deixá-lo devastado com o que tinha feito: salvara Bobby para que ele vivesse naquelas condições. Ele cancelou o casamento, o que deixou Shelly arrasada, e se apresentou de novo ao serviço militar, não mais o mesmo homem valente de antes, mas um cara arruinado e com o pavio extremamente curto. Recebeu um telefonema da irmã de Marcie, dizendo que seria legal se ele pelo menos mantivesse contato com ela. Marcie estava enfrentando tantas coisas com Bobby... E saber disso acrescentou culpa a sua crescente lista de demônios.

De repente, Ian não conseguia ficar longe de confusões. Em vez de se tornar um exemplo, passou a ser um problema. Acabou passando algumas noites na prisão por se meter em brigas idiotas e aleatórias, e o pai disse a ele que nunca sentira tanta vergonha do filho. A resposta que Ian deu a isso foi fazer tanta besteira que os Fuzileiros sugeriram que era hora de se afastar e ver se seria melhor para ele viver a vida como civil. Ian não conseguiu encarar nada daquilo. Ele tinha falhado com Bobby, desgraçado o próprio pai, abandonado e deixado sua mulher arrasada. E não tinha ficado para apoiar Marcie, que merecia uma atitude melhor da parte dele. Apenas fugira sem rumo, tentando entender a própria cabeça, mas a tarefa se mostrou impossível.

Ele não queria ver Marcie naquele momento. Não queria reviver tudo aquilo. Não havia jeito de se desculpar o suficiente, de desfazer o que tinha feito. Marcie tinha de ir embora, deixá-lo descobrir como coexistir sozinho, apenas com os próprios monstros, em um lugar onde não poderia causar danos. Ian havia encontrado certo contentamento ali; repassar os detalhes mais uma vez não traria nada de bom. Deus era testemunha de que ele tinha repassado todos os detalhes vezes demais, geralmente sem nem querer fazer isso.

Ele sentia uma culpa terrível. Se Bobby estava condenado a uma vida debilitada, por que ele deveria seguir com as coisas do ponto onde havia parado e prosperar? Não dava, Ian não conseguia. Mas podia evitar ouvir todos os detalhes dos últimos anos traumáticos.

Ele olhou o relógio em seu pulso. Eram dez horas e ele precisava fazer xixi. Tinha ficado perdido entre as lembranças, em um flashback, por mais de duas horas. Considerou muito seriamente se usava ou não um pequeno penico que mantinha em casa para emergências, mas já era hora de ele ir ver se Marcie tinha ido embora durante o tempo em que ele estivera perdido em outro mundo.

Ele vestiu a jaqueta e se agarrou com força à esperança de que, ao abrir a porta, aquele pequeno Volkswagen não estaria mais lá.

Mas o veículo estava bem ali, coberto por uma fina camada de neve. Merda. A visão o deixou furioso, e ele deixou escapar um rosnado alto e apavorante. Mas não houve qualquer resposta de dentro do carro. Ele bateu à janela.

— Ei! Você aí! Vai embora daqui! Vai pra casa!

Ainda assim, não veio qualquer resposta de dentro do carro. Ele colocou as mãos grandes no teto do pequeno veículo e começou a balançá-lo, sacudindo-o. Quando ele parou, nada se mexeu, não houve qualquer som.

Merda, pensou ele. Estava muito frio. Será que ela dormiu ali dentro enquanto a temperatura caía e o carro ficava coberto de neve? Ninguém era tão burro assim. Ele abriu a porta do passageiro. A mulher tinha desaparecido.

— Merda! — xingou ele, virando-se para olhar ao redor. — Que merda, Marcie! Onde você se enfiou?

A noite estava silenciosa. A neve caía preguiçosamente. Então, ele escutou um rangido vago, de dobradiças, e olhou em meio à escuridão. A porta do banheiro externo estava aberta, balançando com a brisa suave.

Um horror mais gelado do que o céu de inverno tomou conta de Ian, que correu até a pequena construção. Ela estava caída à porta, a parte de cima do corpo do lado de dentro do banheiro e as pernas do lado de fora, cobertas de neve. Deus do céu. Ela estava caída ali, daquele jeito, por tempo o suficiente para que a neve cobrisse de leve suas pernas.

Ian nem sequer pensou. Pegou a mulher no colo na mesma hora e pousou os lábios na testa dela, para avaliar sua temperatura. Fria feito um cubo de gelo. Ele correu com ela nos braços para dentro da cabana, ciente do fato de que ela não estava rija, não estava congelada, e fez uma coisa que não fazia havia muito tempo: rezou. *Meu Deus, eu não queria rosnar daquele jeito... eu só achei que seria melhor para nós dois se ela fosse embora! Por favor, faça ela ficar bem! Eu faço qualquer coisa... qualquer coisa...* Já dentro de casa, ele a colocou no sofá, então correu para colocar mais algumas toras de madeira no fogo.

A seguir, voltou às pressas até ela e verificou sua pulsação. Ela estava bem, embora com uma hipotermia grave o suficiente para deixá-la inconsciente. Ele sabia o que precisava fazer e começou a despir as roupas molhadas e geladas que ela estava usando. Primeiro, o colete acolchoado, depois as botas e a calça jeans. Pelo menos, a calça era bem grossa e as botas eram de couro; o que deve ter impedido queimaduras de frio. Marcie pendeu, flácida, quando ele tirou o suéter dela. A seguir, ele tirou a própria jaqueta, arrancou a camiseta que vestia, depois as botas e tirou a calça. Ele cobriu o pequeno corpo dela com o próprio corpo e a aqueceu, pele a pele, segurando-se para não a esmagar com seu peso.

Ian virou o rosto dela de modo que ele ficasse pousado com delicadeza em seu ombro. Passados alguns minutos, sentiu que ela começava a aquecer. Ele estava com os braços tremendo por causa do esforço de sustentar seus quase noventa quilos e ainda assim manter o contato pele a pele, e, nesse momento, a imagem mais esquisita de todas voltou à sua mente. *No chão e pague vinte! E vinte! E vinte!* Meu Deus, quantas flexões ele precisou pagar, e quantas ele pediu para que os outros pagassem...

Ele a aqueceu durante uma hora, enquanto a lareira aquecia a cabana. Ele sentia Marcie respirando de maneira suave e regular contra seu ombro; o corpo dela imóvel e quente ao toque. Ele ficou ali, em cima dela, um pouco mais do que o necessário. No entanto, com certa relutância, se afastou e a embrulhou em uma colcha velha e macia que ficava ao pé do sofá.

Já vestido de novo, alimentou a lareira e colocou uma chaleira com água para esquentar no fogareiro.

Dentro daquela cabana de um quarto havia um sofá, uma mesa e duas cadeiras, a tal banheira com pé, a lareira de ferro e um fogareiro portátil que funcionava a gás em cima da bancada da pia da cozinha. Havia um estrado grosso e enrolado sobre o qual ele dormia e uma pilha de lenha seca ao lado da lareira. Havia uns poucos armários e uma pia com bomba manual. Havia dois baús grandes e uma pequena caixa de metal, dentro da qual ele guardava seus objetos pessoais e alguns itens de valor. Encostados em um dos cantos, estavam o material de pesca e dois rifles de calibre grande o bastante para caçar cervos nas terras que se tornaram dele. Ian tinha seis livros empilhados; a cada duas semanas ele ia até a biblioteca pública, usando o cartão que tinha pertencido ao velho Raleigh, o homem que vivera ali antes dele e que também morrera ali, deixando uma carta que dizia que Ian podia ficar com a propriedade.

Ele foi de novo verificar Marcie, que estava bem, dormindo profundamente. Então, foi bem rapidinho até o banheiro do lado de fora da cabana.

Geralmente, estaria dormindo havia muito tempo, já que não havia quase nada para fazer ali, mas, em vez disso, ele se sentou em uma cadeira em frente à mesa e abriu o livro que vinha lendo. Quando a chaleira apitou, ele desligou a chama e foi ver Marcie. Ela estava mais aquecida e com a respiração regular, por isso leu mais um pouco. A seguir, colocou mais água na chaleira, checou Marie mais uma vez e encontrou-a na mesma.

Aquele cabelo... Estava espalhado pela almofada do sofá, cheio e sedoso. Se não tivesse tanta barba, Ian poderia ter aproveitado a sensação daquele cabelo em seu rosto na hora em que a esquentara. Ele pegou uma mecha e sentiu os fios grossos e macios. Não pôde deixar de pensar naquela garota, no alto de seus 23 anos e casada havia quatro, cuidando de um homem que não passava de pele e osso. Meu Deus, que tipo de vida ela devia ter levado?

Por várias vezes Ian reaqueceu a água para fazer um chá quente, leu e conferiu como ela estava. E, então, ele escutou o barulho de uma fungada vindo da direção do sofá. Uma tosse seca. Ele deu uma olhada no relógio em seu pulso — uma peça que custara dez dólares e que vinha funcionando havia quatro anos — e viu que eram quase quatro horas. Ele foi até o sofá e se ajoelhou ao lado dela.

— Você vai acordar?

Ela abriu os olhos bem devagar e acordou assustada, logo se apoiando nos cotovelos para ficar de pé.

— Quê? O quê?

— Calma. Está tudo bem. Mais ou menos.

Ela piscou algumas vezes e, depois, arregalou os olhos.

— Onde estou?

— Eu trouxe você para dentro. Tive que trazer porque você estava prestes a morrer congelada. Deve estar faltando um cérebro aí nessa sua cabeça.

Ela estreitou os olhos, fazendo uma expressão de incredulidade.

— Ah… eu tenho um cérebro. Eu só não tenho é muita experiência em viver nas montanhas — disse Marcie, sentando-se com dificuldade. — Nossa, se eu soubesse que você tinha recuperado a sobrancelha e deixado crescer uma barba ruiva, eu teria te encontrado antes. Eu vou sair da sua cola, pode ficar tranquilo, coisa que, aliás, você aprendeu a fazer muito bem, né?

— Você não vai a lugar algum — disse ele, colocando uma das imensas mãos no tórax dela, forçando-a a se manter sentada. — Você está presa… e eu também.

— Tudo bem — respondeu ela. — Eu durmo no carro todas as noites. Eu tenho um bom saco de dormir…

— Você ouviu o que eu disse? Você desmaiou quando estava saindo do banheiro, ficou coberta de neve e quase morreu congelada. Você queria me ver, não queria? Pois agora seu desejo foi atendido.

Os olhos dela se arregalaram de repente.

— Eu estou... ah... pelada aqui embaixo?

— Você não está pelada. Você está de calcinha e sutiã. Eu tive que tirar sua roupa porque estava toda molhada. Era isso ou deixar você morrer. Não foi uma decisão fácil — mentiu ele.

— Você tirou a minha roupa e me embrulhou nesta colcha? — perguntou ela.

— Basicamente — respondeu ele.

E experimentei a sensação de ter o seu corpo pequeno e macio contra o meu durante uma hora, o primeiro corpo feminino que esteve de encontro ao meu em cinco anos. Uma sensação da qual, até aquela noite, ele não tinha sentido falta.

— O que aconteceu lá fora? Como foi que você terminou caída na porta do banheiro daquele jeito?

— Não tenho a menor ideia. Eu fiquei tão feliz com o banheiro aí fora, porque pela primeira vez eu não ia precisar fazer xixi agachada atrás de um arbusto. Eu ia usar o banheiro rapidinho, mas eu estava tão cansada que mal conseguia me mexer, e essa é a última coisa da qual eu me lembro, antes de acordar. — Marcie tossiu. — Eu não achei que estivesse tão cansada a ponto de cair no sono no meio do caminho.

— Você não caiu no sono — disse ele. — Você desmaiou. Hipotermia. Como eu disse... parcialmente congelada.

— Hum. Bom, eu preciso fazer xixi agora — disse ela. — E estou com muito, muito calor aqui.

Então ela ficara parcialmente congelada *antes* de sair do fusca. Ele olhou para ela por um minuto, a seguir, foi até a lareira. Ian tinha colocado as roupas molhadas de Marcie dobradas sobre uma cadeira diante do fogo. Tocou nelas para ver se estavam úmidas, então foi até um dos dois baús e tirou de lá de dentro uma de suas camisas de flanela. Ele entregou a ela e disse:

— Aqui, pode vestir isso.

Na sequência, ele esticou a mão para alcançar atrás da lareira e pegou um pote de porcelana azul-marinho com bolinhas brancas que tinha, provavelmente, uns cinquenta anos no mínimo. Quando voltou para perto dela, Marcie estava sentada, abotoando a camisa de flanela.

— Use isso.

— Para quê?

— Para fazer xixi dentro.

— Hum, acho que não vai rolar — respondeu ela. — Quem sabe, se você me devolver a minha calça jeans e as minhas botas, eu possa dar um pulinho lá fora... — Então ela tossiu de novo, várias vezes.

— Não, de jeito nenhum. E não invente de ficar doente. Não tenho tempo de cuidar de uma pessoa doente.

— Eu não estou doente, minha garganta só está um pouco seca. Eu queria um pouco de água, mas não antes de fazer...

— Eu vou ser bem claro, ok? — interrompeu ele, com aspereza. — Eu não vou deixar você voltar lá para fora. Pelo menos, não durante as próximas horas. — A chaleira apitou. Ele desligou a chama do fogão a gás e vestiu a jaqueta. — *Eu* vou lá fora. Você faz o que tem que fazer. Depois disso, você vai beber uma xícara de chá e vai dormir de novo.

Ela apenas ficou olhando para ele com aqueles olhos verdes, opacos e bem arregalados. E depois se remexeu, desconfortável.

— Você tem algum... papel?

Ele suspirou fundo, deixando os olhos se fecharem, impaciente. Depois de passar o penico para Marcie, foi até um dos armários e pegou um rolo novinho de papel higiênico. Na sequência, saiu pela porta, torcendo para que ela não demorasse a fazer suas necessidades. Ian passou cinco minutos estremecendo de frio do lado de fora e, então, hesitante, bateu à porta de sua própria casa. Como resposta, recebeu um acesso de tosse intensa e não esperou por um novo convite.

Ela estava recostada no sofá, com o rosto ruborizado e as pernas magras e nuas aparecendo por baixo da camisa enorme. Também segurava o penico de maneira possessiva. Ela ergueu o olhar e disse:

— O que eu faço com isso?

— Pode deixar — respondeu ele, estendendo a mão.

Marcie não se moveu.

— Vamos, eu cuido disso agora — insistiu ele.

Relutante, ela cedeu.

— Eu já volto.

E, mais uma vez, ele a deixou ali, dessa vez para jogar o que estava no penico pelo buraco do banheiro externo. E, enquanto voltava, ele pensou: *ela está doente. Sem dúvidas. Ela tem dormido naquela porcaria de carro sabe-se lá há quanto tempo, e ficou com a imunidade baixa.* Algum vírus já devia estar prestes a atacar, e a friagem foi só a gota d'água.

Ian não disse nada ao entrar na cabana. Colocou o penico de volta no lugar, atrás da lareira, caso ela precisasse novamente. Lavou as mãos, preparou uma xícara de chá para ela e, enquanto a infusão ficava pronta, deu a ela um copo de água e três aspirinas.

— Quê? — disse ela. — Para que isso?

— Eu acho que você pode estar com febre. Talvez por quase ter morrido congelada, talvez por algum outro motivo. Primeiro vamos tentar com a aspirina.

— É — respondeu ela, aceitando os comprimidos em sua mãozinha. — Obrigada.

Enquanto Marcie bebia os comprimidos, o chá ficou pronto. Marcie devolveu o copo de água para ele e Ian passou a xícara de chá. Enquanto ela bebericava, Ian ficou do outro lado da sala, observando-a. Quando ela estava quase no fim, ele disse:

— Ok, o negócio é o seguinte. Eu tenho que trabalhar de manhã. Vou ficar fora até mais ou menos meio-dia... depende de quanto tempo vai levar a coisa. Quando eu voltar, você vai estar aqui, ok? Depois que a gente tiver certeza de que você não está doente, aí você pode ir embora. Mas não vai sair daqui até eu dizer que é a hora. Quero que você durma, descanse. Se precisar, use o penico, não vá lá fora. Não quero prolongar essa situação e não quero ter que ir atrás de você para ter certeza de que você está bem. Entendeu?

Ela sorriu levemente.

— Ora, você se preocupa, no final das contas.

Ele fez uma careta, mostrando os dentes, como se fosse um animal.

Marcie riu um pouquinho, o que provocou um novo acesso de tosse.

— Você tira muito proveito disso? Dos urros e grunhidos, como se você estivesse prestes a dilacerar uma pessoa com os dentes? — perguntou ela, e Ian desviou o olhar. — Deve ser efetivo para manter as pessoas longe. O senhor que mora mais pra baixo disse que você é maluco. Você uiva para a lua e tudo mais?

— Que tal você não abusar da sorte? — respondeu ele, com o máximo de maldade que conseguiu inflexionar na voz. — Quer mais chá?

— Se estiver tudo bem por você, acho que vou tirar uma soneca. Não quero incomodar, mas estou realmente exausta.

Ian tirou a xícara da mão de Marcie.

— Se não queria incomodar, por que simplesmente não me deixou em paz?

— Meu Deus, eu só estava com vontade de encontrar um velho amigo… — Ela se deitou no sofá, puxando aquela colcha macia para se cobrir. — Que tipo de trabalho você tem que fazer?

— Levo lenha na caçamba da minha caminhonete para vender.

E, ao dizer isso, Ian foi até a caixa de metal que estava fundida no chão pelo lado de dentro. Se alguém aparecesse ali, o que era improvável, não conseguiria furtá-la. Ele destrancou a caixa e tirou um maço de notas que ele guardava ali dentro, a seguir, colocou o dinheiro no bolso e voltou para fechar a tranca.

— Primeira neve do inverno… provavelmente será um dia bom. Talvez eu volte mais cedo, mas, seja como for, independentemente do que aconteça, eu quero que você fique aqui até eu dizer que você pode ir. Entendido?

— Escute, se estou aqui é porque é aqui onde eu quero estar, e é melhor *você* entender isso também. Fui eu que vim procurar você, então não fique achando que você vai me acuar e me assustar. Se eu não estivesse tão cansada, eu até iria embora… só para irritar você. Mas desconfio de que você *gosta* de ficar irritado.

Ian se levantou, vestiu a jaqueta, tirou as luvas dos bolsos e respondeu:

— Eu acho que a gente se entende da melhor maneira possível.

— Espera! Você já vai sair? Ainda nem amanheceu!

— Eu preciso começar antes de o sol nascer para carregar a caminhonete.

E, com isso, Ian se foi.

Marcie deitou no sofá e fechou os olhos. Primeiro, escutou o barulho surdo e intenso das toras de lenha sendo colocadas na caçamba. Quando estava quase pegando no sono, ouviu um assobio suave, muito bonito, com uma melodia inconfundível. Um tempo depois, quando abriu os olhos, a cabana estava ligeiramente iluminada pelos primeiros raios da manhã e Marcie ouviu alguém *cantar*. Um barítono lindo. Não dava para entender as palavras, mas era Ian cantando, e isso a fez perder o fôlego.

De uma coisa ela sabia: quem está sofrendo e com raiva não canta. É impossível.

Quatro

Havia neve em alguns pontos do caminho até o vale, mas não alcançara cidades oceânicas como Eureka e Arcata. Mas ali em cima, estava tudo nublado, úmido e gelado, e havia previsão de mais neve pela frente. Pouco antes das sete, Ian estacionou a caminhonete em uma estrada que levava a uma via movimentada. Naquela encruzilhada, ele tinha acesso a pessoas que estavam a caminho do trabalho e, depois de quatro anos, já tinha clientes fiéis. Como não tinha celular e ninguém sabia onde ele morava, as pessoas simplesmente esperavam que Ian aparecesse. Cinco carros pararam, um atrás do outro, e ele negociou várias caçambas de lenha. Anotou os endereços em seu caderninho e prometeu que entregaria a madeira nos próximos dias. Como dois dos clientes eram antigos, Ian aceitou receber em cheque. Os outros três disseram que as esposas o pagariam em dinheiro no ato da entrega.

O sexto cliente era o delegado, que comprava um lote de lenha todo inverno. Àquela altura, já devia confiar em Ian, porque pagou adiantado e em dinheiro. A maioria dos clientes gostava de ver a madeira antes de pagar a entrega.

— Conseguiu um bom suprimento neste inverno, amigo? — perguntou o sujeito, contando as notas.

— Sim, senhor. Vou conseguir o que você precisa. Pode descarregar essa leva para você agora mesmo.

— Você consegue deixar o lote no galpão nos fundos e colocar umas toras na varanda, perto da porta de serviço?

— O de sempre, pode deixar — respondeu Ian, aceitando o dinheiro.

— Obrigado e se cuide — disse o delegado. — Ah... Tem uma mulher procurando por um cara mais ou menos do seu tamanho, da sua idade... Enfim, deixa para lá...

Ian sorriu por dentro. *Não, seu policial, não poderia ser eu*, pensou ele.

— Vou entregar a madeira agora pela manhã.

— Obrigado, amigo.

Vinte minutos depois, Ian anotou o último pedido e seguiu para entregar aquele lote na casa do delegado. Fez uma parada para colocar gasolina e comprar alguns suprimentos: cubos de caldo de galinha, meio frango assado, uma cebola, um pouco de aipo, um pacote de jardineira de legumes congelados, macarrão, caixinhas de suco de laranja, maçãs, laranjas, café, pão, manteiga de amendoim e mel. Ele estava de volta à cabana antes do meio-dia.

A intensidade da lareira diminuíra e a sala estava menos quente, mas, mesmo assim, Marcie chutara as cobertas para longe e seu traseiro pequeno estava aparecendo — calcinha lilás, de renda. O rosto dela estava com um tom rosado vivo. Ele colocou as compras no chão e alimentou o fogo da lareira. A seguir, levou suco e mais aspirinas para ela. Ian puxou a colcha e fez Marcie se sentar.

— Você já está saindo? — perguntou ela, grogue.

— Acabei de voltar. Aqui, tome uma aspirina. Você está com febre. Está sentindo alguma dor? Cabeça, estômago, garganta, peito?

— Não sei — respondeu ela, lutando para acordar. — Acho que só estou cansada e dolorida. Mas vou ficar bem.

— Suco e aspirina — insistiu ele, fazendo com que ela se levantasse. — Agora, vamos. Você está com uma virose.

— Ai... — disse ela, se levantando. — Me desculpe por isso. Eu vou ficar boa logo. Provavelmente é só um resfriado ou alguma coisa assim.

Ela pegou a aspirina — quatro comprimidos dessa vez — e engoliu tudo com o suco de laranja.

— Vou precisar sair de novo, Marcie. Tem mais suco na mesa. Quer que eu coloque o penico mais perto do sofá?

— Não — respondeu ela, se acomodando de novo no sofá. — Eu não gosto desse penico.

— Eu vou ver se consigo uns remédios para você. Tem um médico das antigas em Virgin River... pode ser que ele tenha alguma coisa para gripe ou resfriado. Vou levar mais ou menos meia hora até lá e o mesmo tempo para voltar.

— Virgin River — repetiu ela, quase sonhando, já de olhos fechados. — Ian, eles têm a árvore de Natal mais linda de todas... Você tem que ver...

— Aham, tá. Eu volto em mais ou menos uma hora, ok? O fogo deve durar, mas você pode ficar coberta? Até eu voltar?

— Eu estou com muito calor ...

— Você não vai estar com calor daqui a meia hora, quando a aspirina fizer efeito e baixar sua temperatura. Você pode fazer isso por mim?

Ela abriu os olhos, as pálpebras estremecendo.

— Eu aposto que você está bem chateado comigo agora, né? Eu só queria encontrar você, não queria causar problemas.

Ele removeu algumas mechas daquele cabelo ruivo e indomável da testa dela, mas algumas ficaram presas no rosto por causa do suor.

— Eu não estou mais chateado, Marcie — respondeu ele, baixinho. — Quando você tiver ficado boa da gripe eu te dou uma bronca. Pode ser?

— Tanto faz. Você pode uivar ou dar aquele seu rugido animalesco se quiser. Eu tenho a impressão de que você gosta de fazer isso.

Ian não conseguiu conter um sorriso.

— Eu gosto — admitiu. — Gosto mesmo. — A seguir, ficou de pé e completou: — Fique coberta, eu volto assim que puder.

Quando Ian chegou à cidade, a primeira coisa que ele viu foi a árvore de Natal. Por algum motivo, tinha achado que Marcie estava delirando de febre quando comentou a respeito, o que o deixara apavorado. Mas ali estava — a maior árvore que ele já vira na vida. A parte de baixo estava decorada com bolas vermelhas, brancas e azuis, estrelas douradas e outras coisas; a parte de cima ainda estava sem qualquer decoração. Ele literalmente reduziu a velocidade da caminhonete por um instante, para admirar. Mas o que significava aquele padrão de cores tão patriótico? Eles faziam isso todo inverno? Será que alguns jovens da cidade estavam na guerra?

Ian se obrigou a parar de pensar a respeito; precisava ir buscar os remédios. Alguns anos antes, dr. Mullins costumava ir até a casa de Ian quando o velho Raleigh estava bem doente, já no fim da vida. Ian precisava ir com a velha caminhonete de Raleigh buscar o médico, porque o velho nunca tinha considerado ter um telefone. Nem Ian.

Quando entrou na casa do médico, viu uma jovem loira sentada à mesa.

— Olá — cumprimentou a mulher.

Quando ela se levantou, Ian reparou na barriguinha de gravidez.

— Oi. O doutor está por aí?

— Está sim, vou chamá-lo. Ah, bem, eu estou aqui há menos de dois anos... ele sabe quem você é?

— Mais ou menos, sim.

A jovem sorriu por cima do ombro e foi até a sala do dr. Mullins. Em pouco tempo, o velho veio mancando na direção dele, os óculos na ponte do nariz e os fios brancos das sobrancelhas espetados para todos os lados.

— Boa tarde.

— Ei, doutor — respondeu Ian, estendendo a mão. — Alguma chance de o senhor ter alguma coisa para gripe?

— Desculpe, filho... Estou lembrando do seu rosto, mas não do nome. Você é...

— Buchanan. Ian Buchanan, lá da Clint Mountain. Onde morava o velho Raleigh. Fui em quem cuidei dele no fim.

— Ah, isso — disse ele. — É isso mesmo. O que você está sentindo?

— Não sou eu, doutor. Uma visita apareceu ontem e ela se sentiu mal à noite. Febre, calafrios, dores no corpo, garganta inflamada... Estou dando aspirina e suco para ela. Não quis trazê-la com esse frio porque o aquecedor da caminhonete não é muito bom, mas se o senhor tiver algum remédio...

— Eu estou até aqui de remédios, garoto... mas costumo fazer meus diagnósticos pessoalmente.

— É bem longe daqui... O senhor se lembra.

— É, eu sei, não dá para esquecer aquele velho doido. Sem problemas... Vamos até lá. Só vou preparar a maleta e vou seguindo você, ok? A maioria das estradas para aquelas bandas é um mistério.

Ian sentiu o maço de notas em seu bolso diminuir. Ele estava bem encaminhado para o inverno, mas se precisasse de muito diesel e propano durante os meses frios, a coisa ia apertar. Então, na primavera, viria o imposto sobre a propriedade. Os verões eram fáceis; não eram quentes, mas ele não precisava esquentar comida nem água, a luz do dia durava mais e o combustível também. Ele sempre economizava dinheiro nessa época para fazer possíveis reparos na caminhonete e coisas do tipo. Às vezes também aproveitava a estação para fazer alguns serviços para uma empresa de mudanças e recebia um dinheiro por fora. Essa graninha extra dava a ele tempo para cuidar do jardim, pescar e cortar árvores para a lenha do inverno. Ele ficaria bem se não acontecesse uma grande crise... como uma doença séria.

Mas, no fundo, não importava o quanto aquilo custaria. Não importava do que ela precisasse, fosse uma ida ao hospital ou qualquer outra coisa, ele daria um jeito. Só não poderia deixá-la ficar doente. Em menos de vinte e quatro horas, tudo que ele queria era vê-la sorrir como naquela foto que Bobby mostrara no passado.

Ele mal notou quando a mulher na clínica telefonou para alguém e vestiu o casaco.

Quando o médico voltou com a maleta, franziu a testa para a mulher. Foi mais como uma encarada.

— Onde pensa que está indo?

— Vou com você. Jack está com David, e o senhor está indo atender uma mulher. Com certeza vai desejar minha presença.

— Você está grávida e não precisa entrar em contato com uma gripe.

Ela deu uma gargalhada e seu rosto se iluminou de um jeito lindo.

— Como se eu não tivesse me afundado em casos de gripe desde que o frio e a chuva chegaram. Dá um tempo, né? Vamos indo.

Ela seguiu em direção à porta.

— Mas que mulher teimosa — murmurou o médico. — Ela nunca aceita as minhas ordens, ok, mas quando a gente acha que um conselho de amigo seria bem recebido… — Ian segurou a porta para o médico. — Mulheres não passam de um pé no… Por isso que eu nunca me casei. Tudo bem, não é bem verdade. Nenhuma me quis.

Ele parou e desceu a escada da varanda com a ajuda de sua bengala.

— Hum, doutor… não é melhor trancar a clínica? — perguntou Ian.

— Que nada. Basta trancar o armário de remédios, e Jack e Preacher estão do outro lado da rua. Eles conseguem farejar problema e estão armados até os dentes. O idiota que mexer com a clínica vai ser um idiota morto.

— Hum — disse Ian.

Eles tinham tudo esquematizado ali, naquela cidadezinha. Isso fez Ian se perguntar como seria a sensação. Fazia muitos anos que ele não tinha nada esquematizado.

Havia um jipe Hummer parado ao lado de sua velha caminhonete, e a loira grávida esperava ao volante. Deviam ter uma boa clientela, para terem dinheiro para comprar um carro daqueles. O maço de notas em seu bolso encolheu mais uma vez.

Ian abriu a porta para o dr. Mullins e Mel e, mais uma vez, Marcie estava dormindo tão pesado que nem notou quando eles chegaram.

— Só vou checar se tem lenha na lareira e, depois, vou esperar lá fora — anunciou ele.

Mel puxou uma cadeira que estava na mesa e colocou-a ao lado do sofá, indicando com um tapinha que o médico podia se sentar ali. A seguir, com delicadeza, ela deu uma leve balançada no ombro de Marcie e a chamou, falando por cima do ombro do doutor Mullins.

— Marcie, pode acordar? Pode abrir os olhos um pouquinho?

Quando ela obedeceu, Mel sorriu.

— Oi. Você não está se sentindo muito bem, né? Você se lembra de mim? Mel Sheridan, de Virgin River. Eu sou a mulher que foi arrastada para fora da escada no meio da cidade por um brutamontes.

— Lembro — respondeu Marcie. — Claro.

Marcie deu uma tosse seca, virando a cabeça para o lado.

— Este é o dr. Mullins, médico de família. Ian foi nos buscar no consultório dizendo que você está gripada. O que você acha que tem?

— Deve ser só um resfriado forte — disse Marcie, entre gemidos.

— Mas sem sinal de coriza — comentou o médico. — Sente-se, por favor, minha jovem. Preciso ver como está seu pulmão.

Enquanto o dr. Mullins deslizava o estetoscópio gelado por baixo da camisa de flanela para auscultar Marcie, ela o presenteou com uma tosse carregada e seca. Passado o acesso, Marcie respirou fundo algumas vezes para o médico, depois sentou-se, paciente, enquanto ele examinava seus ouvidos e garganta, aferindo sua temperatura e palpando seus gânglios.

— Quer dizer que você encontrou o seu homem — disse Mel.

— Encontrei — respondeu Marcie. — Seu marido contou?

— Aham. Eu não falo sobre os assuntos dos pacientes sem autorização deles, mas o Jack é um livro aberto a não ser que receba instruções específicas para guardar segredo. Como Ian reagiu ao ser encontrado?

— Ficou absolutamente *pê* da vida. Você tinha que ter ouvido... O cara consegue rosnar feito um tigre siberiano. É bem impressionante. Num primeiro momento, fiquei apavorada.

— Mas agora? — perguntou Mel.

Marcie a encarou.

— Ele salvou a minha vida. Ele disse que eu quase morri congelada e me trouxe aqui para dentro para me esquentar. E depois foi buscar vocês...

— Ele disse que não levou você até a cidade porque o aquecedor da caminhonete não está funcionando muito bem. Mas eu tenho um bom aquecedor no carro e nós temos alguns leitos na clínica...

— Eu posso ficar aqui? — perguntou ela.

— Você tem certeza?

— Eu vim de tão longe... Passei tanto tempo procurando por ele...

— Você pode ficar com a gente na cidade até se sentir melhor, depois decide o que fazer. Você pode voltar se tiver alguma coisa pendente por aqui. Se precisar de qualquer coisa em Virgin River, eu e Jack estaremos por lá.

— Não — disse ela, balançando a cabeça. — Eu prefiro encerrar logo isso tudo e voltar para casa.

O que Marcie não disse foi que estava com um pouco de medo de que Ian pudesse desaparecer de novo.

— Mas você se sente segura com ele? As condições aqui são bem rústicas. Seu tigre não tem muitos confortos de seres humanos.

— Eu sei, mas acho que dá para o gasto, não é? A casa é quente, tem comida, ele fez um chá para mim, comprou suco de laranja. Me deu aspirina...

— Eu não conheço esse cara, Marcie — insistiu Mel. — E, pelo que ouvi falar, você também não. Ele é um solitário... ele sequer tem algum amigo?

— Não sei — respondeu Marcie, dando de ombros. — Bem, ele tem a mim.

— E com isso posso pressupor que ele não vai mais rosnar para você? — perguntou Mel.

— Eu espero que não. Acho que ele está bem mais calmo.

— Eu não quero deixar você em uma situação ruim. Seria uma irresponsabilidade minha.

Marcie sorriu um pouquinho.

— Ele estava cantando enquanto carregava a lenha na caçamba da caminhonete. Você tinha que ter ouvido, uma voz linda. Eu soube imediatamente que essa ferocidade toda é só do lado de fora, por dentro ele tem uma alma gentil. E acho que Ian está dando provas de que estou certa, a despeito dele mesmo.

— Tudo bem, a decisão é sua — disse Mel. — Mas, se você precisar de ajuda, estou aqui.

— Gripe — sentenciou o doutor, sem preâmbulos. — O garoto é bom... devia ser médico. Mais uns dois dias se sentindo um lixo e vai passar. Vou aplicar um antibiótico injetável para dar conta de uma possível infecção bacteriana que você tenha pegado por causa da gripe. E aí o resto é com você, mas você é jovem e saudável e parece que tem um enfermeiro bem razoável. Ian tomou conta direitinho do velho que vivia aqui antes. Ele vai dar conta do recado.

— Até pode ser — disse Mel. — Mas, antes de ir embora, vou conversar com ele para ter certeza de que ele está ok com isso. Eu preciso fazer isso, tudo bem, Marcie? Porque, se ele não quiser cuidar de você, ele não precisa... não quando existe uma alternativa. Se ele não tiver muitas condições e não estiver disposto...

— Tudo bem — concordou ela. — Mas, quando perguntar a ele, você pode, por favor, avisar que tenho oitenta dólares que posso dar a ele? Para cobrir qualquer coisa que eu coma ou beba?

Mel sorriu.

— Pode deixar que vou dizer.

— E posso pedir um favor?

— Claro.

— Por acaso você tem uma irmã mais velha?

— Tenho, sim.

— Bem, eu também... Erin Elizabeth. Nossa mãe morreu quando eu tinha só 4 anos e nosso pai quando eu tinha 15. Erin é sete anos mais velha e assumiu totalmente a responsabilidade por mim e nosso irmão mais novo. Ela é uma boa pessoa, apesar de ser um pouco mandona. Ela não queria de jeito nenhum que eu viesse sozinha procurar por Ian, mas, no fim das contas, não pôde fazer muita coisa para me impedir... Eu *sou* uma mulher adulta, embora ela possa discordar disso. Nosso acordo era que eu mandasse notícias de vez em quando e, acredite em mim, ela está contando os segundos para eu dizer que terminei. Embora ela não tenha a intenção, Erin é controladora. Às vezes, é um pouco difícil de lidar...

— Bom, eu tenho uma irmã mais velha que se encaixa nessa descrição aí. E, meu Deus, você *viu* como o Jack é!

Marcie sorriu.

— Eu vi. É, imagino que você entenda. Eu preciso que alguém ligue para Erin, diga que encontrei o Ian, que estou sã e salva e que vou ficar um tempo aqui com ele. Se você puder explicar que aqui não tem telefone e dizer que vou ligar para ela da próxima vez que for à cidade, talvez ela fique um pouco mais tranquila.

— Seus irmãos são seus únicos parentes? — perguntou Mel.

— São, sim — respondeu ela. — Somos eu, Erin e nosso irmão, Drew. Mas também tenho a família do meu falecido marido, que é bem grande e que não me abandonou depois que o Bobby partiu. Estou longe de ser uma pessoa sozinha, acredite em mim. Se eu te der o número, você faria isso por mim?

— Se Ian concordar com a sua ideia, farei com prazer — respondeu Mel.

— Nós não precisamos contar a ela que eu fiquei doente, precisamos?

— Ah, Marcie, não sei se gosto dessa ideia... — disse Mel.

— Bom... você disse que não comenta sobre as coisas dos seus pacientes. E você acha que eu vou ficar bem, não acha?

Mel fez uma careta e balançou a cabeça.

— É desse jeito que você vem lidando com a sua irmã?

— A gente aprende a pensar rápido perto da Erin. Ela é brilhante.

— Bumbum para cima — ordenou o médico, dando peteLecos na seringa para retirar as bolhas de ar. — Também vou deixar um pouco de descongestionante e xarope para tosse. Fora isso, repouso, líquidos, refeições leves e quem sabe canja de galinha por um ou dois dias. Escute o seu corpo e descanse quando estiver cansada. Dormir bastante e beber bastante líquido quase sempre acaba com a parte ruim mais rápido. Nada de cortar lenha nem de lavar roupas no riacho, está bem? Logo, logo você vai estar boa, tenho certeza.

— Mas posso usar o banheiro lá fora em vez do penico, mesmo que esteja frio?

— Pode. O frio não te deixa doente, o frio te deixa com frio. Mesmo assim, se agasalhe e seja breve.

— Nem precisava recomendar isso, doutor... O senhor já sentiu a temperatura do assento de um banheiro externo em dezembro? — perguntou Marcie.

— Garota, quando eu era jovem, fui treinado para aprender a dar descarga — respondeu o médico. — Isso faz a gente terminar bem rapidinho, não é?

— Marcie, se precisar de nós, mande Ian nos buscar. Nós viremos e pegaremos você... sem perguntas — disse Mel.

— Obrigada, é muita gentileza de vocês.

— Boa sorte.

Ian estava andando de um lado para o outro em frente ao jipe quando Mel e o doutor Mullins saíram da cabana. Mel parou para conversar com Ian, como disse que faria. Ela observou como ele estava esfarrapado, desgrenhado. As roupas eram velhas e surradas, a barba grande e malcuidada, mas a maioria dos fazendeiros, rancheiros e lenhadores que trabalhavam por ali não usariam suas melhores roupas para trabalhar. Ela estava acostumada a ver aquele tipo de vestuário e isso não necessariamente significava pobreza. Ian não estava cheirando mal, também. Ela dera uma olhada na banheira que havia no cômodo; ele mantinha a si mesmo e à cabana limpos e, sem dúvida, não estava excessivamente magro. Era um homem grande e bem nutrido.

O dr. Mullins foi rapidamente até o jipe e se sentou atrás do volante. Mel fez uma careta.

— Ele com certeza anda rápido quando quer dirigir, a despeito de toda a artrose — comentou ela. — Sr. Buchanan, você estava completamente certo... Marcie está gripada. Vai precisar repousar, beber muito líquido e, provavelmente, vai ficar mais alguns dias mal... talvez uma semana, dependendo do quão rápido ela se recupere depois do descanso e dos remédios. Eu me ofereci de levá-la para a cidade e colocá-la na clínica, mas ela prefere ficar. Minha pergunta é: tudo bem por você? Você não precisaria fazer muita coisa por ela... o dr. Mullins a liberou para usar o banheiro aqui de fora desde que ela se agasalhe bem. Ela não precisa de muita atenção, mas a casa é *sua*.

— Ela quer ficar? — perguntou ele, com as sobrancelhas arqueadas. — Aqui?

— Ela disse que sim. Ela também me pediu para avisar que tem oitenta dólares que pode te dar, para pagar pela comida.

— Meu Deus — disse ele, balançando a cabeça. — Se ela quer ficar, pode ficar. Embora eu não consiga entender por que iria querer isso. Não sou uma boa companhia.

— Acho que ela está muito grata pelo modo com que você cuidou dela até agora. Talvez existam outras razões, mas ela não falou. Mas, só para deixar claro... eu posso vir buscá-la a qualquer hora e nós temos alguns leitos na clínica. Você decide. Se ficar pesado demais, me avise.

— Vou fazer o meu melhor. Eu comprei um pouco de caldo de galinha, suco e meio frango para preparar uma canja que deve dar para tomar pelo menos duas vezes.

— Isso, canja é uma ótima ideia. Acho que você tem tudo sob controle. Posso fazer mais alguma coisa por você?

— Ela está medicada?

— O doutor deu uma injeção de antibiótico que não vai fazer nenhum milagre, já que a gripe é um quadro viral. Mas também deixou uns comprimidos e xarope para tosse. Na verdade, é uma questão de tempo. A gripe vai seguir seu curso, às vezes passa logo, às vezes demora. Felizmente ela é jovem e saudável. Tente não ficar doente também, ok?

Ele tirou do bolso um maço de notas e Mel, que já trabalhava havia algum tempo com o dr. Mullins naquela área, desconfiou que aquilo eram todas as economias de Ian. A maioria das pessoas na zona rural não usava cartões de crédito ou cheques; para muitos, a vida se resumia a dinheiro vivo. Aquela quantia deveria cobrir todas as despesas de Ian, de combustível a comida, durante um tempo considerável.

— Quanto devo? — perguntou ele.

— Bem, vamos ver. Dez dólares pela injeção e mais dez pelos remédios.

— E pela consulta em domicílio?

— Cinco para a gasolina? — sugeriu ela.

— Só isso? — perguntou ele. — Você está aliviando a minha barra aqui? Marcie deu dinheiro ou alguma coisa para vocês?

Mel sorriu.

— Não recebemos nada da paciente. Mas não estamos investindo em ações nem nada do tipo, sabe? Só exercendo medicina em uma cidade pequena, uma coisa simples e objetiva. É importante ser justo sempre que possível, isso ajuda a gente a longo prazo.

— Quanto vocês cobrariam se eu morasse em uma casa grande e dirigisse um carro com calefação? — perguntou ele.

— Nós mandaríamos a conta para o seguro-saúde e o roubaríamos — respondeu Mel com desenvoltura e sorriu.

Ian não pôde conter uma gargalhada.

Quando Raleigh estava doente e à beira da morte, o velho dr. Mullins não tinha uma jovem enfermeira ou um jipe Hummer, mas sempre dizia: "Você tem 88 anos e está doente feito um cachorro... eu não vou pegar todo o seu dinheiro e deixar você sem um tostão para o enterro".

Ian tirou três notas de dez do maço entregou para Mel.

— Você tem se alimentado bem em casa? Não estou deixando você numa situação apertada?

— Não, está tudo bem... Fui esperta o bastante para me casar com o cara que é dono do bar e restaurante da cidade. Estou comendo bem melhor do que eu deveria. E, considerando aquela barriga do dr. Mullins, ele também está vivendo bem o bastante. Mas obrigada, de verdade. Vou guardar o dinheiro extra para ajudar alguém que esteja precisando, prometo.

— Seria bom — disse ele. — Eu tenho muita coisa para corrigir nessa vida.

Ela estendeu a mão e disse:

— Aposto que não tantas quanto você pensa.

Os dois deram um aperto de mãos e Mel se apressou para entrar no carro e ir embora com o médico.

Quando Ian finalmente entrou em casa, o fez em silêncio. Alimentou o fogo mais uma vez, tirou a jaqueta e foi até o canto que fazia as vezes de cozinha. Erguendo as mangas, lavou as mãos com sabão e água fria. A seguir, usou a bomba para encher de água uma panela, que colocou em cima do pequeno fogareiro a gás, e desembrulhou a metade do frango e colocou na água. Cortou uma cebola e um pouco de aipo e jogou tudo dentro da panela. Depois, voltou a vestir a jaqueta e saiu outra vez. Marcie o ouviu carregando mais lenha na caminhonete. O eventual assobio veio, mas parecia que ele não cantaria naquele dia. Ela torceu para não ser a causa desse silêncio.

A cantoria de Ian foi uma surpresa completa para ela. Bobby nunca mencionou esse fato e, com certeza, o assunto não surgiu nas poucas cartas que trocara com Ian. Mas, por outro lado, um fuzileiro grande e durão cantaria para os colegas de serviço? Faria sentido ele contar à esposa de um soldado que adorava cantar e que tinha uma voz angelical?

Marcie estava com dores nas articulações e se sentindo quente de novo, por isso, se virou e se permitiu voltar a dormir. Estava ligeiramente ciente de que Ian entrava e saía da cabana, mas o sono ia e vinha. De vez em quando, ouvia o machado trabalhando, o assobio, os baques da lenha caindo na caçamba da caminhonete.

Quando acordou sentindo um aroma maravilhoso, Marcie não fazia ideia de quanto tempo tinha dormido. Ela se virou no sofá e encontrou o cômodo à meia-luz, iluminado apenas pelo fogo e por uma lâmpada nua que pendia sobre a mesa da cozinha. O sol tinha se posto e uma grande panela fervia em cima do fogareiro. Ian estava sentado à mesa, sob aquela única lâmpada, olhando para baixo. Ela percebeu que as coisas que estavam no fusca — o saco de dormir, a sacola de roupas, a mochila e a bolsa — estavam empilhadas no canto do sofá. E Ian tinha mudado de roupa; vestia agora uma calça de moletom cinza, uma camiseta azul-marinho e meias. As roupas usadas, a camiseta, a jaqueta e a calça, estavam dobradas em cima do baú, perto de uma série de livros empilhados no chão.

Ela se apoiou nos cotovelos para se levantar.

— O que você está fazendo? — perguntou ela.

Ele fechou um livro e ergueu o olhar.

— Lendo. Já está com vontade de… hum, ir ao banheiro?

Ela se sentou e jogou as pernas para a beirada do sofá.

— Na verdade — disse ela, ficando de pé. A camisa de flanela dele chegava quase aos joelhos. Quando Marcie cambaleou um pouco, Ian ficou de pé na mesma hora, mas ela voltou a se sentar. — Você se importa… de passar para mim a calça jeans e minhas botas?

— Imagina.

Ian pegou as peças da cadeira e levou até ela. Então começou a calçar as botas e vestir a jaqueta, de costas para Marcie.

— Você precisa de alguma ajuda? — perguntou ele, sem encará-la.

— Eu estou bem.

Marcie vestiu a calça jeans, depois se sentou de novo e calçou as botas, sem meias.

— Você tem uma jaqueta que possa me emprestar?

Ele pegou o colete com forro de penas na mesma cadeira e passou para ela.

— Vai ser rapidinho...

Mas Ian não parecia disposto a ceder. Pegou Marcie nos braços e a carregou até a porta.

— Acho que você ainda está meio fraca. Provavelmente por ter dormido tanto por tanto tempo. Não quero ter que tirar você do chão de novo, ok? Não vamos arriscar.

Eles estavam no quintal, a meio caminho do banheiro externo, quando ela disse:

— Você me deixou ficar.

— Você disse para a Mel que era isso que você queria. Mesmo que eu não entenda por quê.

— Você gosta de mim — disse ela, fazendo carinho na barba densa e ruiva. Marcie encostou a cabeça no ombro de Ian, os braços ao redor de seu pescoço. — Tente negar.

E, a seguir, ela tossiu, de um jeito bem pouco atraente.

Ele virou o rosto para longe dos vírus e grunhiu. Quando chegaram ao banheiro, ele a colocou no chão com delicadeza. Marcie entrou e, um minuto depois, já tinha saído.

— Eu acho que vou voltar andando, se você não se importar.

— Tente não tropeçar. É mais difícil tirar você do chão do que segurar seu corpo com você ainda de pé. Se precisar, segure o meu braço.

Os passos de ambos faziam barulho ao esmagar o solo congelado.

— Desculpe não ter um banheiro dentro de casa para você. Ainda mais com você doente.

— O banheiro que você tem aqui é um luxo, na verdade. Toda noite eu dava uma passada em algum posto de gasolina para uma última ida ao banheiro antes de passar a noite dentro do carro. Na maioria das vezes, eu conseguia aguentar até de manhã, mas, se não conseguisse, eu precisava me virar. Isso geralmente significava me agachar atrás de um arbusto em uma rua deserta. E tem feito muito frio nos últimos dias.

Os olhos de Ian estavam calorosos e repletos de curiosidade.

— Você não parece ser durona assim.

— Eu não sei se sou tão durona assim... olha só o meu estado, doente feito um cachorrinho. Mas aposto que sou tão teimosa quanto você. — Ian emitiu um som. — Uau! Isso foi uma risada?

— Tosse — mentiu ele. — Provavelmente você passou para mim.

Cinco

De volta à pequena cabana, Marcie assumiu seu lugar no sofá enquanto Ian foi até o pequeno fogareiro a gás e mexeu na panela.

— Você consegue tomar um pouco de sopa? — perguntou ele.

— Eu acho que sim. O cheiro está maravilhoso.

— Não é nada demais. Só fervi o frango com uns legumes — respondeu ele, com simplicidade.

Ian serviu uma concha da sopa em uma caneca grande, colocou uma colher dentro dela e colocou uma fatia de pão com manteiga em um pires. A seguir, colocou tudo isso em cima de uma tábua reta, que levou até ela.

— Eu não tenho vários pratos diferentes, essas coisas todas... só o necessário mesmo. Cuidado, está quente.

Ela equilibrou a tábua em cima dos joelhos.

— Você com certeza consegue fazer muito com pouco, né?

Ele grunhiu uma resposta afirmativa, serviu uma caneca para si e sentou-se à mesa.

Marcie tomou algumas colheradas da canja. Ou estava mesmo deliciosa, ou ela estava morrendo de fome. Em dado momento, resolveu ir até a mesa com sua bandeja improvisada. Pousou a tábua no lado oposto ao de Ian e puxou a outra cadeira para se sentar com ele. Ele apenas ergueu as sobrancelhas e a observou.

— Está muito bom, Ian. Podemos comer juntos?

Ele deu de ombros.

— Se é o que você quer.

— Podemos ter uma conversa de verdade — sugeriu ela.

Ele pousou a colher dentro da caneca e se encostou na cadeira.

— Olha, Marcie, eu vou ser bem direto... Eu passei os últimos anos tentando tirar toda essa coisa de Iraque da cabeça. Mas às vezes as lembranças aparecem mesmo assim. Eu fico com dor de cabeça e tenho pesadelos. Então não quero conversar sobre isso. Não quero responder um questionário.

Ela engoliu.

— Perfeitamente compreensível — disse ela, enfim, com a voz suave.

— Se foi para isso que você veio, perdeu seu tempo.

Ela levou uma colherada de canja até os lábios, olhando para dentro da caneca.

— Eu não perdi meu tempo.

— O que a sua família acha disso tudo? De você vir atrás de mim desse jeito?

— Minha irmã não gostou muito... — respondeu Marcie, dando de ombros discretamente.

— Não gostou muito quanto?

Marcie respirou fundo.

— Ela me chamou de boba irresponsável. Disse que eu não faço ideia no que estava me metendo. Que eu não conheço você.

— Bem, ela está certa — comentou ele.

— Tecnicamente — concordou Marcie. — Eu não tinha como ter certeza de como você estaria agora, mas também não conseguia acreditar que você tivesse mudado tanto assim. E, veja só... parece que eu estava certa. No fim das contas, você é um cara legal.

Ian deu uma risada debochada.

— Podemos conversar sobre outras coisas — disse ela, tocando no livro que estava em cima da mesa e olhando mais de perto. — Tipo o que você está lendo. Você vai à biblioteca?

— Aham. É de graça — disse ele, sem dar muita importância. — Eu uso o antigo cartão do cara que morava aqui. Ninguém pergunta nada, embora eu tenha certeza de que eles sabem. Mas sempre vou lá e nunca atraso as devoluções, então ninguém liga.

— Isso é uma coisa que você pode me contar. O cara que morava aqui antes. O dr. Mullins disse que você tomou conta dele.

Ian tomou mais algumas colheradas.

— Isso foi depois. Primeiro ele tomou conta de mim, de certo modo.

Marcie esperou, mas Ian não disse mais nada.

— Como assim? — arriscou ela.

Ele ergueu a caneca e bebeu o que restava da sopa.

— Ele descobriu que eu estava acampando na propriedade dele. Era um homem velho, muito velho mesmo. Mal tinha um dente sobrando na boca, magro feito graveto. Tinha passado mais de cinquenta anos sozinho aqui, sem esposa, sem família. Até que um dia ele me encontrou dormindo num saco de dormir debaixo de uns dez centímetros de neve. E me deu um chute.

— Ele *chutou* você? — repetiu ela, impressionada.

— Ele me chutou e eu dei um pulo de uns vinte centímetros. E ele disse: "Então você ainda não morreu. Que bom, porque do contrário você ia virar comida para os animais selvagens … Eu com certeza não consigo enterrar você. O chão é muito duro e eu sou muito velho". Essa foi a nossa apresentação. Depois de ficarmos ali nos encarando por um tempo, ele disse que, se eu quisesse, poderia dormir dentro da cabana e comer o que tivesse na despensa se eu mantivesse a lareira acesa e ajudasse em algumas tarefas. Eu não estava muito bem da cabeça, não tinha muitas opções. Nem sequer tinha pensado em como seria passar o inverno a mil e quinhentos metros de altitude. Então passei mais algumas noites com a bunda congelando até bater na porta dele. Tudo que ele disse foi: "Já era hora. Achei que você tivesse morrido". Fizemos um acordo bem simples e quase não falávamos.

— Nunca? — perguntou ela.

— Depois de um ou dois meses começamos a nos falar, mas bem pouco. Ele tinha passado tanto tempo sozinho que não ligava muito para conversa, um pouco como eu — disse Ian, com um breve olhar intenso. — Então, eu cortava lenha, pescava e usava o rifle dele para caçar pássaros ou coelhos de vez em quando. Eu limpava a neve e ia dirigindo quando ele precisava fazer alguma coisa, tipo buscar o cheque da Previdência Social ou comprar comida. Nossa lenha acabava rápido e eu sempre precisava cortar mais.

Eu não sabia exatamente qual era o tamanho da propriedade, mas é árvore até não poder mais e não se vê um só vizinho. A primeira árvore que derrubei quase caiu em cima da casa. Foi quando ele começou a falar... achei que ele nunca mais fosse calar a boca. Uns meses depois, nós fomos ao correio e fazer umas compras, e ele me levou à biblioteca e disse para eu escolher um livro que eu achasse que fosse gostar. Ele pegava uns livros ilustrados e, às vezes, uns infantis... poucas palavras e muitas imagens. Eu nunca perguntei, mas acho que ele não estudou muito. Quando o tempo esquentou, ele me disse onde queria construir um jardim, me fez escavar de novo o banheiro externo e me mostrou as ferramentas que estavam no galpão. Ele disse que, se eu cortasse e tratasse uma boa quantidade de lenha na primavera e no verão, eu poderia colocar tudo na caminhonete e vender na beira da estrada. Aceitei na mesma hora, já que não tinha outro jeito de ganhar dinheiro. E essa é praticamente a história toda.

— Deve ter sido meio triste... viver com alguém assim — disse ela.

— Eu já tinha experiência com velhos mesquinhos — comentou Ian, sem qualquer emoção.

Marcie terminou a sopa e ele, na mesma hora, ficou de pé para servir mais para ambos.

— Só metade da caneca — pediu ela, mordiscando o pão.

— Coma o quanto você aguentar. Acho que você emagreceu um pouco...

— É, talvez, mas perco peso bem fácil. Fico magra e com cara de desnutrida se não me cuido.

— E você não tem se cuidado.

— Bom, eu estava economizando dinheiro para a gasolina — explicou ela, em um tom de voz baixinho.

— Você acabou de dizer que estava economizando dinheiro para a gasolina? Procurando por mim?

Ela olhou para cima.

— Já reparou no preço da gasolina ultimamente?

— Meu Pai Eterno — disse ele, balançando a cabeça. — Enquanto você estiver aqui, você come, ok? Tem pão, manteiga de amendoim, suco, frutas, geleia...

— E aí o velho ficou doente? — continuou ela, interrompendo. — Aposto que esse foi só o começo da história, então, você vivendo aqui em troca de fazer tarefas.

— As coisas foram acontecendo — disse ele, dando de ombros. — Não posso dizer que ficamos próximos… mas eu devia a ele pelo teto e pela comida. Quando ele ficou doente, eu fui atrás do médico. E tudo que aconteceu depois foi um aprendizado. Aqui na montanha, quando as pessoas ficam doentes, elas não fazem exames e coisas do tipo, com certeza não quando elas estão com 80 e muitos, 90 anos. O dr. Mullins disse a Raleigh, esse era o nome do velho, Raleigh, que podia levá-lo ao Hospital Valley e que o seguro-saúde cobriria tudo, mas Raleigh disse que preferia dar um tiro na cabeça antes disso. A coisa foi resolvida rápido assim. O doutor deixou alguns remédios e voltou algumas vezes. Depois de uns seis meses, Raleigh morreu dormindo, e eu fui lá buscar o médico. E aí ele me disse que Raleigh, enquanto estava doente, tinha ditado para ele uma nota de óbito que dizia: "O homem, Ian Buchanan, pode ficar com a casa, a caminhonete, as terras e qualquer dinheiro que tenha sobrado, menos o que for preciso para o enterro. Sem lápide". Ele assinou, do jeito dele, e o dr. Mullins serviu de testemunha. Não achei que isso fosse ter validade. Na caixa de estanho só tinha dinheiro para o enterro bem simples que ele queria. Quando perguntei ao doutor o que eu deveria fazer com a cabana, as terras e a caminhonete, ele disse para eu não sofrer por antecipação.

Marcie deu uma bela gargalhada.

— E o que isso queria dizer?

— Eu interpretei como se devesse apenas seguir em frente e não insistir, mas, na verdade, o dr. Mullins tinha esse amigo advogado, ou juiz, ou qualquer coisa assim, e tinha providenciado a transferência da escritura. O velho Raleigh morreu sem um tostão, sob meus cuidados e não havia como legitimar o testamento. O sujeito era escorregadio como o diabo. A seguir, olhou para ela e emendou: — Desculpe. — Ele pigarreou.— Enfim, quando fui checar o documento da caminhonete, vi que ele, ou o dr. Mullins, tinha passado o carro para o meu nome, então atualizei todos os outros documentos do carro para não ter problemas e tal. Mantenho minha carteira de motorista atualizada, mas essa é toda a documentação oficial que existe em meu nome. Quando chegam os impostos do terreno, eu pago tudo por ordem de pagamento.

— Ian — disse ela, momentaneamente surpresa. — Você é dono de uma montanha?

— Uma montanha cheia de nada. É proibido extrair madeira aqui. Eu tenho o que eu sempre tive... uma cabana e algumas árvores. E impostos. Eu me viro, mas quase sempre os gastos não compensam. Então a situação ainda parece meio temporária. Posso perder isso aqui a qualquer momento, basta não conseguir pagar os impostos.

— E se isso acontecer e você tiver que ir embora? Já que não é permanente o bastante?

Ele deu de ombros.

— Aí acho que vou ter que pensar em alguma coisa.

Marcie terminou de tomar a sopa e, depois de pensar um pouco, perguntou:

— O velho Raleigh ficou muito doente? Deu muito trabalho?

— É, ele ficou bem doente, sim. Passou um tempão sem quase sair da cama. Tinha um beliche aqui, só a cama de baixo, com um colchão tão fino que era praticamente uma folha de papel. O velho tinha aquelas coisas típicas da idade, não conseguia comer sozinho e tal. Quando ele morreu, eu queimei tudo.

— E você dormia no sofá até eu chegar?

— Nunca. É pequeno demais e afunda com o meu peso. Eu abro um estrado ao lado da lareira. Eu poderia comprar uma cama usada, se quisesse, mas o estrado é perfeito para mim.

— Deve ter sido bem trabalhoso, cuidar de alguém que você mal conhecia. Mas imagino que ele tenha ficado grato, já que deixou tudo isso para você.

Ele deu uma gargalhada ruidosa e cheia de escárnio. Então limpou a boca com a manga da camisa e disse:

— Tudo isso? Eu nem sequer tenho descarga aqui.

— Não tem porque não tem como pagar?

— Quando eu apareci aqui, não havia fogareiro. O velho usava lanternas. E se lavava em um balde, *quando* se lavava. Eu acrescentei o gerador, passei a fiação para algumas lâmpadas, comprei a banheira, o fogareiro. Alguns móveis são mais velhos do que o falecido, mas eu trouxe um sofá novo e cadeiras. Tudo usado, mas melhor do que o que tinha aqui. A única coisa da qual eu realmente sinto falta é um chuveiro... mas não faço ideia de como fazer instalação hidráulica em uma casa.

Marcie esperou Ian parar de rir e perguntou:

— Sabe aquela primeira noite? Quando você me mostrou os dentes e tentou me assustar? Bem... você me assustou bastante...

— Mas isso não colocou nenhum juízo nessa sua cabeça — interrompeu ele.

— Bem, esse é um problema mais meu do que seu. Quando eu cismo com uma coisa, é difícil me fazer mudar de rumo. Mas, quando fui até o carro para lanchar, o sol estava se pondo, estava nevando, e naquele momento pensei que este aqui era o lugar mais lindo que eu já tinha visto na vida. Apareceu um arco-íris na neve! Foi uma visão tão pura, tão gloriosa, que eu perdi o medo. Você pode ter todas as coisas do mundo na cidade, mas isso aqui não dá para comprar.

Ele ficou calado por um minuto antes de dizer:

— Você sabe o que Bobby falava de você? Ele dizia que você era durona pra cacete.

Marcie olhou bem nos olhos dele e disse:

— Isso é quase tocar no assunto.

— Finge que eu não falei nada. Você deveria estar dormindo.

— Quando foi a última vez que *você* dormiu? — perguntou ela.

— Vou armar a minha cama, e você deveria voltar a dormir — disse ele. — Já falei hoje bem mais do que estou acostumado. Acho que cansei.

— Tudo bem — disse ela, que ficou de pé e olhou para o livro. — Thomas Jefferson, é? Você já leu John Adams? — Ian assentiu. — Eu também. Eu amei esse livro. Amei Abigail... que personagem incrível. O velho John a deixou com uma fazenda, filhos, quase nada de dinheiro em um país em plena revolução e ela deu conta de tudo. Essa mulher é minha ídola. Se eu pudesse ser alguém, eu seria Abigail Adams.

— Porque ela deu conta de tudo?

— Porque ela estava feliz por dar conta de tudo e nunca reclamava, esse era o grau de comprometimento que ela assumiu em relação à tarefa de John. Como mulher, como feminista, sei que não devo admirar uma mulher que faria tudo por um homem, mas Abigail estava fazendo tudo aquilo por ela mesma. Como se aquela fosse a contribuição que ela poderia dar à fundação dos Estados Unidos. E eles trocaram cartas... não só cartas românticas, amorosas, mas pedindo conselhos um para o outro. Eles eram bons amigos, antes de tudo, duas pessoas que respeitavam a inteligência que tinham, e que também se amavam, é claro, já que tiveram uma penca de filhos. Parceiros de verdade, muito antes do termo parceiros de verdade virar modinha. E ela...

— Eu gosto de biografias — interrompeu ele, cortando-a como se já tivesse escutado o bastante a respeito de Abigail. — Não me pergunte o porquê, eu não sei.

Marcie foi até o sofá e tirou as botas.

— Quem sabe você gosta de entender por que a vida das pessoas se desenrolou da forma que foi. Isso é sempre um mistério, não é?

Ian usou a bomba para colocar um pouco de água na pia e lavou as canecas e colheres. A seguir, cobriu a panela de sopa, sem responder.

— Ei... você não tem geladeira...

— Eu tenho um galpão — argumentou ele. — É o suficiente para manter um pouco de comida resfriada até o dia seguinte. Não dá para guardar ovos ou leite porque congela. Mas se a sopa congelar, a gente descongela e esquenta de novo.

— Um galpão como geladeira... — comentou ela, se recostando no sofá. — A caminhonete já está carregada para amanhã?

— Aham. Se eu já tiver saído quando você acordar, você acha que consegue ir sozinha até o banheiro? Porque sempre dá para usar o penico...

— Se eu não estiver bem, vou usar o penico... mas, sério, estou me sentindo muito melhor. Só um pouco cansada.

— Além de pão, manteiga de amendoim, mel e suco, também tem um monte de coisa enlatada, ok? Feijão e sopa — disse ele. — Eu devo ficar hoje e amanhã indo e voltando, fazendo entregas.

Ian pegou a panela de canja e fez menção de sair.

— Obrigada, Ian. Por cuidar tão bem de mim. Eu sei que sou uma imposição horrível.

Ele não disse nada, mas parou à porta por um instante antes de sair.

Ela se acomodou de novo no sofá. Não era muita coisa, aquela cabana. Era menos do que pouca coisa — era sóbria e equipada com apenas o absolutamente necessário. Mas, considerando que ela enfim o encontrara, era um lugar muitíssimo confortável. Se a cabana fosse dela, Marcie teria tigelas para sopa e pratos, móveis melhores e um banheiro dentro de casa. Ela se lembrou das palavras de Mel: "Eu tenho que perguntar a ele, caso ele não tenha muitas condições..." Estava na cara que Ian tinha bem pouco dinheiro, mas quem sabia o tamanho daquele terreno que ele herdara e o quanto valia? Podia ser um pedacinho de terra inútil. Mas também poderia ser uma área enorme cujo valor ele nem imaginava. Ian não parecia ter parado para pensar direito nisso.

Ela achava incrível que ele soubesse viver naquelas condições e que a tivesse deixado ficar em um momento em que precisava de tantos cuidados. Sem falar no fato de que Marcie representava justamente aquilo que ele estava determinado a esquecer, o passado do qual estava fugindo.

Quando Ian voltou, alimentou o fogo, abriu o estrado, apagou a luz e se deitou. Depois de vários minutos de silêncio e escuridão, ela escutou a voz dele:

— Desculpe se assustei você. Eu não urro sempre.

Um sorriso se espalhou lentamente nos lábios de Marcie e ela se aconchegou debaixo da velha colcha, se sentindo mais feliz do que estivera nos últimos tempos.

Quando Marcie acordou pela manhã, Ian e a caminhonete tinham sumido. Ela vestiu a calça jeans, calçou as botas e foi até o banheiro. No meio do caminho, escutou um grito e olhou para cima, a tempo de ver toda a beleza de uma águia-calva planando.

Ao longo dos dias seguintes, Marcie dormiu um bocado. E não porque estava apenas lutando contra aquela gripe, mas também porque não havia mais o que fazer. Ian chegava em casa no começo da tarde e ficava ocupado com as tarefas do dia a dia. Ele sempre trazia um pouco de comida e cozinhava alguma coisa de noite, tipo feijão vermelho com presunto cozido ou uma lata de pasta engrossada de tomates para fazer uma espécie de molho vermelho.

Ian então cortava um pouco de lenha, recarregava a caminhonete para o dia seguinte e depois entrava e se lavava na pia. Ela acordava depois de uma longa soneca e o encontrava já com as roupas de ficar em casa: moletom, meias e uma camiseta.

Certa tarde, Marcie se virou no sofá, abriu os olhos e o viu pelado em frente à pia. Ela piscou algumas vezes, absorvendo a visão das costas bem definidas e musculosas, do rabo de cavalo que pendia exatamente entre as omoplatas, das pernas longas e das nádegas firmes antes de reparar que ele estava tomando banho. Ian esfregou um pequeno pano cheio de sabão embaixo de um dos braços, depois ao redor do pescoço. Dando um gritinho, Marcie virou de costas. Ian nunca disse nada, mas ela escutou quando ele deu uma risadinha abafada; aquilo ecoou em sua mente durante horas. E quando se sentaram à mesa para jantar, o rosto dela estava tão vermelho quanto o molho de tomate em cima do macarrão. O fato de ela ter ficado surpresa ao flagrá-lo lavando mais do que as mãos era besteira; Ian tinha um cheiro bom, estava sempre limpo, então claro que fazia aquilo em algum momento e em algum *lugar*. E não era como se ele pudesse pedir licença para ir ao banheiro. Ela conseguia lavar o rosto e escovar os dentes enquanto ele estava fora, mas ele não tinha essa opção — Marcie era uma peça fixa naquele sofá cheio de calombos.

Teria sido legal da parte dele acordá-la e dizer: "Eu vou ficar pelado para me lavar agora, então, se não quer ficar constrangida, feche os olhos". Mas, não, Ian não faria isso. Aquela cabana era dele e ele era homem. Marcie sempre ficara intrigada com a capacidade masculina de andar por aí pelados, orgulhosos feito leões, sem qualquer preocupação de serem vistos ou julgados.

Conversaram apenas um pouco durante a jantar. Quando acabavam de comer, ele dizia:

— Geralmente, eu vou dormir logo depois do jantar. O dia começa bem cedo para mim.

E, embora Marcie tivesse dormido quase o dia todo, descobriu que, depois ficar um tempo deitada no sofá, naquela cabana quente e escura, ela acabava dormindo de novo e não acordava até que ele tivesse saído na manhã do dia seguinte.

As conversas do jantar, quando aconteciam, eram uma ótima diversão e às vezes Marcie conseguia fazê-lo falar sobre coisas que vinha imaginando havia muito tempo. Mas existia um limite que ela nunca ousava ultrapassar. Quando começou a contar a ele a respeito da família devotada e numerosa de Bobby, ele fechou os olhos com bastante força por um instante, o que foi suficiente para que ela entendesse o recado de que ele não conseguia falar do assunto. Todo o evento em Faluja que tinha deixado Bobby fisicamente incapacitado e Ian emocionalmente incapacitado estava fora dos limites.

— Eu visitei o seu pai — disse ela durante um jantar, reunindo coragem.

As sobrancelhas de Ian se levantaram, e o âmbar de seus olhos cintilou.

— Ele está muito doente — completou Marcie.

Ian apenas olhou para o prato e enfiou mais uma colherada de purê de batata com molho à bolonhesa.

— Ele não é exatamente amistoso — observou ela, ainda fiando-se na coragem.

Ian deu uma risadinha em um tom inconfundivelmente sarcástico.

— Você reparou?

— Eu suponho que seja por causa da idade, da doença…

— Não, ele nunca foi fácil.

— Eu achei que, talvez, por ele estar mal…

Ian arregalou os olhos, furioso.

— Meu pai e eu nunca fomos próximos. Muito disso se deve a essa natureza nada amistosa dele.

Marcie tentou dar algumas garfadas, mas era difícil engolir.

— Eu achei que você fosse querer saber.

Ian respirou fundo e Marcie notou o esforço que ele fez para manter o tom de voz tranquilo.

— Olha só, ele não está preocupado comigo, ok? Ele não passa as noites acordado se perguntando onde estou. O que estou fazendo comigo mesmo.

— Mas ele não está muito bem e...

— Marcie, minha mãe morreu quando eu tinha 20 anos. E eu sempre ia lá ver se o velho estava bem. Mas a verdade é que ele não me ligou ou me escreveu durante sete anos. *Sete.*

— Mas você ligou para ele?

— Liguei — respondeu ele, voltando a olhar para o prato, pegando mais um pouco de comida. — Liguei, sim.

— Isso deve ter machucado bastante.

Houve um longo momento de silêncio.

— Quando eu era mais novo, talvez.

— Mas que velho bobo — comentou ela, baixinho e com raiva, voltando a atenção mais uma vez para o prato. — Que idiota. — Ela deu mais umas garfadas pequenas. — Sinto muito por ter tocado no assunto.

Depois de um momento, Ian disse:

— Não tinha como você saber.

— Bem, tudo que posso dizer é: "Quem está perdendo é ele". Só isso.

Silêncio outra vez. Ian raspou o restante da comida no prato. Depois se levantou e começou a lavar a louça, até que de repente disse algo que colocou fim à conversa da noite:

— Hora de ir para a cama.

Marcie já estava havia quatro dias na casa de Ian. A tosse ainda persistia, mas ela se sentia muito melhor; tão melhor que estava começando a se sentir entediada. Depois que Ian saiu, ela comeu fatias de pão com mel, foi ao banheiro, bebeu o café morno que Ian tinha deixado em cima da lareira de ferro e tentou ler um dos livros dele. Não fazia ideia de que horas eram quando foi de novo até o banheiro externo.

O ar estava limpo e fresco, o céu azul, o solo coberto por alguns centímetros de uma neve compacta. Embora tenha precisado vestir a jaqueta, Marcie não se incomodara em vestir a calça jeans, e estava com as pernas despidas entre as botas que cobriam as panturrilhas e a camisa de flanela, que chegava aos joelhos. Pensou em dar uma voltinha ali por perto, mas a floresta era tão densa que Marcie teve um pouco de medo de se perder. A ida ao banheiro era praticamente tudo que ela ousava fazer.

Estava perto do banheiro quando escutou um barulho e sentiu os pelos de sua nuca se arrepiarem. Ao se virar, avistou um animal entre duas grandes árvores na divisa entre o terreno da casa e a floresta densa. De olhos arregalados, Marcie congelou no lugar. O bicho, por sua vez, se agachou e sibilou, mostrando as presas. Era um felino de pelo pardo e liso, um gato-do-mato ou coisa assim. Ela nunca tinha visto um bicho daqueles a não ser no zoológico; era do tamanho de um golden retriever grande, mais ou menos. Ela deu uma olhada para a cabana, para o banheiro. E então o gato disparou pelo jardim.

Com dois estirões, Marcie conseguiu chegar ao banheiro, entrar e bater a porta. Sentou no vaso para se acalmar. Uma pancada atingiu a porta, como se o bicho tivesse se jogado contra o banheiro, e então houve sons de arranhões e rosnados. *Merda, ele está aqui! Me esperando sair!*, pensou ela.

Estava frio, mas provavelmente era melhor morrer congelada do que comida por algum gato selvagem misterioso. Por isso, ela ficou de pé, abaixou a tampa do vaso sanitário velho e tentou ficar confortável, muito embora o frio tenha penetrado bem rápido pela camisa de flanela, o que fez sua bunda congelar. Que burrice não ter vestido a calça jeans para ir até ali, mas ela não estava esperando companhia. Marcie deu uma olhada no pulso... mas claro que não estava usando o relógio.

A verdade era que ela estava usando a camisa de flanela de Ian havia quatro dias, dormindo com ela, comendo com ela, indo até o banheiro com ela, usando, além dela, só as botas. Ela passou a mão pela cabeça; a sensação era de que seu cabelo, de um tom vivo de cobre e naturalmente ondulado, estava todo armado, grande feito uma casa. Ela tinha conseguido escovar os dentes de vez em quando e trocar a calcinha, mas, além disso, mais nada. Ela devia estar parecendo uma sem-teto. Uma desabrigada se escondendo no banheiro de Ian.

Ela deu mais uma olhada para o pulso sem relógio e estremeceu. Começou a contar de cabeça a passagem do tempo, para marcar os minutos. Quanto tempo um leão em miniatura espera pela presa? Bem, o bicho estava coberto de pelos, então não era uma briga justa. Marcie começou a considerar suas possibilidades: se abrisse a porta e ele não estivesse à vista, será que conseguiria correr desvairadamente até a cabana? Mas, antes, ela precisava fazer o que tinha vindo fazer, para não ter que usar o penico.

Ao completar a tarefa, ficou mais uns minutos ali, sentada, bem quietinha. A seguir, abriu só um pouquinho a porta e xingou as dobradiças que rangeram ao mesmo tempo que ela colocou a cabeça para fora. Como não viu nada, deu um passo cuidadoso para fora, mas nesse exato momento ouviu o bicho sibilar e rosnar. O gato-do-mato espreitava perto do galpão, a menos de dez metros. Marcie voltou para o banheiro, batendo a porta.

— Merda — disse, em voz alta. — Merda, merda, merda.

Marcie colocou os pés em cima da tábua que fechava a porta, depois puxou a enorme camisa de flanela por cima dos joelhos, abraçando-os. Não havia qualquer coisa ali que ela pudesse usar para se defender, nem nada para passar o tempo — nem sequer uma revista sobre caminhões ou esportes. Isso era a cara de Ian, despojado ao máximo. Nenhum excesso. Ele não era dono de nenhum daqueles livros, eram todos da biblioteca. Depois de algum tempo, Marcie começou a tremer de frio. O fato de ela ter começado a tossir não ajudou em nada, ainda que tivesse tentado se controlar, parar de tossir, abafar o som; o bicho provavelmente estava ouvindo e sabia que a presa ainda estava viva e encurralada.

Dane-se. Ela morreria congelada. Marcie não se lembrava de nada da última vez que aquilo quase acontecera, dias antes. A falta de lembrança implicava que havia sido uma experiência indolor.

E então, de repente, escutou o som da caminhonete de Ian subindo a rua. Não havia como confundir aquele motor barulhento como um ronco. Marcie ficou de pé, totalmente concentrada na ideia de que Ian poderia ser atacado por aquele gato enorme à espreita. Marcie pressionou a orelha contra a porta de madeira áspera e não escutou nada até reconhecer o rangido da porta do carro de Ian se abrindo. Ela empurrou a porta do banheiro, abrindo-a de supetão, e berrou:

— Ian! Cuidado! Tem um...

Foi interrompida por um rosnado seguido por outra investida do animal contra a porta. Marcie gritou e se abaixou em um ato reflexo, inexplicavelmente feliz pelo bicho ter vindo atrás dela e não partido para cima de um Ian despreparado.

Ora, pensou ela, *aqui estamos. Eu presa no banheiro e ele preso ou dentro do carro, ou dentro da cabana. E está um frio de matar. Ótimo. E pensar que eu estava sonhando com um micro-ondas.*

Poucos segundos pareciam ter passado quando se ouviu uma grande explosão que fez Marcie endireitar a postura e prender o fôlego. A seguir, a porta do banheiro se abriu de repente e Ian apareceu com uma expressão assustada e uma arma enorme na mão.

— Há quanto tempo você está aqui? — perguntou ele.

— Não faço a menor ideia — respondeu ela. — Talvez há d-d-dias?

— Você já terminou aí? — perguntou ele, parecendo levemente constrangido.

Ela explodiu em uma gargalhada, o que causou mais um acesso de tosse, depois mais risadas.

— Já, Ian — disse ela, enfim. — Já fiz xixi e me limpei. Posso, por favor, ir para casa agora?

— Casa? Marcie… aquele seu carro…

— Estou falando da cabana, Ian. — Ela deu uma gargalhada. — Jesus, você não tem senso de humor?

— Isso não foi tão engraçado assim. Não entendo por que ele chegou aqui tão perto. Eu não deixo comida do lado de fora nem tenho animais de criação…

— Ele estava perto do galpão. Será que ele gosta de canja de galinha?

— Isso nunca aconteceu antes. É um comportamento bem ousado ele vir até aqui, até onde as pessoas podem vê-lo, desafiá-lo…

— Afinal, que diabo de bicho era aquele?

— Um puma — respondeu ele. — Um leão da montanha.

— Eu *sabia* que aquilo era um leão! — Ela parou de repente. — Você não machucou o bicho, machucou?

— Marcie, ele queria *comer* você! Não vai me dizer que você está preocupada com a alma dele ou sei lá.

— Eu só queria que ele fosse embora — explicou ela. — Não queria que ele morresse.

— Eu só o espantei — disse ele, acompanhando-a a passos rápidos até a cabana. — Mas se a coisa fosse entre você e ele, você teria atirado no bicho?

— Não — respondeu ela.

— *Não?*

— Bem, eu nunca atirei, então não acho que teria muita chance. Se eu tivesse uma arma dessas na mão, provavelmente teria atirado em você, na cabana ou mandado aquele banheiro pelos ares, o que seria quase literalmente jogar a merda no ventilador. — Marcie morreu de rir do próprio trocadilho. — Mas ele era bem menor. Você tem uma frigideira, não tem? Uma grandona, de ferro fundido, certo?

— Para quê?

— Para eu ter com o que me defender numa próxima ida ao banheiro. Eu já fui uma ótima rebatedora de softball.

Ele parou de andar e olhou para ela.

— Ou você pode usar o penico.

— Ian, existem certas coisas que uma mulher vai achar que vale a pena arriscar em prol da privacidade.

Ian deu um sorriso, um sorriso de verdade.

— É mesmo?

Seis

No dia seguinte, ao chegar em casa, Ian encontrou Marcie de pé em frente à pia, usando a camisa de flanela e as botas. Sem calça. Talvez de calcinha, mas ele tentou não pensar nisso. Ela estava esfregando o rosto com uma toalha pequena, e o cabelo estava tão despenteado que parecia um ninho de pássaro. Ele colocou o saco que trazia em cima da mesa.

— Está melhor? — perguntou.

— Devo estar — respondeu ela. — Eu daria qualquer coisa pela chance de lavar o cabelo.

— Você quer lavar o cabelo?

— Eu quis muito, mas achei que não seria boa ideia ficar de cabeça molhada no frio. A água que sai dessa bomba é congelante.

Ele deu uma risadinha.

— Eu não acredito que você está aqui há dias e ainda não entendeu um monte de coisas. Você não é uma pessoa que presta atenção em detalhes? Então. Hoje é um bom dia para tomar banho — disse ele.

— Você tomou banho desde que eu cheguei? — perguntou ela.

— Confesso que venho adiando, tenho dado um jeito com uma panela de água quente e sabão ali na pia, mas não só porque você está aqui. Você reparou que está um pouco frio, né?

— Eu vi a banheira, é claro, mas não consegui imaginar como...

Ele apenas balançou a cabeça.

— É verdade, sei que você não está acostumada com toda essa rusticidade. Bem, a coisa funciona assim: eu vou colocar uma panela bem grande na lareira e colocar bastante lenha para que o cômodo fique bem quentinho. Então vou colocar outra no fogareiro, que vai esquentar muito mais rápido e também vamos encher a pia com água quente para você lavar o cabelo. Enquanto cuidamos disso, outra panela já vai estar no fogareiro. Quando seu cabelo estiver limpo, teremos duas panelas com água quase fervendo para colocar na banheira. Eu vou acrescentar um pouco de água fria da bomba, e você vai conseguir tomar um banho. Não vou mentir, não dá para encher a banheira toda. Mesmo se eu continuar esquentando e colocando água na banheira, quando eu conseguir ferver uma panela, a água do banho já vai ter esfriado. Então, é um banho com pouca água, mas é quente e cumpre a função.

— Uau — comentou ela. — Com certeza é uma oferta generosa, você vai fazer tudo isso para mim...

— Para nós, Marcie. Eu vou tomar banho depois de você. E amanhã, vou levar minhas roupas na lavanderia. Se você quiser, posso levar as suas. Sei que você ainda não está cem por cento...

Ela ficou inquieta, oscilando o peso do corpo e mordendo o lábio inferior.

— O que foi? Você não quer tomar banho?

— Eu daria qualquer coisa por um banho — respondeu ela. — É só que... Eu não pude deixar de notar que, ao que tudo indica, aqui não tem nem um cômodo separado por uma porta... E eu também reparei que isso não parece ser um problema para você.

Os cantos dos lábios dele se ergueram.

— Eu vou carregar a caminhonete com a lenha de amanhã enquanto você toma banho — explicou ele, enfim.

— E eu posso ficar sentada no carro na sua vez — sugeriu ela.

— Eu acho que não, seu carro está praticamente um iglu. Não passa de um montinho branco. Sem falar nos pumas...

— Bem, então o que eu faço?

— Ora, você pode tirar uma soneca, ler um pouco ou fechar os olhos. Ou você pode ficar olhando e viver a grande emoção da sua vida.

— Você não se importa mesmo, né? — perguntou ela, com as mãos na cintura.

— Não muito. Quando dá trabalho assim, banho é coisa séria. E é bem curto durante o inverno — respondeu ele, rindo.

— O que é que é tão engraçado assim? — perguntou ela, um pouco irritada.

— Eu só estava pensando que está tão frio que você não deve conseguir ver muita coisa mesmo...

As bochechas dela arderam, mas Marcie se fez de desentendida.

— Mas, no verão, dá para passar a tarde na banheira?

— No verão eu tomo banho no riacho. Por que você não passa um pente nesses cabelo? Está parecendo uma criatura selvagem, uma *banshee*.

Ela o encarou por um minuto, então disse:

— Ficar dando em cima de mim assim não vai te trazer nada de bom, fique sabendo.

A seguir, Marcie teve um acesso de tosse que serviu para lembrá-los de que ela havia acabado de se curar de uma gripe boa e forte. Além disso, o ruído serviu para abafar o que pareceu ser uma risada de Ian.

Enquanto usava a bomba para colocar água em uma panela grande, ele disse:

— Tome seus remédios. O barulho dessa tosse não foi nada bom. E eu com certeza não quero pegar isso.

Levou uma boa meia hora para encher a pia com água morna. Marcie arregaçou as mangas da camisa comprida, virando a gola para dentro, para evitar que ficasse molhada, e tirou o xampu de dentro da sacola de roupas. Ian estendeu a mão.

— Que foi? — perguntou ela.

— Coloque a cabeça na pia — pediu ele. — Eu faço.

— Por quê?

— Porque vai ser difícil para você saber se o xampu saiu. Vai ser mais rápido e mais fácil se eu fizer para você.

Ela pegou a toalha que ele havia deixado na bancada estreita, colocou-a contra o rosto e se curvou por cima da pia, mergulhando a cabeça na água morna. Ela sentiu quando ele usou uma xícara para molhar seu cabelo e depois começou a massageá-lo para fazer espuma. Aquelas mãos imensas e cheias de calos faziam movimentos lentos e gentis, as pontas dos dedos manipulavam seu couro cabeludo em uma massagem fantástica. Ela aproveitou a sensação de olhos fechados, tentando não gemer de prazer. Por fim, disse:

— Você não vai se oferecer para raspar as minhas pernas também, vai?

As mãos dele pararam de repente. Por um instante desacelerado, tudo ficou imóvel e silencioso e Marcie se perguntou se o teria ofendido de algum modo.

— Marcie — disse ele, finalmente. — Por que *diabo* você rasparia a perna?

— Elas estão *cabeludas*!

— *E daí*? Quem liga?

Ela pensou sobre o assunto por um instante. Estava no topo de uma montanha, no meio do nada, com um homem que parecia um náufrago em um lugar que nem sequer tinha instalação hidráulica. Por que ela *rasparia* a perna? E as axilas?

— Eu ligo.

Ian deixou o ar sair em um longo suspiro. A seguir, começou a enxaguar o cabelo dela.

Enquanto Marcie secava o cabelo com uma toalha, Ian tirou uma camisa limpa de dentro do baú e entregou para ela. Dessa vez, era uma camisa jeans macia, um pouco puída nas mangas e na gola e com botões descasados.

— Coloca essa aqui. A flanela xadrez está prestes a ir sozinha até a lavanderia.

Quando ele se virou de costas, Marcie tirou a roupa e, discretamente, a cheirou.

— Espertinho — murmurou ela.

Quando a banheira ficou cheia, Ian encheu de novo as panelas para seu próprio banho, colocando-as para esquentar, e saiu de casa. Ela podia ouvi-lo assobiando e rachando a lenha enquanto ela, de fato, raspava as pernas. E as axilas. O assobio não era um mero som sem sentido, Ian tinha talento. A melodia era clara, com solfejos, floreios e tudo mais. Marcie torceu para que ele cantasse, mas, naquele dia, foram só assovios.

Quando Ian voltou, ela já estava com a camisa limpa. Marcie ficou confusa com os botões diferentes, mas percebeu que ele devia substituí--los conforme os perdia, conservando até as roupas mais velhas o máximo que podia. Um homem bem peculiar. Ele levava uma vida tão rústica, tão desprendida — era só olhar para o cabelo e a barba —, mas, ainda assim, Ian parecia ter um cuidado possessivo com suas roupas velhas e surradas.

Para a surpresa de Marcie, ele imitou exatamente o que ela fizera, debruçando-se sobre a pia para lavar o cabelo e a barba enquanto outras duas panelas com água esquentavam. A diferença é que Ian fez tudo sem camisa. Ela tentou ler um pouco para não prestar atenção, mas se pegou várias vezes espiando além das cobertas para ver melhor aque-las costas largas e a bunda masculina bem firme. O corpo musculoso vivia bem escondido por baixo das roupas, mas era divino. Não era de surpreender que tivesse ficado tão forte: o trabalho de Ian era derrubar, cortar lenha, encher pelo menos uma caçamba por dia e descarregar todo o material quando fazia a entrega. O corpo do cara era de um lutador anabolizado.

Na primeira ocasião em que o vira sem roupa, tinha desviado o olhar rápido demais para que pudesse apreciar o físico dele. Considerando o fato de que o cabelo e a barba de Ian eram cheios e volumosos, ela esperava que as costas dele fossem peludas também. Mas não; ele tinha apenas alguns pelos naquele peito largo e forte, bíceps que pareciam dois melões, as cos-tas largas e musculosas e a cintura estreita. Os dois braços eram tatuados: uma águia no direito e uma faixa onde se lia USMC, a sigla do Corpo de Fuzileiros dos Estados Unidos, no esquerdo.

Ele puxou o cabelo para trás e o amarrou de novo, e então usou uma velha escova para pentear a barba enquanto a água do banho esquentava. Marcie finalmente entendeu que as panelas grandes empilhadas ao lado do armário da cozinha não eram para cozinhar grandes refeições, o que não faria sentido mesmo, com um só um morador na casa, mas para aquecer a água.

Estava claro que ele aparava a barba e o cabelo de vez em quando, mas Marcie se perguntou se alguma vez ele cortara o suficiente para fazer diferença de verdade. Ou será que ele deixava a coisa correr solta e de vez em quando metia a tesoura em uns dois ou três centímetros da ponta? O cabelo era castanho-claro e a barba vermelho-acastanhada. Isso, somado às sobrancelhas escuras e marcantes, faziam Ian parecer uma fera quando franzia a testa.

Talvez tudo aquilo fizesse parte do disfarce. Escondido nas montanhas, atrás de uma barba ruiva e um cabelão cheio.

Marcie continuou jogada no sofá, com o livro apoiado nos joelhos dobrados. Quando Ian jogou a água na banheira e começou a desafivelar o cinto, Marcie afundou no sofá e colocou o livro bem na frente do rosto, impedindo a si mesma de dar mais uma olhadinha acidental. Ela o escutou dar uma risadinha logo antes de dizer:

— Eu aviso quando acabar.

Então, Marcie escutou sons de água e, menos de dez minutos depois, ele avisou:

— Acabei.

Mesmo assim, Marcie esperou uns minutinhos a mais porque Ian simplesmente era malicioso o bastante para enganá-la.

Ian começou a recolher as roupas sujas e colocá-las em uma sacola, então Marcie entregou a ele algumas calças jeans, quatro pares de meias, dois casacos e algumas calças de moletom. A roupa íntima ela manteve e, assim que ele saiu pela manhã, Marcie colocou uma panela cheia de água na lareira e, assim que ficou um pouco mais morna, lavou as próprias calcinhas e os sutiãs, pendurando-os na beirada da banheira para que secassem em frente ao fogo. Quando foi obrigada a ir ao banheiro pelas necessidades naturais urgentes, levou a frigideira de ferro. Se o bicho aparecesse de novo com aqueles dentes arreganhados, ela o acertaria bem no focinho. Podia não ser uma caçadora, mas tinha sido uma jogadora bem boa de softball. A seguir, cansada e tossindo, ela tomou os remédios e tirou uma soneca.

Ian chegou trazendo uma caixa de papelão comprida e retangular, dentro da qual havia roupas bem dobradas. Ele a pousou em cima de um dos baús e ergueu uma calcinha da beirada da banheira.

— Espero que você esteja começando a se sentir melhor — disse ele. — Acho que ainda não estou preparado para encarar um monte dessas por aqui. O velho Raleigh deve estar se revirando no túmulo.

Marcie se levantou correndo do sofá, agarrou suas peças íntimas, enfiando-as logo em seguida dentro da mala, muito embora elas ainda não estivessem completamente secas.

O jantar daquela noite foi batata e ovos cozidos e fatias grossas de presunto. Conversaram um pouco sobre o dia, os clientes e a rotina dele, mas, antes que ela pudesse entrar discretamente nos assuntos que a levaram até ali, ele disse que era hora de ler um pouco antes dormir. Marcie não discutiu. Ian tinha vivido sozinho por muito tempo, só isso. Não significava que ele era uma pessoa ruim ou cruel.

Marcie começou a apreciar as pequenas coisas, como a risada suave que ele dava de vez em quando. Ninguém chamaria aquilo de uma gargalhada de fato, mas Ian reagia quando ela soltava um comentário espirituoso. E sorria de tempos em tempos, por trás daquela barba cerrada castanho--avermelhada, os dentes dele eram bonitos e saudáveis.

Mas Marcie estava começando a se sentir só e se perguntava se conseguiria esperar até que o silêncio dele chegasse ao fim.

Certa tarde, ela testemunhou a coisa mais memorável de todas. Ian estava assobiando enquanto empilhava a madeira na caminhonete e tinha, enfim, começado a cantar, baixinho no começo, depois mais alto, com aquela voz incrível, fazendo o coração dela palpitar. Depois de algum tempo o som parou, mas a porta da cabana não se abriu. A princípio, ela achou que ele tinha dado uma passada no banheiro, mas demorou demais. Por fim, Marcie saiu da casa bem devagar e olhou pela lateral. Ian estava perto do galpão, diante de um cervo muito grande com uma galhada imensa e linda com quase um metro de diâmetro. A mão dele estava estendida e o bicho parecia estar comendo algo que Ian lhe oferecia. Ian falava baixinho com o cervo, acariciando a mandíbula dele com a outra mão.

Marcie ficou imóvel naquele momento, observando em silêncio enquanto Ian e o cervo, como se fossem melhores amigos, comungavam daquele instante tranquilo de companheirismo. Havia uma bondade naquele homem que acalmava o mais arredio dos animais selvagens. Ela se perguntava se algum dia entraria em contato com aquele lado dele. Será que ele só rosnava para quem o assustava?

Ao chegar ali, Marcie o assustara com o passado e vinha tomando muito cuidado para não fazer aquilo de novo. Um pouco de tempo, um pouco mais de confiança e ela conseguiria abordar esses assuntos com cuidado. A última coisa que ela queria era machucá-lo, pois sabia que ele era uma boa pessoa.

Como um pai pode ter dado as costas para esse homem?, perguntava-se ela. *Como?*

O cervo deu alguns passos para trás, se virou e voltou trotando para o meio das árvores. Quando se virou para retomar o trabalho, Ian avistou Marcie ali de pé e foi até ela.

— Você viu meu amigo, Buck — disse ele. — Eu coloco uma maçã no bolso quando venho trabalhar aqui fora e às vezes ele aparece. Se a maçã começa a ficar mole antes de ele aparecer, eu como.

— Como você faz aquilo? — perguntou Marcie, extasiada.

— Não é um truque. Quando vi Buck pela primeira vez ele era novinho, tinha levado um tiro e já estava sem a mãe, todo assustado, confuso e sangrando. Então eu meio que o adotei. O velho Raleigh disse que ele já não enxergava bem e que não podia fazer nada, mas eu podia muito bem tratar da ferida, cuidar dele e dar umas maçãs até que ele fosse embora. E foi o que fiz. Eu o prendi no galpão, dei comida e água, e, quando ele ficou bom, o soltei. Foi isso.

— E ele fica voltando?

— Nem sempre. Eu fico feliz que ele não tenha contado aos amigos.

Marcie apoiou a mão no peito, emocionada.

— Ian, isso é incrível.

— Não seja piegas, Marcie. Se eu tivesse um freezer, eu poderia ter atirado nele.

— *Você não teria coragem*!

Ele sorriu para ela.

— Eu gosto de carne de caça. Você não?

Ela pensou no chili que Jack oferecera, em como ele desmanchava na boca. Mas, mesmo assim, respondeu:

— Não a esse ponto!

E, dando meia-volta, voltou para dentro da casa, a risada de contentamento dele logo atrás dela.

No meio da manhã, Marcie escutou um motor e sabia que não era do carro de Ian; o som era suave demais. Ela abriu a porta da cabana e viu Mel saindo de uma grande Hummer com a bolsa na mão.

— Ora, olá. Vejo que deve estar se sentindo melhor.

— Muito melhor, obrigada — respondeu Marcie. — Sozinha dessa vez?

Mel veio até a porta.

— Pensei em dar uma passadinha, para ver como você está indo.

Marcie riu.

— Aqui não é um lugar em que se dê uma passadinha. Eu me lembro como foi difícil encontrar a entrada. Quer entrar? Infelizmente não tenho como servir café com biscoitos, mas....

— Marcie... eu falei com a sua irmã. Acho que é melhor eu falar com você a respeito disso.

— Ah meu Deus. Ela foi totalmente horrível? Ficou totalmente pirada?

Mel deu uma risadinha.

— Totalmente? Não. Mas ela tem umas opiniões bem fortes no que diz respeito a esta visita. Vou contar como foi.

Marcie fez um gesto na direção da mesa com as duas cadeiras e Mel se sentou e foi direto ao assunto.

— Acho que fiz o que você pediu. Eu disse a ela que você tinha encontrado Ian Buchanan, que você estava aqui e que planejava ficar mais um tempo e que ligaria para ela da próxima vez que fosse à cidade. Eu, sinceramente, acho que não deixei escapar mais do que isso. Ela quis saber por que, já que você o tinha encontrado e conversado com ele, não estava voltando para casa.

— Minha Santa Mãe de Deus... Digo, Santa Irmã — disse Marcie, levando a mão à cabeça. — Bom, eu não voltei porque fiquei doente e não queria que ela soubesse. Erin teria aparecido aqui com uma ambulância. Ela move montanhas quando quer. Mobilizar a Guarda Nacional não seria uma coisa impossível para ela.

— Eu meio que tive essa impressão.

— Mas essa gripe acabou sendo uma bênção. Porque é bem delicado se aproximar de Ian, e ele está mais do que acostumado a não ter alguém com quem conversar. Depois desses últimos dias ele já se habituou um pouco comigo. Falamos um pouquinho das nossas vidas sem tocar nos assuntos que tem a ver com guerra, com Bobby, com o que fez ele sair da Marinha, deixar a cidade onde ele morava, tudo isso. Mas estou me aproximando. Afinal, ele está preso aqui comigo e estamos nos conhecendo. Reconhecendo, na verdade... Mantivemos contato logo depois que Bobby se feriu, mas durou pouco. Então agora eu estou tentando construir uma relação de confiança e amizade. Qualquer hora ele vai se abrir comigo.

— E quando isso acontecer...

Marcie deu de ombros.

— Mel, eu não sei por que senti que precisava fazer isso, vir até aqui assim. Só sei que não ia conseguir viver se não fizesse. Quando eu entender o homem que salvou a vida do meu marido...

— Calma aí — interrompeu Mel. — Ele salvou a vida do seu marido?

— Aham — confirmou Marcie. — Eu não contei isso para Jack?

— Eu acho que não. Pelo menos, ele nunca mencionou essa parte.

— Bem, ele salvou. Ele arriscou a própria vida para salvar Bobby e se machucou no processo. Não é culpa de Ian que Bobby tenha ficado com sequelas horríveis. Eu fiquei muito grata por ele ter feito tudo que podia. Eu não sei se você consegue entender, mas, apesar de Bobby ter, talvez, vivido muito tempo em um corpo nada funcional, sem consciência do que estava acontecendo ao redor dele, eu consegui... — Marcie desviou o olhar, engoliu o choro e disse, bem baixinho: — Eu fiquei com ele mais um pouquinho. E sou muito grata pelo tempo que tivemos, por mais injusto que isso possa parecer para Bobby.

Mel respirou fundo. Jack era seu segundo marido; o primeiro tinha sido assassinado. Ela não se sentiu nem um pouco confortável para entrar em detalhes naquele momento, então apenas colocou a mão no braço de Marcie e disse:

— Eu entendo totalmente.

— Tem outras coisas. O jeito como Bobby se sentia a respeito de Ian, o quanto ele o admirava. Bobby achava que Ian era o melhor homem do mundo, queria ser como ele. E esse grande homem fugiu de tudo e de todos. A conta não fecha, sabe? E ainda tem uma coisa muito boba... Os cards de beisebol. Os dois colecionavam esses cards idiotas desde que eram crianças e, enquanto estavam lá, no deserto, vigiando as bombas e os franco-atiradores, conversavam sobre isso. Tem umas coisas que eu quero saber. Entende?

Mel sorriu.

— Entendo — respondeu, baixinho.

— Eu tentei explicar isso para Erin, mas ela não entende. Acho que é porque a principal preocupação dela é comigo. Ela só pensa no meu bem--estar, quer evitar que eu me machuque mais do que já me machuquei nos últimos anos. Eu sei que Ian pode nunca se abrir comigo, sei que tenho que estar pronta para isso. Ele tem sido muito ríspido, não quer conversar sobre nada disso. O que quer que tenha acontecido deixou um enorme buraco no coração dele.

— Tudo bem — disse Mel, apoiando os cotovelos na mesa. — Eu tenho um pouco de experiência com esse tipo de coisa, afinal, tenho meu próprio fuzileiro em casa. Jack serviu durante muito tempo e tem um lado turbulento e vulnerável. Eu não sei quais são todos os gatilhos, mas me preocupo de você estar se colocando em risco quando Ian finalmente decidir confrontar essas coisas...

— Ele não vai explodir — garantiu Marcie. — Na verdade, acho que ele nem percebe isso, mas ele *não* é um homem perturbado. Talvez fosse, há alguns anos, e talvez as lembranças ainda sejam perturbadoras, mas hoje ele é só um homem que vive isolado na montanha, levando uma vida simples, sozinho. É menos complicado do que parece. Essa, pelo menos, é a minha opinião.

— Eu sei. Ele canta — acrescentou Mel, sorrindo.

— Não é só isso. Ele fala comigo sobre outras coisas. Sobre o velho que deixou a cabana para ele, sobre o cervo que vem visitá-lo. Ele lavou meu cabelo, esquentou a água para que eu pudesse tomar um banho. Ele vai à biblioteca e lê todos os dias, e não são livros sobre como construir uma bomba ou fabricar venenos. Ian tem uma pilha enorme de biografias. Ele é inteligente. Tem um senso de humor que não queria que eu descobrisse porque tenho certeza de que ele acha que vou começar a pensar que ele está gostando de mim.

— Mesmo assim...

— Eu juro que ele não vai explodir — insistiu Marcie, balançando a cabeça. — Por algum motivo, Ian acha que ficar sozinho é o melhor para ele, e em algum momento vou descobrir por quê.

— Marcie, acho que a sua irmã chegou no limite. Ela deu a entender que vai vir até aqui buscar você.

Marcie ficou tensa.

— Você disse para ela não fazer isso?

— Eu disse que eu tinha te visto pessoalmente e que você estava bem. Mas menti quando disse isso, porque você não estava bem. Você estava com febre, tossindo e...

— E eu estava sendo cuidada! Eu estou bem! Eu até raspei as pernas! — Mel se endireitou na cadeira, com o rosto transparecendo dúvida. — Foi uma piada... Eu queria raspar as pernas e Ian perguntou por que isso teria alguma importância aqui, no meio da floresta. Mas elas estão raspadas, caramba!

Mel sorriu.

— Você está confortável? — perguntou ela.

— Bem, não tem geladeira nem água encanada, né? — respondeu Marcie. — Ian sai antes das seis da manhã e fica fora até o começo da tarde, que é quando ele volta para pegar mais lenha, depois sai de novo e só volta à noite. Ele sempre cozinha alguma coisa e a gente conversa enquanto janta, o que acontece cedo, e depois ele gosta de ficar em silêncio, para ler antes de dormir, como sempre fez. Eu estou um pouco solitária e quero assistir às minhas séries na TV. Quero meus filmes e música... eu costumava assistir a *Simplesmente amor* pelo menos uma vez por mês. Então confortável não é bem a palavra, mas estou levando. Estou melhor do que quando estava procurando Ian e dormindo no carro, mas...

— Você estava dormindo no carro? — perguntou Mel, horrorizada.

— Bem, eu estava com pouco dinheiro. E não tinha encontrado Ian. A gente não deve contar a Erin sobre isso...

— Essa não é exatamente uma questão médica — advertiu Mel.

— Eu aposto que é, de algum jeito. Aposto que isso me ajudou a ficar doente!

Mel apenas sorriu. Ela esticou o braço na direção do chão e pegou a bolsa.

— Posso checar sua temperatura, dar uma olhada na sua garganta, auscultar seu peito?

— Pode, claro... Parece que não consigo me livrar da tosse, mas estou me sentindo muito bem.

Mel começou a trabalhar.

— Eu acho que você devia falar com Ian que precisa dar um telefonema. Converse você mesma com a sua irmã.

— Eu posso dirigir. Só vou...

— Você tem pneus próprios para neve ou correntes?

— Bem, não, mas...

— Marcie, pelo amor de Deus. Aquele seu fusquinha pode deslizar para fora da montanha bem fácil. Nevou aqui em cima desde que você chegou, e tivemos chuva em Virgin River. Você não tem a tração ou o peso adequados. Até as estradas secarem um pouco, pegue uma carona até a cidade em alguma coisa mais pesada, tipo a caminhonete grande e velha do Ian. Ou pode me avisar quando quiser descer e venho te buscar. Mas, por favor, acredite em mim, é loucura ir de fusquinha até a cidade, ok? Além do mais, parece que ele está soterrado.

— Beleza, tudo bem. Talvez eu peça a ele amanhã ou depois.

— Você com certeza está melhor, minha querida. Acho que não está mais transmitindo também. Vamos ficar de olho na tosse, e continue tomando o expectorante que o dr. Mullins passou. O peito está quase limpo, mas lamento informar que não é raro que a tosse persista um pouco mais. Sua garganta ainda está um pouco irritada e os pulmões ainda estão tentando se livrar da secreção.

— Mel, e a questão do pagamento? Por vocês terem vindo até aqui? Pelos remédios?

— Já está acertado — disse Mel, guardando suas coisas.

— Ian?

— Aham. Acho que foi uma questão de orgulho. Por que você não vem passar um tempinho com a gente na cidade? Vai ajudar você a não ficar doida. O bar fica aberto desde de manhã cedo até nove ou dez da noite. As pessoas entram e saem o dia todo. Você pode usar o telefone de lá ou o da clínica.

— Hum, não seria má ideia. E a árvore de Natal? Já ficou pronta?

— Estamos quase terminando. Ela é gigante, você sabe. E linda — respondeu ela, sorrindo. — E não conte ao Jack, mas usei o miniguindaste enquanto ele estava fora resolvendo umas coisas. Foi muito legal.

Marcie esperou até a hora do jantar para puxar a conversa sobre ir até a cidade. Ela queria tocar no assunto no momento perfeito — não tão cedo durante a refeição, mas também não durante a última garfada, quando Ian se levantaria com o prato vazio e viraria as costas para ela. Na metade do jantar, ela criou coragem:

— Virgin River fica longe de onde você vai para vender lenha?

Ian a encarou nos olhos, com ar de curiosidade, levantando a sobrancelha boa.

— Por que a pergunta?

— Se não fosse incomodar muito, eu queria uma carona até a cidade. Preciso ligar para minha irmã. Eu pedi para Mel ligar para ela e dizer que eu estava aqui com você, sem telefone, e que eu ligaria depois, quando fosse à cidade. Tenho que fazer isso para ela não ficar preocupada.

— Essa é a tal irmã que acha que você é boba e irresponsável? — perguntou ele.

— A própria — devolveu Marcie, sorrindo.

Ian se encostou no espaldar da cadeira, pousando a colher no prato de ensopado com arroz.

— Se você está se sentindo melhor, devia pensar em ir para casa. Você me achou, já disse o que queria dizer.

Ela mordeu o lábio inferior e ergueu os olhos verdes e límpidos para ele.

— Ian, eu preciso da sua ajuda. Não estou dizendo isso para você sentir pena de mim, porque não precisa. Mas passei um bom tempo perdendo Bobby e eu realmente achei que, quando ele morresse, eu estaria pronta para a próxima etapa da minha vida. Durante três anos me perguntei o que eu faria quando ele tivesse partido. Pensei nas possibilidades: estudar, viajar, quem sabe sair com alguém. Ter as minhas manhãs e tardes livres para fazer qualquer coisa. Mas não é isso que está acontecendo. Um ano já se passou e continuo presa. Eu não quero fazer nenhuma das coisas que cogitei fazer. Parece que não consigo seguir em frente, e não é só por causa do luto. É como se eu tivesse assuntos inacabados. Estar aqui com você... é a coisa certa...

— Você ainda está aqui porque está *doente*! — disse ele, em um tom de voz de quem estava bastante irritado.

— Pois é, bem, eu não fiquei doente a ponto de não conseguir identificar a oportunidade de conhecer você de novo. É como se estivéssemos recomeçando, e tenho a sensação que isso está me ajudando.

— Recomeçando? Do que é que você está falando?

Ela olhou para baixo.

— Eu conhecia você. Não como Bobby, mas nas cartas que ele me mandava, ele falava de você, e depois trocamos algumas cartas, eu e você. Eu sentia como se a gente se conhecesse. Como se fôssemos amigos. Você é o elo...

As palmas das mãos dele desceram sobre o tampo da mesa com força o bastante para fazê-la dar um pulo.

— Eu não quero falar sobre nada disso!

— Eu *sei*! — gritou ela. — Meu Deus, pedi para você fazer isso? Às vezes você pode ser bastante teimoso! Como foi que você conseguiu passar todo esse tempo sem ter alguém com quem brigar, hein? Eu sei que você tem questões, Ian, mas você acha que consegue pensar em mais alguém além de você por cinco segundos? A gente conversa, e isso está me ajudando a colocar algumas coisas em perspectiva. Se você quer que eu vá embora, eu vou. Mas se você me deixar ficar só mais um pouco, até eu sentir que... Droga. — Marcie passou a mão no cabelo. — Até sei lá quando! Até eu sentir que coloquei um ponto final nessas coisas inacabadas. Posso comprar comida, ajudar nas tarefas ou qualquer outra coisa com o maior prazer. Só não posso pegar o carro e ir até a cidade para ligar para minha irmã porque o fusca não tem corrente ou pneu de neve — disse ela, tomando fôlego e engolindo em seco. — Isso é tudo que tenho a dizer.

Um dos cantos da boca de Ian se ergueu.

— Tem certeza de que isso é tudo que você tem a dizer?

Ela se recostou e olhou para ele de um jeito cauteloso.

— Por enquanto.

O outro canto da boca de Ian se ergueu também, mas só um pouquinho.

— Você é uma mulherzinha teimosa, não é?

— Eu avisei — disse ela, erguendo o queixo. E, a seguir, pensou: *Isso, provavelmente, foi o que me permitiu passar pelo pior.*

— Você não tem que comprar comida nem fazer nada. Eu só não consigo entender como é que um velho carrancudo como eu pode ajudar você com alguma coisa.

— Bom — respondeu ela, um pouco mais calma, e um tanto confusa —, é por causa do jeito que...

— Amanhã vou entregar lenha. Vou sair cedo e depois voltar para reabastecer. Nessa hora, eu posso levar você até a cidade. Vou levar algumas horas para fazer a entrega, depois posso buscar você lá. Mas você vai ficar bem lá na cidade por tanto tempo? Aonde você vai?

— Vou sentar no bar do Jack e tomar um café.

— Tome seu remédio antes. Essa sua tosse está ficando assustadora.

Ela sorriu bem feliz.

— Obrigada, Ian.

E foi quando ela soube. Ian podia estar lutando contra aquilo, mas precisava visitar os detalhes do passado tanto quanto ela. Quando mais ele tentava fugir, mais a coisa ficava evidente, e Ian tinha muito peso para tirar das costas. Mas chegariam lá na hora certa. Em breve, ela mostraria a ele a carta de Bobby, daria aqueles cards idiotas de beisebol e voltaria para casa se sentindo melhor. Mais leve.

Sete

Ian entrou em Virgin River e parou em frente à árvore de Natal. *Meu deus, que árvore*, pensou ele. Decorada em homenagem aos soldados, óbvio. E, embora parecesse que já estava toda enfeitada, o miniguindaste continuava ali atrás.

— Estarei de volta em duas horas e meia, por aí — disse ele a Marcie. — Eu não quero ter que ir atrás de você.

Ela deu uma olhada no relógio de pulso.

— Eu vou estar aqui — garantiu ela. — Obrigada.

Ele apenas assentiu com a cabeça, mas observou enquanto ela subia os degraus da varanda do bar e depois saiu devagar da cidade.

Era muito difícil para Ian admitir, mas ter Marcie por perto tinha trazido a ele um conforto estranho, e ele não fazia ideia do motivo. Cuidar dela tinha feito com que, de algum modo, ele se sentisse melhor. Garantir que estivesse alimentada e protegida parecia ter um poder sobre ele também. Mas, ao mesmo tempo, era um trabalhão. Se Marcie não estivesse por ali, ele não se incomodaria muito com as refeições. Na maioria das noites ele simplesmente abria uma lata de alguma coisa, mas Marcie tinha estado doente e precisava se alimentar bem, além da ganhar um pouco de peso. Ian dera o melhor de si. Será que aquela fraqueza toda tinha a ver com o tempo que passara procurando por ele? Dormindo no carro e provavelmente pulando refeições?

Saber que Marcie estaria à espera depois do trabalho, inoportuna e incômoda, o fazia cumprir as tarefas com certa pressa. Ele não conseguia entender por quê. Tinha certeza absoluta de que não revisitaria todas aquelas lembranças do tempo da guerra, sobre Bobby. Bastava pensar sobre o assunto para que ele sentisse um peso no estômago e ficasse com dor de cabeça. No entanto, mesmo assim, estava sentindo um medo ridículo de que a ligação de Marcie para a irmã resultasse em ela dizendo: "Preciso ir embora".

Mas não adiantava se preocupar com isso. Marcie iria embora, não importava o que a irmã dissesse. Afinal, ela não acamparia na cabana dele durante as festas de fim de ano, certo? Marcie tinha gente esperando por ela em casa. Pouco importava o fato de ela reclamar da irmã; pelo menos ela *tinha* uma irmã que a amava, que se importava com ela. E o que ela dissera quando havia pedido a carona até a cidade? *Só um mais um pouco...*

Marcie era o primeiro relacionamento que ele tinha tido em cerca de quatro anos. O velho Raleigh não contava; aquilo tinha sido pura servidão. Se o homem não tivesse deixado o terreno para ele, Ian jamais teria suspeitado de que Raleigh tivesse sido minimamente grato pelos cuidados que Ian lhe dispensara em seus últimos meses de vida. Ian via gente com frequência. Afinal, trabalhava para a empresa de mudança quando o tempo estava bom, tinha os clientes de lenha, ia a lugares como a biblioteca, comia fora de vez em quando. As pessoas eram simpáticas com ele e ele retribuía a cordialidade. Mas jamais se aproximava; não havia relacionamentos. Ninguém o estimulava como ela, fazendo-o sorrir a despeito de si mesmo.

E houve aquele episódio com o puma, Marcie gritando desesperadamente para ele. Ian sabia o que isso queria dizer. Ela estava com medo de que o bicho o atacasse e arriscou a própria pele para alertá-lo. Fazia muito tempo mesmo desde que ele sentiu que alguém se importava minimamente com ele.

Talvez seja isso, pensou ele. *Marcie acha que se importa, porque eu era importante para o Bobby. Se a gente tivesse se conhecido de outra forma, a coisa não seria assim.*

Só que isso não importava para ele naquele momento. Ian gostava daquelas coisas, por mais estranho que fosse. Ele voltaria para buscá-la em duas horas e meia e, enquanto estivesse entregando um carregamento de lenha para um dentista qualquer em Fortuna, ficaria de olho no relógio para não se atrasar. E, a cada lenha partida que ele empilhava, torcia para que a família dela não encontrasse um jeito de levá-la para casa naquele mesmo instante.

Eram apenas nove e meia da manhã quando Marcie entrou no bar, e não havia ninguém. Escutou vozes vindas da cozinha, que é para onde precisaria ir se quisesse usar o telefone. Ao empurrar devagar a porta vaivém, deu umas batidinhas antes de entrar.

— Pode entrar, aqui nos fundos — disse alguém.

A resposta veio acompanhada de uma gargalhada feminina.

Havia quatro pessoas reunidas ao redor da bancada de trabalho. Dois casais. Preacher, o cozinheiro, e Paige, a mulher que tinha ajudado a decorar a árvore no primeiro dia. E também Mike e uma mulher muito bonita por volta dos 30 anos e um cabelo castanho-claro que ia até a altura da cintura. Mike estava usando um avental todo sujo de cobertura vermelha e verde.

— Ei — disse ele, sorrindo para ela. — Marcie. Achou seu fuzileiro?

— Uau — disse ela, pasma. — A Mel sabe mesmo ser discreta, hein?— Ela assentiu com a cabeça, confirmando. — Eu o encontrei há quase uma semana.

Todos trocaram olhares significativos, dando risadinhas. Aparentemente, todos conheciam Mel muito bem.

— Você conhece todo mundo aqui? — perguntou Mike.

— Preacher, Paige, você e...

Ele abraçou a mulher bonita e ela se encostou nele.

— Brie, irmã de Jack. — E, com o nariz, fez um carinho no pescoço da mulher. — Minha namorada.

— Oi, tudo bem? — perguntou Marcie, de repente sentindo inveja de todo o amor do mundo.

Brie assentiu e sorriu.

— Prazer — disse ela.

— Então. Como ele está? O seu cara? — perguntou Mike.

— Está bem — respondeu ela. — Ele está morando no alto da montanha há quase quatro anos. É um lugar bem rústico, mas nunca vi nada mais bonito.

— E ele ficou feliz em ver você? — quis saber Mike.

— Ah, sim — mentiu ela. — Bastante. Desde que a gente não tenha que conversar sobre as experiências dele no Iraque, nós somos uma boa companhia um para o outro. — Ela deu de ombros e continuou: — Ele está me deixando ficar por um tempo. Bem... — disse ela, olhando para baixo —, eu peguei uma gripe horrível e ele foi obrigado a ficar comigo, então estou me aproveitando dele. — Marcie abriu um sorriso. — Ele tem sido muito paciente em relação a isso e tal. Gente, olha, preciso fazer uma ligação a cobrar. Prometi para minha irmã que eu entraria em contato de vez em quando e Ian não tem telefone.

— Fique à vontade — disse Preacher. — Pode ligar direto, temos um contrato com a companhia telefônica que dá direito a ligações interurbanas ilimitadas.

— Sério?

— Jack tem quatro irmãs e um pai. Paige tem as amigas — explicou ele, dando de ombros. — Nós damos muitos telefonemas. Você pode ligar de graça, desde que seja para dentro dos Estados Unidos. Pode ir.

Paige deu a volta na bancada de trabalho.

— Marcie, se quiser um pouco de privacidade, pode telefonar lá do meu apartamento.

— Você não se incomoda? — perguntou Marcie.

— De jeito nenhum — respondeu ela. — Vem, levo você até lá.

Marcie começou a seguir Paige, depois se virou de novo para o grupo e disse:

— Vocês estão fazendo biscoitos de Natal? — perguntou.

— Paige e Brie estavam fazendo — respondeu Mike. — Vai ter algum tipo de evento de mulher aqui hoje. Eu só estou ajudando para elas terem alguém de quem debochar. Sou muito melhor fazendo *tacos* e sei fazer uma *carne asada* maravilhosa.

— Felizmente já terminamos de fazer os biscoitos — disse Brie, dando risada. — Mike pode comer essa bagunça patética aí que ele fez. Quem já ouviu falar de uma pessoa que não consegue nem decorar um biscoito em formato de árvore de Natal?

— Verdade — disse Preacher. — Mas acho que fica difícil para os outros caras quando todo mundo sabe que eu sou o melhor da área em matéria de biscoitos.

— Vamos lá, Marcie — disse Paige, puxando-a pela mão. — O telefone fica bem ali.

Marcie se deixou conduzir até um pequeno conjugado, com um quarto e uma área de estar logo atrás da cozinha. Paige apontou para um telefone sem fio em cima de uma mesinha lateral que ficava entre o sofá de couro e a poltrona.

— Fique à vontade — disse ela.

— Obrigada. É aqui que você mora?

— Aham. Jack morava antes de se casar com a Mel e se mudar para a cabana dela, mas aí eu me casei com John e...

— John?

— Preacher é como todo mundo o chama, mas o nome dele é John. John Middleton. Paige Middleton — explicou ela, sorrindo toda orgulhosa. — Agora, pode fazer sua ligação, e depois a gente toma um café e come uns biscoitos. Eu vou separar uns para você levar para casa.

Paige fechou a porta, deixando Marcie sozinha.

Que incrível, pensou Marcie. Ela nunca tinha estado perto de pessoas feito aquelas antes, generosas e gentis até demais. Será que não se preocupavam se ela iria vasculhar seus armários e gavetas? Afinal, nem sequer a conheciam, não sabiam praticamente coisa alguma a respeito dela. Mas, mesmo assim, estavam todos dispostos a ajudá-la, a acomodá-la.

Ela deu um suspiro bem fundo. Ian devia passar mais tempo com pessoas como aquelas. Ele estava ficando um velho reclamão antes da hora. Marcie pegou o telefone e ligou para o trabalho de Erin.

A secretária da irmã atendeu, mas explicou que Erin estava no tribunal. Marcie deixou escapar um suspiro de alívio.

— Tudo bem. Barb, você pode dizer a ela que eu liguei, que estou bem, aproveitando muito a estadia aqui e que vou tentar ligar de novo daqui a alguns dias? Eu agradeceria.

— E está tudo certo por aí? — perguntou Barb.

— Com certeza. Tudo perfeito. Mas estou hospedada na casa de um amigo que mora nas montanhas e não tem telefone. Só consigo ligar quando venho à cidade. Então, vou demorar uns dias antes de poder tentar falar com ela de novo. Mas diga a Erin que aqui é lindo e que estou me divertindo, por favor.

E então, já que as ligações interurbanas não eram cobradas, ela telefonou para o celular de Drew, que atendeu no terceiro toque.

— Drew — disse ela em um fôlego só. — Drew, eu achei ele!

— É o que dizem — respondeu ele, dando uma risadinha. — Você está bem, Marcie?

— Muito bem — garantiu ela, mas, então, de uma maneira inesperada, ela tossiu, e tossiu de novo. — Desculpe, estou com uma tosse. Mas o médico daqui da cidade já deu uma olhada e estou medicada, não precisa se preocupar.

— Você não parece muito bem, Marcie. Você está dormindo em uma casa com aquecimento?

Marcie riu.

— É claro que sim. Ian fez canja de galinha para mim e tudo. Você está na aula? Eu posso contar sobre ele sem você pirar?

— Eu saí da sala… o cara só estava lendo o currículo do curso mesmo. Por que você está preocupada que eu vá pirar? Qual é o problema dele?

— Nenhum. Ele é uma boa pessoa. Generoso e de bom coração, mas fica um pouco mal-humorado se a conversa for sobre guerra. Então estamos evitando o assunto por enquanto. Só que, Drew, ele está muito diferente! Não foi à toa que eu não consegui encontrá-lo antes. Ele está com um rabo de cavalo e uma barba ruiva imensa e cheia. Não tão ruiva quanto o meu cabelo, mas o cabelo dele é castanho e a barba é mais vermelha do que castanha. Ele mora lá no alto da montanha, sozinho, já faz um bom tempo, desde que ele saiu dos Fuzileiros. Ele faz uns bicos, caça e pesca, corta lenha. Estou gostando do que estou vendo.

E, então, o pensamento a atingiu de repente: *Eu gosto. Eu gosto dele de verdade.*

— Então... — disse Drew, devagar —... você está fora da cidade, isolada, ficando na casa desse cara que não tem telefone, que fica meio mal-humorado se...

— Nós estamos nos divertindo e não tem nada de esquisito nele, a não ser que você considere a quantidade imensa de pelos faciais. O que não é tão incomum por aqui. E tem um monte de fuzileiros aqui, e eles meio que cuidam de mim, de certo modo. Eles sobem até lá para ter certeza de que está tudo bem. — Era uma mentirinha, já que *Mel* era quem tinha ido até lá, mas sem dúvida todos os homens estavam interessados e se importavam. — E está tudo bem.

Drew respirou fundo.

— E você está voltando para casa?

— Em breve — respondeu ela. — Eu ainda não consegui contar a ele algumas coisas que eu queria. Você sabe, sobre a carta, os cards de beisebol. E quero saber... — Ela queria saber por que ele tinha fugido daquele jeito, deixando tudo que ele amava para trás. — Tem algumas coisas que eu quero saber.

O tom de voz de Drew se tornou paternal.

— E se ele não quiser contar essas coisas? Você vai agradecer e voltar para casa?

Ela deveria ter sido mais rápida na resposta, mas levou dois longos segundos para dizer:

— É claro, Drew. Ian é uma pessoa com sentimentos. Não quero magoá-lo. Eu só queria que ele me contasse algumas coisas sobre Bobby, sobre a situação dele. Mas se ele não quiser, vou deixá-lo em paz.

— Erin está surtando — disse Drew. — Está à beira da loucura. Se ela não fosse tão controlada o tempo todo, estaria roendo as unhas e arrancando os cabelos.

— Eu tentei ligar para ela, para dizer que... Bem, tentei ligar, mas ela está no tribunal e por isso te liguei. — Ela sorriu consigo mesma: que bela negociação em família! Ela não tinha ligado para Drew porque Erin estava no tribunal, mas sim porque conversar com Drew faria com que ela se sentisse bem. — Você pode repassar tudo para ela? E dizer que eu vou ligar de novo daqui a uns dias?

— Sei não, Marcie... Tem alguma coisa nisso que não está me soando...

— Está tudo melhor do que eu tinha imaginado, Drew. Eu vou voltar a entrar em contato e, enquanto isso, tente convencer Erin a tomar alguma coisa. Sério, detesto carregar esse peso de que estou deixando ela preocupada. Quero terminar meus assuntos, sabe? Foi por isso que eu vim até aqui.

Drew suspirou.

— Eu sei — disse ele. — Eu entendo, mesmo que não goste.

Ela riu de um jeito suave.

— Volte para a aula. Nos falamos em breve.

— Amo você, garota — disse ele.

— Amo você, irmãozinho.

Ela desligou o telefone.

Marcie ficou sentada ali quieta por um instante, relaxada na poltrona macia de couro marrom-claro. Os irmãos realmente não entendiam o que aquilo tinha a ver com ela, mas a amavam o bastante para se importar com o que estava acontecendo, para sentirem certo medo de que ela estivesse cometendo um erro ao ficar à mercê de um estranho. O amor de Erin podia ser um pouco sufocante, já que na maioria das vezes vinha junto com preocupação, mas o bom humor pueril de Drew servia como um contraponto e ela sabia como era sortuda de tê-los. Sem o amor daqueles dois, ela seria muito vazia por dentro.

Eles não faziam ideia do tamanho da saudade que sentia deles, do quanto queria poder estar em casa, comemorando as festas de fim de ano como se não houvesse nada faltando. E, naquele Natal, não era apenas Bobby quem estava faltando; ela já tinha passado um primeiro Natal sem ele. O problema era que *Ian* também estava faltando, e ela precisava entender o que isso significava.

Quando Marcie passou pela porta da cozinha, encontrou o bar cheio de mulheres, pelo menos vinte delas. Em cima das mesas havia cestas, caixas, caixinhas de metal e travessas enormes fechadas com uma camada de filme plástico. Todas seguravam canecas de café ou chá e conversavam alegremente. Marcie ficou ali, na porta, olhando para o salão. Aquele devia ser o tal *evento de mulher*; mas aquilo a impediria de se sentar no bar até Ian voltar para buscá-la. Ela precisava encontrar alguma coisa para fazer.

— Ah, aí está você — disse Paige. — Deve ter tido uma bela conversa com a sua irmã.

— Hum, eu não consegui falar com ela, então liguei para o meu irmão — explicou Marcie.

— Você tem um irmão também? Que sortuda! Vocês são próximos?

Marcie se forçou para impedir que lágrimas caíssem.

— Muito.

— Que maravilha — disse Paige, pegando-a pela mão. — Vem, vou apresentar você para as meninas. Esse é nosso evento troca-troca de biscoitos que acontece todo Natal. Algumas dessas mulheres são cozinheiras de mão-cheia, mas não conte ao John. Ele acha que é o melhor do mundo, mas pode acreditar que tem cozinheiras incríveis aqui.

— Talvez eu não devesse me intrometer...

— Não seja boba, você é muito bem-vinda. A não ser que... Quero dizer, se você tiver outro compromisso e...

Tudo que Marcie conseguiu fazer foi balançar a cabeça.

— É só que, eu não trouxe biscoitos, é claro.

Paige apenas deu uma gargalhada.

— Mel também não. Ela mal consegue ferver água. Eu fiz os meus biscoitos na cozinha do bar, Brie também, mas a Mel só disse: "Ah, que se dane, não faz sentido ficar fingindo".

Naquele exato instante, do outro lado do salão, Mel viu Paige e Marcie e veio até as duas na mesma hora.

— Ah, que bom que você veio, Marcie! Isso aqui deve ser melhor do que ficar sentada lá na cabana, sozinha. E que ótima manhã para você estar aqui, vai conhecer algumas das vizinhas. Fique à vontade para provar quantos biscoitos quiser. Quer um pouco de café?

— Seria ótimo — respondeu Marcie. — É só que estou me sentindo uma penetra.

— Não aqui em Virgin River — garantiu Mel, dando uma risada. — As pessoas sempre ficam felizes de conhecer gente nova. Caso contrário, são sempre os mesmos velhos rostos.

Paige colocou uma caneca de café fresco e fumegante na mão de Marcie e, a seguir, Mel a puxou para o meio do salão lotado. Marcie foi apresentada a muitas das mulheres: Connie, que era dona do mercadinho da cidade; Joy, que administrava a biblioteca; Hope McCrea, que ela reconheceu daquele dia em que estavam arrumando a árvore de Natal, e Lilly Andersen e as filhas e noras. Lilly usava uma touca de tricô enfiada na cabeça e Marcie não pôde deixar de notar suas olheiras, muito embora o sorriso fosse caloroso e cheio de vida. Quando Mel a puxou para um canto, sussurrou:

— Quimio.

— Ah, que triste.

— Ela está lutando bastante, não fique triste.

— Você acabou de contar um segredo médico? — perguntou Marcie.

Mel balançou a cabeça, negando.

— Lilly prefere que eu explique no lugar dela sempre que for possível.

E, então, mais mulheres. As esposas dos rancheiros; uma mulher que, com o marido, era dona de uma vinícola; algumas mulheres da cidade vizinha. Claro que todas perguntaram o que trouxera Marcie a Virgin River, e ela se sentiu à vontade para responder com sinceridade:

— Bom, meu marido foi gravemente ferido no Iraque, ele era fuzileiro, morreu ano passado. Eu ouvi dizer que o melhor amigo dele na Marinha vivia por aqui e vim encontrá-lo. Dar a notícia. Conhecer o sujeito.

— E conseguiu?

— Consegui — respondeu ela, com um sorriso. — Ele mora em uma cabana no topo de uma montanha. Ele me deixou na cidade hoje enquanto entregava lenha para alguns clientes e vai vir me buscar daqui a uma hora. Ele tem… Ele é…. Eu gosto daqui — completou ela, enfim. — Adorei a árvore!

— Mel, Paige e Brie tiveram a ideia. Embora todos os fuzileiros aqui estejam na reserva, ainda se sentem muito ligados a quem está servindo — disse alguém.

— Vamos arrumar um prato com biscoitos para você levar para casa — ofereceu alguém.

— Ah, não precisa…

— Mas ele iria gostar, não iria? — perguntou Mel. — Porque isso faria todas aqui felizes. Vá dar uma voltinha, vou lá preparar.

E, rápido assim, Mel desapareceu, deixando Marcie sozinha.

Ela experimentou apenas um segundo de desconforto antes que alguém se pusesse a seu lado e começasse a puxar assunto. As pessoas perguntaram sobre a cidade de onde ela vinha, sobre Bobby, seu trabalho e família. Marcie pensou em fazer perguntas para mantê-las falando, mas não funcionava assim: ela era a novata por ali, o alvo da curiosidade.

Pouco tempo depois, um grande prato coberto com filme plástico foi colocado em suas mãos. Continha amostras de todos os outros pratos de biscoito que estavam no salão: Papais Noéis, árvores de Natal e enfeites; tortinhas de limão, flocos de arroz cobertos de chocolate, brownies, finas fatias de pães com especiarias, muitas delícias variadas.

De repente, o salão todo ficou em silêncio quando uma jovem mulher entrou no bar. Era alta e tinha o cabelo louro-avermelhado, vinha trazendo uma caixa de biscoitos e ostentava uma gravidez bem avançada. Atrás dela veio um homem muito alto. *Ele também é tímido*, pensou Marcie, reparando que o homem parecia um pouco desconfortável.

Mas o momento de silêncio logo acabou e as mulheres no salão a cercaram, abraçando-a, dando beijos em sua bochecha. Mel tinha passado um dos braços em volta da mulher e segurava a mão dela, trazendo-a para dentro do bar. Depois que cumprimentou todo mundo, ela passou a oferecer os biscoitos que tinha trazido e a arrumar um prato com amostras de todos os outros, para levar para a família.

— Aquela é a Vanessa — disse uma voz.

Marcie se virou e se viu encarando Brie.

— O marido dela foi morto no Iraque há algumas semanas. Ela está prestes a ter o bebê, daqui a umas seis semanas, acho. Ela está ficando com o pai e o irmão, bem na saída da cidade.

Marcie engoliu em seco.

— E esse cara que está com ela?

— Paul Haggerty, melhor amigo de infância do falecido marido. Ele ficou aqui desde o funeral porque Vanessa pediu. Onde quer que Vanessa vá,

Paul vai estar sempre por perto. Ele está completamente devotado a ela nesse momento difícil.

— Bem legal da parte dele — comentou Marcie, sem forças.

Ela sentiu uma pontada aguda de saudade.

— Paul é um dos amigos mais antigos de Jack, Mike e Preacher. Esses caras são realmente duros na queda, sabe? E estão sempre presentes para a família.

— Ele parece estar bem triste — observou Marcie.

— Sem dúvida alguma — disse Brie. — Eu tenho certeza de que a dor que ele está sentindo se equipara à dela. Ele era o melhor amigo de Matt desde mais ou menos o oitavo ano do fundamental. Graças a Deus o bebê está vindo, vai ser uma bênção. Você quer ir conhecê-la?

— Nah, deixe ela ficar com as amigas — disse Marcie, sem hesitar. — Não deve ter sido fácil para ela sair assim tão cedo...

— Bem, então, com licença — pediu Brie. — Eu tenho que ir lá dar um abraço nela. Já volto.

— Claro, fique à vontade.

As mulheres no salão estavam absortas com Vanessa enquanto Paul ficava, pacientemente, de pé ao lado da porta, nunca longe dela. Depois de cerca de vinte minutos, Vanessa voltou até Paul com sua coleção de biscoitos e Marcie viu quando ele passou o braço ao redor da cintura dela ao saírem do bar.

Deixando a própria travessa em cima do balcão, Marcie seguiu os dois para fora. Tinham acabado de chegar nos últimos degraus da escada da varanda quando Marcie pigarreou e disse, baixinho:

— Com licença... Vanessa?

Os dois se viraram, e Marcie se obrigou a dar um passo adiante.

— Eu... é... sinto muito pela sua perda.

— Obrigada pela gentileza — disse ela, sorrindo com doçura, embora seus olhos continuassem tristes. Paul ficou o tempo todo ao lado dela. — Eu não conheço você, conheço?

— Não, estou só visitando. Também sou viúva de um fuzileiro — conseguiu dizer. — Aconteceu um ano atrás.

— Ah! — disse Vanessa, e de repente as emoções dela passaram a refletir a perda de Marcie em vez de sua própria. — Eu sinto muito!

— Obrigada. Meu marido foi gravemente ferido no Iraque quatro anos atrás e morreu ano passado. E, quando eu soube... Nossa, eu me lembro da dor daquele primeiro momento. Queria poder dizer alguma coisa que pudesse ajudar você agora.

Vanessa sorriu com muita bondade, então estendeu a mão e tocou os cachos ruivos de Marcie.

— Eu acho que você acabou de conseguir fazer isso. Foi muito gentil da sua parte dizer essas palavras, sei que você não precisava fazer isso.

— Com certeza eu precisava — argumentou Marcie, sentindo as lágrimas arderem em seus próprios olhos. — Eu me lembro muito bem de como foi difícil no começo. Que bom que você tem bons amigos para ajudar, que tem um bebê a caminho.

— Você não tem filhos? — perguntou Vanessa.

Marcie apenas balançou a cabeça. E, a seguir, escutou o motor barulhento da caminhonete de Ian entrando na cidade. Resistiu à vontade de olhar para o relógio em seu pulso.

Vanessa abriu os braços para Marcie, que aceitou o abraço e sentiu as lágrimas rolarem. Eram tantos os motivos para aquele choro. A mulher que havia perdido seu jovem marido, a gravidez dela, o melhor amigo do marido estava ali para ajudá-la, e então...

Marcie deu uma risada entre as lágrimas.

— Eu senti o bebê chutar — disse ela.

— É um menino — revelou Vanessa. — E ele é muito ativo, graças a Deus.

Marcie se afastou e enxugou as lágrimas.

— Minha carona chegou — disse ela. — Boa sorte.

— Obrigada. Qual o seu nome?

— Marcie Sullivan. Estou aqui só de passagem, vou voltar para Chico, minha casa, em breve, para passar as festas de fim de ano com meus irmãos e a família do meu marido.

— Bom, aproveite sua estada. E feliz Natal. Obrigada pela gentileza mais uma vez.

Ela observou enquanto Paul ajudava Vanessa a se sentar no banco do passageiro de um SUV grande.

Marcie levantou um dedo, indicando a Ian que precisava de um minuto. A seguir, correu de volta para dentro do bar, pegou a travessa de biscoitos e se despediu bem rápido de algumas pessoas.

Já estavam saindo da cidade quando Ian perguntou:

— Missão cumprida?

— Minha irmã estava trabalhando, então falei com meu irmão mais novo. Ele vai dar o recado de que está tudo bem. E o *timing* foi perfeito, peguei o troca-troca de biscoitos de Natal das mulheres da cidade. Todas insistiram para que eu trouxesse um monte deles.

— Hummm — respondeu ele. — Parece que fez novas amigas.

— Algumas. Tem umas pessoas muito legais aqui nesta cidade, você devia dar uma chance a elas algum dia desses.

— E aquela mulher? — perguntou ele. — É uma das suas novas amigas?

— Aquela que eu estava abraçando?

— Foi a única mulher que eu vi além de você.

— O nome dela é Vanessa, não perguntei o sobrenome. Ela perdeu o marido no Iraque algumas semanas atrás. Eu não a conhecia, mas ofereci meus pêsames de qualquer maneira.

— O homem que estava com ela não era o marido?

— Não, ele é… — *O melhor amigo do falecido*, foi o que Marcie pensou, mas apenas comentou: — Só um bom amigo, pelo que entendi.

Oito

A tendência é que um dia emende no outro quando você não sai para trabalhar ou não tenha uma TV cuja programação a mantenha orientada. Marcie nunca sabia se era terça-feira ou sábado, mas não importava. Ian parecia trabalhar sete dias na semana. Muito embora se sentisse completamente recuperada da gripe — a não ser pela tosse que ainda persistia —, Marcie ainda tendia a dormir até tarde. A cabana passava a maior parte do tempo no escuro, dadas as poucas horas de claridade, e Ian saía de casa em silêncio. Às vezes, ela ouvia o motor da caminhonete — tão mal-humorado quanto ele, às vezes — e simplesmente rolava para o outro lado e voltava a dormir. Quando enfim acordava, Ian já tinha saído e ela zanzava, comia alguma coisa, colocava um pouco de lenha na lareira, lia, o que, francamente, a deixava muitíssimo entediada. Se quisesse ler uma biografia, provavelmente seria a de uma mulher extraordinária.

No entanto, naquela manhã, no dia seguinte ao evento no bar de Jack, Marcie se virou no sofá e encontrou Ian de pé ao lado da mesa, com uma aparência bastante diferente. Ele estava usando uma jaqueta azul-marinho em vez de sua jaqueta de trabalho velha e surrada. Usava calça cáqui e botas que não estavam supergastas e a camisa por baixo da jaqueta era branca.

— Eu vou ficar fora de casa por um tempo. Você vai ficar bem? Você está se sentindo bem?

— Eu estou bem. Voltando a me sentir normal. Você vai vender lenha? Não está tarde?

— Estou indo resolver outras coisas, mas vou voltar cedo.

— Aonde você vai? — perguntou ela, sentando-se.

Ele desviou o olhar por apenas um segundo e, a seguir, chegando mais perto do sofá, disse:

— Eu estou indo à igreja. Eu faço isso de vez em quando. Eu vou estar de volta...

— Você frequenta a *igreja*? — perguntou ela, endireitando a coluna com a surpresa.

— Não. Não, não. Eu só dou uma passada de vez em quando. Em igrejas diferentes. Não importa qual seja, na verdade.

Ela estava prestando total atenção.

— Você é de qual congregação? — quis saber ela.

— De nenhuma. É sério. Minha família nunca teve o hábito, não éramos religiosos. É só uma coisa que faço às vezes, eu vou voltar em...

— Eu posso ir com você, por favor? — pediu ela.

— Marcie — grunhiu ele, franzindo as sobrancelhas de um jeito quase doloroso. — Não vamos fazer isso...

Mas ela deu um pulo para fora do sofá, quase derrubando o homem ao pegar uma calça jeans que estava em cima da mala dela.

— Eu não tenho nenhuma roupa arrumada, só calça jeans e botas, mas da última vez que eu fui à igreja era tudo bem casual. Ninguém mais se arruma muito mesmo.

— É melhor você ficar em casa.

— Eu não me incomodo nem um pouco de ir e....

— Escute, posso ser direto com você?

Ela vestiu a calça jeans bem rápido, sem sequer pensar que ele poderia ver um pouquinho da calcinha que ela usava no processo, enquanto se virava de costas.

— Isso seria divertido, você ser honesto comigo alguma vez.

Ela puxou a camisa dele, tirando-a pela cabeça, e vasculhou a mala, em busca de seu melhor suéter.

Sem olhar para ela, Ian disse:

— Eu entro bem quietinho mesmo, depois que o culto já começou, me sento no fundo e fico lá. Mas também não deixo de falar com as pessoas e tal. Eu digo "oi", "Deus abençoe" e sigo em frente. As pessoas não se lembram de mim. Eu não apareço na mesma igreja nem mesmo duas vezes ao ano. Não quero fazer parte de nenhuma congregação, só quero ouvir a música de vez em quando. Eu não sou um fiel e...

— É, você é um solitário. Eu sei disso...

— Eu gosto da solidão, verdade, mas estou o tempo todo em contato com pessoas. Eu só moro mais isolado, e não quero ser de nenhuma congregação ou coisa do tipo, só isso. Eu vou lá para ouvir, sabe? Às vezes existe alguma coisa ali. Eu estou aberto à inspiração.

— Certo. Tudo bem. Eu vou dizer "oi" e "Deus lhe abençoe" — garantiu ela, passando o suéter pela cabeça para vesti-lo.

Marcie olhou para si mesma e viu que estava toda amarrotada, mas sentou no sofá e puxou as botas por cima das meias pretas. Pela expressão no rosto de Ian, se Marcie demorasse mais ele iria embora sem ela.

— Não. Não, isso não vai dar certo. Você é o tipo de gente com a qual as pessoas vão querer conversar. Você gosta de fazer amigos, se conectar, e eu não gosto. Melhor deixar para lá, vamos ficar em casa.

Ela foi correndo até a pia e bombeou um pouco de água para molhar as mãos, passando-as, a seguir, sobre os cachos selvagens a fim de domá--los um pouco.

— Eu também quero ir, Ian. Eu não vou nem me sentar com você, se quiser. Posso fingir que nem te conheço. Você pode agir como se eu fosse uma pessoa sem teto e malvestida que, por coincidência, estava ali na mesma hora que você.

— Ah, Marcie, eu queria não ter te contado. Que tal se eu trouxer um livro da biblioteca? É só me dizer qual você quer.

— Você vai à *biblioteca*? Ah, meu Deus, posso ir com você, por favor, por favor, por favor? Eu mal tenho visto gente desde que cheguei aqui, mas tudo bem, nem preciso conversar com ninguém. Sério! Só pelo amor de Deus não me faça ler outra biografia ou seja lá o que você escolher para mim. Eu vou me sentar do outro lado da igreja e ficar quietinha na biblioteca, prometo! Eu só quero sair e estar perto de gente. Durante esse mês que passei procurando por você eu falei com tanta gente que confesso que fiquei de saco cheio, mas, agora, se eu pudesse ver o mundo só um pouquinho... Eu juro que não vou deixar você desconfortável. Se eu fizer qualquer coisinha errada você pode grunhir e rosnar o quanto quiser para mim.

E, então, Marcie tossiu.

— Você ainda está doente. Escute só isso.

Ela recuperou o fôlego.

— Só tossi porque você me irritou. Sério, Ian. Eu estou bem. Mel disse que eu estou bem. Ela me examinou, disse que não estou mais transmitindo e que é bem comum a tosse demorar a passar. Por favor. Por favor. *Por favor!*

— Mas que diabo — murmurou ele.

— Bela linguagem para alguém que está indo para a igreja — disse ela, sorrindo.

Ian não disse nada durante todo o trajeto até Fortuna. Ele olhava firmemente para a frente e Marcie decidiu que, já que ela havia implorado para ir junto, era melhor ficar quieta e fazer exatamente o que tinha prometido. Quando pararam em frente a uma igreja presbiteriana, ela saiu primeiro do carro e entrou primeiro no prédio, pegou o programa e encontrou um lugar em um banco nos fundos. Como não seria de surpreender, Ian se sentou na nave do outro lado, em seu próprio banco, e agiu como se não a conhecesse.

Ele queria ficar sozinho. E assim funcionava. Marcie não queria que as peculiaridades dele a deixassem ansiosa, por isso apenas escutou a palavra, o coro. O sermão.

Era meado de dezembro, hora de começar a examinar a história do nascimento de Cristo. Marcie não costumava ir à igreja na época do Natal, a não ser quando chegava mais perto da data de fato, e sempre gostava de ouvir a história: a estrebaria, o nascimento, os pastores e os reis magos…

— Uma das coisas que me interessa o ano todo, como cristão, teólogo, ser humano, é aquela estrela — disse o pastor. — Existem várias hipóteses sobre se aquilo foi de fato um evento astronômico ou alguma coisa divina, criada para anunciar o nascimento de Cristo. Vocês esperam que eu diga que creio na segunda versão, certo? Mas, para mim, o mais importante não é saber se aquilo era a natureza em movimento ou um milagre de Deus, mas sim o que isso significa para nós hoje. A Estrela de Belém é um símbolo do cristianismo que só fica atrás da cruz. É um presente de luz, de orientação, de liderança, de passagem, de compreensão e de iluminação.

E continuou:

— Você já foi levado ou levada a fazer alguma coisa, mas não sabia que rumo tomar? Você já foi uma daquelas pessoas que não rezava com muita frequência, mas que, de repente, quando se viu desesperado ou desesperada por ajuda se pegou de joelhos? A estrela é a fé. A crença de que um poder maior do que nós mesmos, havendo a oportunidade, nos guiará ao nosso destino. A estrela é o significado, o propósito, a promessa de que nós receberemos a iluminação divina. De que o nosso caminho será repleto da luz da compreensão que evitará nossos tropeços. Esse é o milagre da estrela. À medida que entramos na temporada do amor, da cura, do perdão, uma temporada de *promessas*, muitos de nós iremos olhar para os céus em busca dessa estrela. Eu acho que, às vezes, essa estrela está bem em nossos corações.

O pastor falou um pouco sobre os Reis Magos e os pastores que deixaram seus rebanhos. *Todos eles tinham motivações.* Tinham uma tarefa, um objetivo. Como homens, eles eram muito diferentes. Uns eram simples pastores, outros, reis, mas não são apenas os homens ricos que têm motivações ou os homens pobres que seguem um chamado. Eles simplesmente responderam a uma reação instintiva, a uma missão que precisava ser cumprida para o bem deles, para o salvador que eles estavam compelidos a receber no mundo em prol do bem-estar de todos. Isso deve ter sido uma força motriz, impossível de ser ignorada, muito embora, para aqueles que estavam ao redor, possa ter parecido uma coisa tola. Ou até mesmo loucura. Imagine aqueles reis fazendo as malas e atravessando terras distantes por causa de uma ideia maluca de que um bebê especial estava vindo salvar o mundo, curar a humanidade. Servos e soldados devem ter pensado que eles tinham pirado.

Então, surgiu a estrela para guiá-los, liderá-los.

— Existe algo que nós nos sentimos compelidos a fazer nesta temporada de entrega, nesta temporada de renascimento? — perguntou o pastor. — As pessoas ao nosso redor sugerem que cuidemos de nossa própria vida ou deixemos as coisas como estão?

As palavras começaram a se misturar e Marcie não tinha muita certeza do quanto o que escutava era sermão do pastor e o quanto era obra de sua própria mente, seu próprio coração. Existe alguma coisa que você se sente impelida a *completar* e que não consegue mais evitar, do mesmo jeito que você não consegue fazer o tempo voltar? É uma missão caridosa, destinada ao bem e à cura? Ao amor e à bondade? Porque são questionamentos que você deve ter. Não é tempo de curar as próprias feridas às custas das feridas dos outros, e sim tempo de reavivar o amor e seguir em frente rumo a um mundo melhor. Não foi essa a promessa que o nascimento de Cristo trouxe? Um mundo melhor?

Precisamos nos questionar: estou vendo o caminho? Estou sentindo a estrela me guiar?

Marcie sentiu as lágrimas molharem a bochecha e escutou o pastor dizer claramente:

— Vamos todos nos unir na oração que permite a Deus nos guiar na direção correta, para fazermos o bem, curar as feridas, restaurar os corações, pedir perdão. Cantemos juntos.

Marcie já estava orando, e não a Deus, como deveria estar fazendo. As orações iam para outra pessoa.

Ah, Bobby, me ajude! Eu deveria estar aqui? Fazendo isso? Porque ele é tudo aquilo que você disse que ele era... Ian é forte e invencível e, mesmo assim, é tão cuidadoso, tão doce. Tão complicado, tão simples. Às vezes penso coisas irracionais... Jesus chicoteando os mercenários no templo com ferocidade, brigando com eles, e, depois, alimentando as pessoas famintas com cinco pães e dois peixes... Se você tivesse visto como ele rosnou para mim, como se eu fosse a maior ameaça do mundo, mas depois deixou aquele cervo enorme comer em sua mão. E no episódio do puma, quando mesmo tendo a chance de matar o bicho, e talvez até devesse ter feito isso, Ian atirou apenas para espantá-lo. Ele é bom, Bobby, e ele não pode fazer uma coisa dessas sem realmente... Ah, Bobby, se invadir o mundo dele for uma coisa errada, por favor me mande um sinal. Eu quero que ele volte a se sentir bem, mas preciso que ele faça o mesmo por mim também! E juro por Deus que só quero fazer a coisa certa, sentir que as coisas estão finalmente encerradas, assim todo mundo pode seguir em frente do jeito que você gostaria que a gente levasse. Por favor, Bobby, me diga! Eu vou prestar atenção...

E enquanto ela estava de cabeça baixa, implorando ao falecido marido em vez de rezar a Deus, enquanto estava sendo instruída, a congregação se levantou e entoou um hino. Marcie demorou um instante para enxugar os olhos e pensar: *eu sou doida de pedra, aqui rezando para um homem que morreu faz um ano, mas que eu perdi bem antes disso. Acho mesmo que Bobby vai me responder mais rápido do que Deus? Que tipo de maluca eu sou?*

Ela lançava olhares furtivos na direção de Ian, do outro lado da igreja. Ele estava de pé, alto e com as costas eretas, todo barba e orgulho. E não estava cantando! O que era a coisa mais doida. Naquele lugar ele poderia não apenas exercitar a voz, como ela também seria apreciada. Que desperdício horrível não cantar. Marcie queria muito que a congregação se encantasse com aquela voz gloriosa.

Ela engoliu o choro. Talvez Ian não fosse assim tão maravilhoso. Talvez ele fosse simplesmente egoísta.

Marcie não fazia ideia por que tudo aquilo — que para ela era tão emocionante, em termos espirituais — a estava deixando com raiva. Decidiu não pensar muito a respeito, apenas disse a si mesma para superar o assunto e dançar conforme a música, como havia prometido. Pelo menos até entender o que estava acontecendo.

Quando o hino acabou, as bênçãos foram lidas e o pastor conduziu a recessional, Marcie foi uma das primeiras a sair da igreja. Ela apertou a mão do pastor e agradeceu pelo sermão comovente.

— Parece que tocou profundamente você, não é, irmã? — comentou ele.

— Tocou, sim — confirmou ela, controlando-se para não fungar.

— Me dê um abraço — disse ele, puxando-a para perto.

Ah, que má ideia. Se não tivesse se controlado, teria começado a soluçar. Foi aquele abraço que a fez perder as forças de vez. Marcie já havia recebido um milhão de abraços reconfortantes desde que Bobby finalmente partira, mas sua cota de abraços estava, nos últimos tempos, bem em baixa. Ela precisava desesperadamente de um pouco de conforto e segurança, por mais ridícula que se sentisse depois da prece para Bobby. Teria sido reconfortante sentir a mão dele no ombro dela, dizendo para que seguisse em frente, seguisse seu coração.

— Obrigada, pastor — disse ela, desvencilhando-se do abraço. — Foi um lindo sermão.

— Ora, obrigado. Eu fico inseguro quando os escrevo, é um processo difícil para mim. Volte mais vezes, sim?

— Com certeza — garantiu ela, indo embora.

Marcie esperou ao lado da caminhonete e, enquanto esteve ali, observou Ian ir até o pastor, apertar a mão do homem, conversar e até mesmo rir. E então pensou: *existem duas versões dele! Ian é o cara que parece um eremita e o cara que transita direitinho pelo mundo. Só que o mundo dele é de um tipo um pouco diferente; não é esse apressado e superpopuloso de demandas e conexões que muitos de nós temos. O de Ian é basicamente um mundo calmo e as relações que ele estabelece parecem ser assim também. E ele parece gostar.*

Enquanto procurava por ele, Marcie tinha perguntado a muitas pessoas, muitas mesmo, se elas conheciam um Ian Buchanan, e a resposta sempre fora a mesma: "Nunca ouvi este nome". Era muito possível que, mesmo sendo razoavelmente amistoso, Ian levasse a vida sem que ninguém perguntasse seu nome. E ele mesmo nunca teria oferecido a informação.

Quando Ian chegou à caminhonete e deu a partida, ela perguntou:

— O pastor perguntou seu nome?

— Não — respondeu ele. — Por quê?

Então, aquilo era parte da coisa. Aquilo e o fato de que ele não se parecia em nada com a foto que ela vinha mostrando por ali.

— Por nada, só curiosidade — disse ela.

— Eu acho que a gente devia ir comer um café da manhã bem grande e gostoso. Você topa comer alguma coisa antes de irmos à biblioteca?

— Claro — respondeu ela, baixinho.

— Você está bem, Marcie?

Ela deu de ombros.

— Acho que fiquei um pouco mexida, mas uma xícara de café bem forte vai resolver.

— Bom, você está com sorte porque eu conheço o lugar perfeito.

Um restaurante de posto de gasolina, é claro. Mas Ian estava bem orgulhoso do lugar. Devia haver uma dúzia de trailers estacionados do lado de fora e quando ele entrou, uma garçonete de meia idade, corpulenta e de cabelo loiro oxigenado disse oi com certa familiaridade.

— Ei, querido... tudo bem? Não vejo você tem um tempo.

— Tudo ótimo, Patti — respondeu ele.

Ela usava uma placa bem grande com o nome estampado, então Marcie não poderia presumir que eram amigos. Mas Ian tinha sido visto por ali, e em muitos lugares, afinal. Por coincidência, nenhum dos quais onde ela estivera procurando por ele.

Patti serviu o café e disse:

— Precisam de um minuto para escolher?

— Acho que sim, vamos deixar ela dar uma olhada — disse ele.

Depois que Patti foi embora, Marcie disse:

— Imagino que você deve escolher sempre a mesma coisa.

— Tipo isso.

— Certo — disse ela, estudando o cardápio. — Já escolhi, vou querer uma omelete de queijo. Pode pedir quando tiver decidido.

— Que bom — disse ele.

Ian ergueu a mão para chamar Patti.

Quando ela chegou, ele disse:

— Uma omelete de queijo para a moça, pode trazer cortada, e para mim...

— Quatro ovos, uma porção de bacon, uma porção de linguiça, batata rosti, biscoitos salgados e molho, torrada, suco de laranja e café até dizer chega — terminou ela, sem esperar que ele fizesse o pedido.

O que Ian ofereceu à garçonete foi, sem dúvida, um sorriso. *Se eu fosse ela, ia achar que o cara está me dando mole*, pensou Marcie. Mas tudo que Patti disse foi:

— Pode deixar, querido.

Na segunda caneca de café, Marcie começou a ficar de bem com a vida. Nada a colocava no prumo melhor do que cafeína. Café quente, não aquela coisa que Ian deixa esquentando em cima da lareira quando sai para vender lenha de manhã. E aquele ali era um café forte e bom. Ela retomou a conversa:

— Então, você e Patti são amigos? — perguntou ela.

— Patti é minha garçonete a cada dois meses, mais ou menos — respondeu ele. — Ela faz um bom trabalho.

— Por que você não cantou na igreja? — perguntou ela, corajosa.

Ele pousou a caneca.

— Porque eu não estava a fim.

— Por quê?

— Marcie, não me faça ficar todo convencido, ok? Eu participei de um coral quando estava no ensino médio. Fiz parte do musical da escola, uma montagem de *Grease*. Sei que tenho uma voz boa. Não quero entrar para o coral.

— Você fez parte de uma montagem de *Grease*?

— Deixa isso para lá.

— *Quem?*

Ele colocou a mão na boca e murmurou alguma coisa.

— Quem? — repetiu ela, inclinando-se mais para perto.

Ele ergueu os olhos.

— Danny.

— O protagonista! Você era o maldito John Travolta, só que cantando melhor!

Os olhos dele vagaram ao redor, nervosos.

— Você falou meio alto.

— Desculpe — disse ela. — Desculpe. Mas sério... Você já estudou música?

— Eu estudei estratégia militar, achei que você soubesse disso.

— Ok, desculpa. Território proibido. Mas Ian, pelo amor de Deus, você canta como um anjo! Você nem cogita pensar em seguir uma carreira?

Ian ficou calado por um longo momento até responder:

— Eu canto para mim mesmo. É bom. Faz o tempo passar... — Depois de um tempo, ele acrescentou: — Você não vai me salvar, Marcie. Você não vai me tirar das montanhas e me transformar em um astro do rock.

Marcie ficou sem palavras porque, por uma fração de segundo, foi precisamente nisso que ela havia pensado. Não um astro do rock, exatamente, mas pelo menos um cantor famoso.

— Bom, eu acho um crime que você sequer tenha um rádio — comentou ela, um tanto ríspida. — Não importa onde você mora, você devia ter música por perto.

Ian deu uma gargalhada.

Os pratos chegaram junto com a conta, que Ian guardou para si. Marcie apenas ficou olhando para o imenso café da manhã que ele pedira, com os olhos arregalados.

— O que foi agora? — perguntou ele.

— Misericórdia, eles viram você entrar no estacionamento e colocaram mais carvão na grelha? Isso não levou nem cinco minutos!

Ele curvou os lábios, concedendo um sorriso a ela.

— Eu gosto daqui porque eles são eficientes. Eles trabalham, eles fazem o que precisam fazer.

— É — disse ela. — Hum. Vamos dividir a conta. Eu tenho dinheiro.

— Eu sei. Oitenta dólares.

Ian começou a comer os ovos.

— Sério, eu gostaria de pagar a minha parte — insistiu ela.

Ele pegou um hambúrguer de linguiça do próprio prato e colocou no prato dela.

— Pode esquecer, eu pago. Experimente isso, é o melhor que você vai comer na vida.

— Você com certeza precisa de muito combustível para dar conta do que faz — comentou ela, provando a comida. — Nossa, é mesmo, você tem toda razão.

Ele enfiou o garfo em um biscoito salgado com molho e estendeu o alimento a ela.

— Prova isso, é ainda melhor.

Marcie ficou imóvel por um segundo. Ele estava usando o próprio garfo para dar comida a ela? Então, antes que o clima desaparecesse, ela se inclinou e experimentou. Marcie fechou os olhos, murmurou e, quando os abriu de novo, viu que Ian sorria feliz. Havia um quê de intimidade, de generosidade naquele gesto, que tocou seu coração.

— Eu sabia que você ia gostar. Eu nunca consigo terminar. Fique à vontade.

— Obrigada, Ian — disse ela, baixinho.

Quando entraram na biblioteca pública de Eureka, ela perguntou:

— Podemos escolher com calma ou estamos com pressa?

— Como você está se sentindo? Você tossiu um pouco.

— Eu me sinto muito melhor quando estou fazendo alguma coisa. Queria pegar uns livros para me distrair enquanto você sai para trabalhar, sabe? Mas não sei muito bem o que quero.

— Sem pressa. Eu gosto de ler os jornais — disse ele.

E ela, aproveitando o luxo do tempo, não teve pressa. Vagou por entre as pilhas de livros, escolhendo romances com capas bonitas, lendo os textos na contracapa e, depois, a primeira página, mas estava bem difícil escolher. Ela se sentou no chão dos corredores abarrotados de livros, muito feliz de estar em meio a um lugar de entretenimento de novo. Ela tinha lido os clássicos para Bobby, mais para ela mesma, verdade, mas Marcie preferia os romances mais modernos, profundos, emocionantes e com finais felizes. Histórias nas quais as coisas davam certo. Qualquer que fosse o livro escolhido, precisava ser o certo; era a única diversão que ela teria. Marcie não fazia ideia de quanto tempo tinha passado quando ele disse:

— Você está acabando?

— Ah! Claro. Posso levar esses três, por favor?

— Você acha que vai ler isso tudo antes de ir embora?

Ela apenas sorriu para ele.

— Vou — garantiu ela, sabendo que aquela era uma resposta parcial à pergunta. Mais ou menos.

Ian foi retirar os livros e ficou esperando perto da porta enquanto Marcie conversava com uma das bibliotecárias. Começaram falando baixinho, mas logo começaram a gargalhar, uma tocando o braço da outra ao mesmo tempo em que cochichavam de perto. Ian pigarreou e as duas olharam em sua direção; o olhar enviesado que lançou foi em vão, já que elas simplesmente retomaram a conversa, entremeando ao papo risadas baixinhas. Era como se elas tivessem virado melhores amigas em questão de minutos.

Quando Marcie enfim se despediu com um abraço e seguiu Ian para dentro do carro, ele estava mal-humorado.

— Não vou falar com ninguém, prometo que não vou fazer contato, blá-blá-blá.

— Eu não fiz isso — disse ela.

— Bem, você parecia bem confortável lá. Eu disse que você é o tipo de pessoa que quer conhecer gente, conversar...

— Não se preocupe, Ian. Eu protegi totalmente o seu anonimato. Eu disse que você é meu irmão.

— Ótimo — resmungou ele. — Agora ela vai me fazer perguntas sobre você. Eu sou amistoso, educado, mas eu sigo em frente, sabe?

— Você pode continuar assim, ela vai achar perfeitamente compreensível.

— Ah, é? Por quê?

— Ela ficou curiosa a seu respeito. Disse que você às vezes pede uns livros bem pesados, mas que não conversa muito.

— Ah, é?

— É — explicou Marcie. — Eu disse que você é brilhante, mas pouco sociável. Disse que ela não devia esperar muita conversa fiada, mas que você é ótimo e que ela não precisava ter medo, que você é bem mais tranquilo do que aparenta ser.

— É mesmo? E como foi que você a convenceu disso?

— Fácil. Eu disse que você tem Síndrome de Savant. Ou seja, brilhante em literatura e muitas outras coisas, mas que a parte social não era a sua praia.

— Ah, meu Deus!

Marcie reparou no céu de fim de tarde, com o sol começando a baixar.

— Ian, quando foi a última vez que você saiu para beber uma cerveja?

— Já faz um tempo — resmungou ele, um tanto miserável.

— Eu adoraria ver a árvore de Natal em Virgin River à noite. A gente pode passar lá e beber uma cerveja? Quando a gente terminar já vai estar escuro. Eu tenho que tentar ligar para a minha irmã antes que ela venha atrás de mim. E lá tem o bar do Jack, que é bem legal e tem um telefone que eu posso usar.

— Ah, Marcie...

— Vamos lá. Foi um dia tão perfeito. Vamos terminar de um jeito legal... Você me deixa pagar uma cerveja e, quem sabe, um jantar feito pelo Preacher, que cozinha maravilhosamente bem.

— Preacher?

— O cozinheiro do bar.

— É que eu realmente não gosto de multidões.

Ela deu uma risada.

— Ian, mesmo se toda a cidade aparecesse por lá, ainda vai ser uma quantidade menor do que a que estava na igreja ou no posto de gasolina. Além disso, você me disse que interage com pessoas o tempo todo mesmo que não seja membro de qualquer congregação. Vamos, coragem.

Mal passava das cinco quando Marcie e Ian entraram no bar, onde havia cerca de vinte pessoas. Ian ficou de pé ao lado da porta e examinou os novos arredores com cuidado. Ele reparou nos troféus de caça e de pesca nas paredes, na meia-luz, no fogo acolhedor. O lugar não parecia ameaçador. Ao mesmo tempo que havia algumas mesas com pessoas conversando e rindo, também existiam alguns homens solitários bebendo ou comendo no balcão, destacados da multidão. Um deles, Ian reconheceu: o dr. Mullins observava uma bebida intocada.

Marcie foi direto até o bar e debruçou-se no balcão, conversando com o atendente. Ian avistou um lugar vazio nos fundos do bar, em um canto que parecia confortável. Ian se aproximou das costas de Marcie, com a intenção de levá-la até o lugar escolhido. No entanto, como se tivesse sentido que ele havia se aproximado, ela se virou e disse:

— Ian, este é Jack Sheridan. Jack, Ian.

— Prazer — disse Jack. — O que posso lhe servir?

— Uma cerveja?

— *Long neck* ou um chope?

— Pode ser o chope que você tiver — respondeu Ian.

Jack tirou o chope e disse para Marcie:

— Fique à vontade para usar o telefone, Marcie. Preacher está lá trás.

A seguir, ela se afastou e Jack colocou o copo na frente de Ian.

Ian pegou a bebida e se mudou para a canto do bar, para o lugar que havia escolhido. Na sequência, observou bastante interessado, durante vários minutos, enquanto Jack preparava algumas bebidas, limpava copos, implicava amistosamente com alguns clientes, arrumava garrafas, carregava uma pilha de copos sujos para a cozinha e parecia ignorar Ian, o médico e outros bebedores solitários por completo. Durou cerca de dez minutos. Marcie deveria estar tendo uma conversa muito interessante com a irmã. *Como será que ela está me explicando?*, Ian se perguntou.

— Tudo ok com o chope? — perguntou Jack, com o pano de prato na mão, olhando para o copo quase vazio.

— Tudo bem — respondeu Ian.

— Qualquer coisa é só chamar — disse ele, virando-se de costas.

— Ah — disse Ian, chamando a atenção do homem sem, no entanto, chamá-lo de volta exatamente.

Jack se virou e ergueu uma sobrancelha. Em silêncio.

— Ela pediu para você me deixar em paz?

Jack deixou escapar um risinho abafado.

— Amigo, a primeira coisa que você aprende quando abre um bar é: converse se puxarem assunto, caso contrário, fique calado.

Ian inclinou a cabeça. Talvez ele pudesse vir ao bar de vez em quando.

— Ela tentou explicar para a bibliotecária de Eureka quem eu era e disse que eu tinha Síndrome de Savant.

Jack sorriu e Ian sentiu uma sensação esquisita: aquela era uma história engraçada e ele gostava de contar histórias engraçadas. Costumava fazer os soldados darem gargalhadas quando não estava mandando que trabalhassem.

— Ela contou que estava procurando por mim?

— Contou, sim.

Por algum motivo pouco claro até mesmo para ele, Ian fez uma coisa que não fazia desde que chegara àquelas montanhas: ele forçou um pouco a conversa.

— Ela contou alguma coisa sobre mim?

— Algumas.

— Tipo?

— Tipo que eu e você... Que nós dois estivemos em Faluja mais ou menos na mesma época.

— Ah, eu devia ter notado. Você tem jeito de fuzileiro. Só para deixar claro: não falo sobre aquela época.

Jack sorriu sem muita vontade.

— Só para deixar claro: *nem eu*.

— Oi, Erin — disse Marcie, ao telefone. — Estou ligando para dar notícias.

— Marcie, meu Deus, por *onde* você andou? — perguntou ela.

Marcie podia imaginar Erin andando de um lado para o outro com o telefone na mão, uma coisa que ela fazia sempre que se sentia estressada e com dificuldade de manter o controle.

— Você sabe onde estou. Estou aqui em Virgin River, hospedada não muito longe do centro da cidade. Você não recebeu meus recados? Falei com o Drew e a Mel Sheridan, os dois me disseram que conversaram com você...

— Uma mulher de quem eu nunca ouvi falar e não conheço, sim — rebateu ela. — Ela disse que você está ficando na casa dele. Você está mesmo *ficando*? Um lugar que não tem nem telefone?

Marcie respirou bem fundo.

— Calma, Erin. Ian não precisa de telefone porque mora em uma cabana muito confortável no topo da montanha, com uma vista incrível, e ele meio que me convidou para ficar um tempo aqui se eu quisesse.

— Meio que? Se você quisesse? Marcie, caramba! O que está acontecendo de verdade?

— Eu quero que você me escute, Erin. Que você me escute e pare de dar ordens, ok? Eu encontrei o cara, quero conhecê-lo melhor, entender os motivos dele. Tudo. Quero entender tudo, e isso leva tempo. Não existe nenhum outro lugar em que eu precise estar agora.

— Isso está me deixando louca! Minha irmã mais nova está com um doido desconhecido em uma montanha isolada...

— Ele *não* é doido, Erin! Ian é um cara do bem, tem sido muito generoso comigo! Eu estou totalmente segura e não tem por que você ficar preocupada comigo. Ele passa o dia fora trabalhando e à noite nós conversamos um pouco durante o jantar. Nós só estamos nos conhecendo. Hoje fomos à igreja e à biblioteca. Pode parar de ficar em cima de mim, ok? Você sabia que eu ia fazer isso!

— Quero falar com ele — declarou Erin. — Coloca esse cara na linha. Eu tenho umas perguntas.

— Não — respondeu ela, em um soluço de pânico. — Ele não pode vir até o telefone, ele está lá fora no... no... restaurante. Eu sou uma mulher adulta e ele não precisa da sua permissão para me convidar para ficar com ele na cabana, Erin. Você vai ter que confiar em mim.

— Não é uma questão de confiar em você e você sabe disso, é sobre confiar nele! Eu não conheço esse tal Ian, Marcie, só sei que, quando você estava enfiada até o pescoço na missão de cuidar do Bobby, ele deu baixa e nunca ligou para perguntar se...

— Ele salvou a vida do Bobby — rebateu Marcie. — Ele arriscou a vida para salvar o meu marido. O que mais você precisa saber? Quero agradecer a ele, quero...

— Falar "obrigada" leva cinco minutos — interrompeu Erin.

— Eu não vou mais conversar sobre isso. Volto a ligar daqui a alguns dias e, enquanto isso, tente se acalmar. Por favor não estrague isso para mim, Erin!

Marcie desligou com bastante raiva.

E, quando olhou para cima, deu de cara com os olhos escuros e contemplativos de Preacher. Por baixo da expressão fechada, um leve sorriso se escondia.

— Bem — disse Preacher. — Temos aqui uma reviravolta na história. Ele salvou a vida do seu marido? Que maravilha.

— Eu achei que você soubesse — disse ela.

— Tudo que eu sei é que você é viúva — respondeu ele. — E esse cara? É bacana?

Ela respirou fundo.

— Os animais selvagens comem na mão dele.

— É sério? — perguntou Preacher. — Eu confio mais em animais selvagens do que em um monte de homens domados. Vocês deviam ficar para jantar.

— Eu estava pensando mesmo nisso… Mas por quê? — perguntou ela, pensando bastante no comentário anterior.

— O prato hoje é bolo de carne. A melhor comida de todas.

— Ah…

— Além disso, é uma noite especial. Mel encontrou o topo perfeito para a árvore de Natal e agora nós vamos, finalmente, poder devolver o miniguindaste. Metade da cidade está vindo para ver a árvore se acender, o que já devia ter acontecido há muito tempo, mas não tinha como até a Mel estar satisfeita com o enfeite. A mulher olhou cada anjinho, cada bola e cada estrela em três condados diferentes e nada serviu. Agora ela finalmente achou o certo e vamos acender a árvore. Ano que vem vamos terminar de montar mais cedo.

— Legal — disse Marcie, sorrindo. — Que horas vai ser?

Preacher conferiu o relógio de pulso.

— Daqui a mais ou menos uma hora.

Nove

Marcie se juntou a Ian no balcão, sentando-se ao lado dele. Jack apareceu na mesma hora.

— O que vai querer? — perguntou ele, limpando o balcão em frente a ela.

— Acho que quero uma taça de vinho. Que tal um bom merlot? E duas porções de bolo de carne. E, aconteça o que acontecer, não deixe este cara aqui pegar a conta, ok? Hoje ele é meu convidado. É minha vez. Ele tem me dado comida desde que eu cheguei aqui.

— Pode deixar — disse Jack.

Ian se virou para ficar de frente para ela.

— Eu não sei se devemos ficar mais tempo...

— Se você tiver uma crise de ansiedade, nós podemos ir embora. Mas, se puder aguentar um pouco mais, aposto que o bolo de carne vai te surpreender. Preacher, o cozinheiro, é incrível. Eu comi o chili de carne de cervo na primeira vez que estive na cidade e quase desmaiei de tão bom.

Os lábios dele se curvaram em um sorriso.

— Você comeu carne de cervo, Marcie?

— Eu não tinha qualquer relação com aquele cervo — explicou ela.

— Você também não tem qualquer relação com o meu cervo — frisou ele.

— É, mas tenho um relacionamento com você, que já me viu de calcinha e sutiã. E você tem um relacionamento com o cervo. Se você cozinhasse o bicho para mim, seria como se tivesse atirado no seu amigo e depois me dado a carne dele para comer. Ou coisa assim.

Ian apenas bebeu o chope e sorriu para ela, um sorriso aberto o bastante para mostrar os dentes.

— Eu não atiraria especificamente *naquele* cervo — admitiu ele. — Mas, se eu tivesse um freezer, teria atirado no irmão dele.

— Tem alguma coisa esquisita nisso — disse ela, assim que Jack pousou a taça de vinho na frente dela. — Não seria mais lógico se os caçadores não se envolvessem com as presas? Ou com as famílias delas? Enfim, deixa para lá. Não quero pensar nisso antes de comer meu bolo de carne. Quem sabe que bicho está lá dentro?

Ian deu uma risadinha.

— Uma coisa você tem razão, esse bar não é nada mal. Eu nunca tinha vindo aqui.

— Eu disse — vangloriou-se ela, dando um gole no vinho. — Sobre o que você gostaria de conversar?

— Nós conversamos o dia todo, Marcie. Eu não conversava tanto assim fazia uns quatro anos. Devo estar ficando sem voz.

— E faz tempo que eu não converso tão pouco...

— Meio que imaginei isso...

Nessa hora, Jack pousou dois pratos fumegantes que ele trouxe com panos de prato para proteger as mãos. Ele tirou de debaixo do balcão dois conjuntos de talheres embrulhados em guardanapos e perguntou para Ian, indicando o copo:

— Mais um?

— Por que não? — respondeu Ian, em um tom de voz claramente amistoso. — A moça está pagando.

E, então, ele colocou o guardanapo em cima do colo.

Marcie olhou para a coxa dele durante um bom tempo. Aquilo era o tipo de coisa que a deixava confusa. O homem parecia um pouco maluco, até a pessoa se acostumar com sua aparência. Podia agir como se as suas necessidades estivessem só um pouco acima do limiar do reino animal, levando o conceito de selvageria a outro patamar. Quando estava vestindo roupas de trabalho, parecia quase um sem-teto. Fora isso, podia rugir ou rosnar feito um maluco. Mas tinha uma fluência que denotava inteligência, boas maneiras à mesa e, embora não fosse muito sociável e não falasse muito, Ian não tinha qualquer problema em estar perto das pessoas. Ele era bastante cordial.

Marcie esperava encontrar um homem completamente perturbado pelo passado, por suas experiências de guerra, alguém fechado e quase impossível de mudar, o que seria uma situação difícil, embora fácil de compreender. Em vez disso, o que encontrou foi alguém bastante normal. E isso a deixava com muito mais perguntas do que respostas.

— Você tem razão sobre a comida — disse ele com um gemido e passando o guardanapo nos lábios e na barba.

— Hum...

De olhos fechados, Marcie saboreava um purê de batatas tão cremoso e maravilhoso que mais parecia uma ambrosia.

Ian terminou de comer bem rápido, recostando-se e esfregando a barriga com satisfação. Marcie simplesmente se deu por vencida, empurrando o prato na direção dele.

— Estou satisfeita. Vá em frente, sirva-se.

Os olhos dele se arregalaram.

— Tem certeza?

— Espere — pediu ela de repente, então mergulhou o garfo no purê de batatas, levando-o depois à boca de Ian. — Experimente.

Ele ergueu as sobrancelhas, a seguir permitiu que ela colocasse o garfo em sua boca. Ele saboreou a comida e, na sequência, comentou:

— Acho que a sua porção foi feita com as melhores batatas. — E, ao dizer isso, sorriu.

— Pode comer, Ian. Eu vou explodir se comer mais — explicou ela.

— Talvez um pouquinho — disse ele, enfiando o garfo algumas vezes na comida antes de também admitir a derrota.

Eles ficaram sentados em um silêncio contemplativo, durante alguns instantes, terminando suas bebidas, satisfeitos. Felizes. E foi então que Marcie se deu conta: estavam *felizes*.

A alegria foi interrompida de repente. Mel entrou no bar com um bebê no colo. Marcie não fazia ideia de que ela também tinha um bebê com menos de 1 ano. O garotinho estava todo agasalhado dentro de uma roupa de inverno, enfiado da cabeça aos pés em um macacão azul.

— Jack! Pessoal! Chegou a hora. Diga ao Preacher para desligar o fogão, pegar o Christopher e vamos lá fora! Vamos, não façam a gente esperar!

Os olhos de Ian se estreitaram enquanto ele interrogava Marcie sem proferir qualquer palavra.

— Eles vão acender a árvore — explicou ela. — Eu adoraria ver isso.

— Se isso vai fazer bater seu sino pequenino de Belém... — disse ele.

— Você não vem?

— Estou bem aqui.

Ela dirigiu um olhar pontudo para ele.

— Você que sabe — comentou, enfim.

E, com isso, ela se levantou do banco para seguir as pessoas saindo do bar.

Havia uma reunião incrível lá fora. Carros e caminhonetes tinham estacionado em fila dupla ao longo de toda a rua. As pessoas cochichavam, riam, cumprimentavam-se. Muitas crianças corriam para lá e para cá, animadas.

Marcie ficou nos fundos da multidão, não porque estivesse tímida, mas porque queria ver a árvore em sua totalidade e admirar todos os efeitos. Ela se pegou querendo que Ian estivesse a seu lado, mas a relutância dele era fácil de entender: nada como as festas de fim de ano para trazer de volta as pessoas amadas que tinham partido, lembranças agridoces de famílias problemáticas, de solidão.

De repente, Mel estava a seu lado, balançando o bebê.

— Eu achei que você estivesse grávida do primeiro — comentou Marcie, com uma nota de melancolia.

Houve um tempo em que ela tinha visto uma família em seu futuro, mas, quando Bobby se feriu, tudo foi por água abaixo. Todas as esperanças, os sonhos e as fantasias.

— Este pequeno aqui é o David. Eu não estava esperando engravidar tão cedo, mas aconteceu — disse ela, dando risada. — Seria de se esperar que uma enfermeira obstétrica lidasse melhor com essas coisas.

— Imagino que você esteja feliz, certo? — perguntou Marcie, cheia de coragem.

— Eu levei um tempo para me acostumar, mas agora o bebê está se mexendo, e acho que isso muda as coisas até mesmo para a mais relutante das mães. Como você está? Estou vendo que você trouxe Ian para a cidade. Você finalmente falou com a sua irmã?

— Estou bem, e sim, já falei com a Erin. Ela é superprotetora, mas não consegue ser de outro jeito. Ela é sete anos mais velha do que eu, nove anos mais velha do que meu irmão mais novo, e, quando nós perdemos os nossos pais, ela assumiu o posto. Ela me criou desde os 15 anos, me ajudando em cada dificuldade da vida. Eu fico muito mal por desafiá-la desse jeito, sério, mas não me arrependo. Agora que Bobby se foi, ela queria que eu deixasse tudo para trás, sentisse a liberdade, fizesse todas as coisas que ela acha que me foram negadas. Voltar a estudar, ter uma carreira, casar com um dos amigos bem-sucedidos dela ou alguma coisa assim. Ela é super-conservadora, e eu sou um pouco doidinha demais para ela. Ela acha que estou maluca por estar fazendo isso.

— Mas *você* acha que está maluca? — perguntou Mel.

— Às vezes acho — admitiu ela. — Mas a cada dia que passa aprendo mais sobre mim mesma. Não quero soar sentimentaloide, mas é meio que uma jornada espiritual. Achei que tivesse a ver com Ian, mas pode ser que Ian esteja exatamente onde ele deveria estar e sou eu quem precisa encarar algumas coisas a respeito da minha vida.

— Ah, querida — disse Mel. — Isso não é nada sentimentaloide. Se tivéssemos tempo, eu contaria algumas loucuras que fiz para tentar manter os pés no chão.

— Eu adoraria ouvir — disse Marcie, estendendo a mão para fazer um carinho na bochecha rosada de David.

— Ah, olha lá, vão acender! — sussurrou Mel. — Olhe, David — disse ela, virando a cabeça do bebê na direção da árvore. — Olha só a árvore!

Marcie reparou que Jack estava agachado atrás da imensa árvore com algumas extensões elétricas nas mãos. Quando ele as conectou, a árvore mais incrível do mundo ganhou vida. Ela estava decorada com festões vermelhos, brancos e azuis dispostos do topo até embaixo; bolas vermelhas, azuis e brancas e cobertas de glitter se misturavam a luzes brancas, um milhão de pontinhos. E, no meio de tudo isso, havia estrelas douradas. E insígnias, visíveis apenas por causa da moldura dourada e brilhante que as iluminava, representando centenas de unidades militares que serviram para vigiar e proteger o país. Mas o que deixou Marcie boquiaberta mesmo foi a estrela no topo.

Não era a típica estrela dourada padrão: era um farol de luz branca. E era um farol *poderoso*, que de fato brilhava como se fosse uma estrela de verdade no céu, emanando um feixe de luz.

Ela colocou a mão no pescoço, para segurar o nó que se formava ali. Era glorioso.

— Aquela estrela — sussurrou ela, totalmente admirada.

— Eu sei — comentou Mel. — Eu fiz todo mundo procurar por uma coisa dessas. Espero que ela ilumine o caminho de todo mundo na volta para casa.

— De todo mundo — murmurou Marcie. — Todo mundo, mesmo.

Pensou em Bobby, finalmente em casa depois de sua batalha. E Ian? Será que a estrela iluminaria o caminho deles de volta para casa também?

— Como você conseguiu as insígnias de todas as unidades? — perguntou Marcie.

— Jack e os rapazes entraram em contato com alguns amigos. Nós telefonamos para algumas pessoas, escrevemos cartas, enviamos mensagens. Decidimos montar essa árvore do dia para a noite. Rapazes da região entraram nas Forças Armadas... Um deles, bem próximo a mim e Jack, foi servir não faz muito tempo. Tem também o marido de Vanni, que perdemos em Bagdá. Ele serviu no esquadrão de Jack há alguns anos. Isto é para ele também. E para ela. Era uma homenagem que não podia esperar, precisávamos fazer isso logo, e assim fizemos. A cidade toda ajudou. A clínica ficou um desastre — disse ela, dando uma gargalhada. — O dr. Mullins reclamou, mas eu acho que no fundo ele ficou feliz.

— É mesmo incrível.

As exclamações de admiração foram morrendo, mas logo as pessoas começaram a cantar. O primeiro cântico de Natal foi "Noite feliz" e, depois, "Então é Natal". Marcie deu uma olhada na direção do bar, sentindo falta de Ian, querendo que ele estivesse ali para ver a estrela. Ela sorriu ao vê-lo de pé na varanda do bar, com as mãos enfiadas nos bolsos da calça, olhando para o topo da árvore. E pensou: *o que tiver de ser será. Juro que não vou ficar no caminho.*

As pessoas começaram a ir embora cerca de meia hora mais tarde, depois de terem cantado um repertório de umas dez músicas bem conhecidas. Mel levou David para dentro do bar e não demorou muito até que Marcie estivesse sozinha, de pé, na rua, com apenas uns poucos remanescentes que ainda admiravam a árvore bem de pertinho, enquanto Ian continuava a observar tudo da varanda. Em dado momento, ele desceu as escadas e caminhou na direção da árvore, para olhar os ornamentos e as insígnias de perto. Ela sabia o que ele veria naquilo: uma recordação. Uma homenagem.

Ian não se demorou muito perto da árvore, mas pôde ver que as insígnias das unidades militares tinham vindo de todos os lugares e que devia haver centenas, alcançando até o topo daquela árvore enorme. Aquilo o fez sentir algo que ele não se permitia havia muito tempo: orgulho.

Seu devaneio acabou quando escutou Marcie tossir; um som que parecia um latido. Ele se virou e foi até ela, segurando sua mão e levando-a até a caminhonete.

— Você trouxe o remédio para tosse?

— Não — respondeu ela, tossindo de novo. — Burrice minha, eu sei. Mas eu estava querendo entrar logo na caminhonete antes que você percebesse que eu tinha tapeado você para me deixar ir... — Logo ela entrou na caminhonete e, quando ele se sentou atrás do volante, ela irrompeu em um novo acesso de tosse. — Desculpe.

— Pelo quê, exatamente? — perguntou ele. — Por ir tossindo até em casa ou por impor a sua presença durante o dia todo?

Ela deu uma olhada no perfil dele. Sem conseguir ver os olhos por causa de todo aquele cabelo no rosto dele, não conseguia dizer se ele estava se divertindo ou chateado.

— As duas coisas.

— Não acho que você esteja tossindo de propósito. E eu não estou mais chateado pelo dia juntos. Foi um bom dia.

— Sério? — perguntou ela. — Sério? Você meio que se divertiu?

— Meio que me diverti — concedeu ele. — Minha parte favorita foi quando você disse à bibliotecária que eu tinha Síndrome de Savant. Você pensa rápido.

Marcie abriu um sorriso tímido.

— Mas acho que você pegou um pouco pesado — comentou ele. — Você está tão melhor que nós dois ignoramos que você estava doente até alguns dias atrás. Você deveria estar pegando leve.

— Não estou cansada, nem nada assim. Mas preciso tomar o remédio para tosse algumas vezes por dia e passei o dia todo sem ele. Como eu disse, agi sem pensar, mas vai ficar tudo bem. Vou tomar o remédio assim que a gente chegar em casa. Ian... você às vezes se sente sozinho? Lá em cima da montanha? — perguntou ela, em meio a outra tosse.

O primeiro pensamento que ocorreu a ele foi: *eu nunca costumava me sentir assim*, mas o que disse foi:

— É meio esquisito como você consegue se acostumar rápido com as coisas, o silêncio, por exemplo. Ou a solidão. Eu não achava que ia ficar por aqui por tanto tempo.

— Isso significa que você planejava voltar? Para Chico? Ou pelo menos parar de se esconder?

Ele se virou e olhou para ela, parecendo um pouco surpreso.

— Marcie, eu não estou me escondendo. — Ele olhou de volta para a estrada. — Quero dizer, quando vim para cá, não contei a ninguém para onde estava indo porque eu mesmo não sabia. Mas não estava me escondendo. Tenho uma carteira de motorista e um veículo registrado em meu nome. Pago os impostos do terreno, faço negócios, mesmo que não sejam negócios muito oficiais. Mas não sou uma pessoa tão difícil de ser rastreada. Talvez você precise se acostumar com a ideia de que ninguém queria me encontrar. Não tinha ninguém procurando por mim. A não ser você.

— Mas eu chequei tudo, fui à polícia e tudo mais. Checaram se havia algum veículo registrado no seu nome, embora tenham dito que não poderiam me dar qualquer informação a seu respeito se...

— Você verificou no condado de Humboldt? Porque a cabana fica bem na divisa, ela está oficialmente em Trinity.

— Ah — exclamou ela. — Ah.

Marcie tossiu um pouco mais; era isso que acontecia quando alguém estava lutando contra o finzinho de uma virose, não tomava o remédio e ficava um pouco cansada.

— Posso perguntar uma coisa? — arriscou ela, cautelosa. — Por que esse lugar?

— Eu me lembrava daqui, eu vinha pescar com o meu pai quando era criança. Antes de a minha mãe morrer, antes de ele perder o interesse. A primeira vez que vim aqui eu era criança, depois adolescente. Eu só me lembrava de que este era um lugar em que a pessoa consegue ouvir os próprios pensamentos. Eu precisava de uma coisa assim… um lugar bem calmo. E você mesma admitiu que aqui é muito bonito.

— E isso simplesmente se transformou em um período de quatro anos?

— Aham — concordou ele. — Isso é uma coisa que aprendi nos Fuzileiros: gosto de testar meus limites físicos, sair da zona de conforto. Isso me permite enxergar quem eu sou, do que sou capaz. Eu comecei a viver com aquilo que a terra me dá, comecei a domar o lugar e, com isso, comecei a pensar com clareza. Cheguei aqui no verão com um saco de dormir e uma mochila. Naquela época, eu achava que seria melhor se passasse a maior parte do tempo longe das pessoas. Refleti sobre algumas coisas, tentei entender como a minha vida tinha mudado desde que ingressei nos Fuzileiros. Então, de repente, começou a nevar, e eu não estava pronto para dar o próximo passo. Havia algumas opções: usar a Lei de Proteção Financeira aos Soldados e voltar a estudar, arranjar um trabalho, sei lá. Mas eu não estava preparado, e o velho Raleigh me fez voltar à vida com o chute que me deu. Antes que eu percebesse, já tinha vivido meses ao lado dele, como se fôssemos dois velhos solteirões seguindo os próprios caminhos, fazendo as próprias coisas. Na sequência, eu estava tomando conta dele, e depois ele morreu. Àquela altura, eu já tinha uma rotina e um estilo de vida. Estava funcionando para mim.

— Mas você não tinha amigos…

— É, eu não estava precisando muito das pessoas, mesmo tendo jurado que nunca ia deixar isso acontecer. Mas acho que a maçã não cai muito longe da árvore.

— Hein?

Ele demorou um bom tempo para responder, mas enfim disse:

— Quando a minha mãe morreu, eu tinha 20 anos e já estava servindo à Marinha há uns dois. Ela estava doente, com câncer. Minha mãe só tinha 55 anos e lutou duro durante mais ou menos três. Ela estava pronta, mas meu pai não estava. Ele envelheceu bastante e ficou muito revoltado. Digo, ainda *mais* revoltado, já que ele nunca foi o tipo de pessoa que você chamaria de feliz. Ele se isolou, perdeu o interesse nas coisas, aos poucos foi deixando os raros amigos que tinha. Todas as vezes que eu tirava uma folga e ia para casa, ele estava pior. Eu continuava achando que ele ia sair dessa, só que não foi o que aconteceu. Então jurei que isso nunca ia acontecer comigo, não importasse o quê.

— E nunca aconteceu?

— Não do jeito que você pensa. Eu não estou com raiva. Ao menos não muita. Só virei esse eremita porque passei a maior parte da minha vida sozinho.

— Mas você nunca quis mais? Quero dizer, tipo amigos? Um chuveiro? Um banheiro dentro de casa? Um jogo completo de jantar?

Ele se virou e sorriu para ela.

— Eu pensei um pouco na ideia do chuveiro porque de fato é muito chato ter que carregar água. Mas nós, homens da montanha, não precisamos tomar muitos banhos.

— Você não quer ter uma televisão? Um rádio? Um computador?

— Deixa eu ver se consigo fazer você entender: quero árvores que tenham noventa metros de altura, ursos pretos que remexem nas minhas coisas, cervos que comem na minha mão e uma vista que quase me deixe de joelhos todas as manhãs. Quero trabalhar apenas o suficiente para sustentar meu estilo de vida. Sinto muito que eu não tenha um banheiro dentro de casa ou um chuveiro para oferecer, especialmente enquanto você estava doente, mas não preciso mesmo de um.

Ela se virou na direção dele e pousou uma das mãos no braço de Ian.

— Você não está nem um pouquinho preocupado de que possa ficar como aquele velho de quem você tomou conta? Sozinho em uma montanha por cinquenta anos?

— Eu pensei nisso algumas vezes — confessou ele. — Planejo continuar indo ao dentista pelo menos uma vez a cada dois anos, quero manter todos os dentes na boca. O velho Raleigh não conseguia comer muito, só coisas bem moles. Mas, em relação a todo o resto, a vida dele não era ruim.

— Tá, mas você não gostaria de arranjar um jeito melhor de ganhar dinheiro do que vendendo lenha?

Ele a olhou com uma expressão de surpresa.

— Eu não vendo lenha porque sou pobre e não tenho outras opções, Marcie. Vendo lenha porque é um bom dinheiro. As árvores são de graça. Não tem custo de produção. Eu gosto de derrubá-las e cortá-las. Trabalho nisso o ano todo e ganho bastante dinheiro quando chega a hora de vendê-las. Trabalho para o dono da empresa de mudanças na primavera e no verão, quando a demanda aumenta. E nessa época tenho tempo para cuidar do jardim e pescar, sem falar que posso adiantar a produção de lenha, que precisa ficar seis meses secando. O rio aqui é puro e fundo, e os peixes são enormes e deliciosos. É incrível. Então, se eu precisasse de mais alguma coisa, trabalharia mais.

— Sem arrependimentos, então? — ousou ela.

Ele deu uma risadinha, deixando o ar sair pelo nariz.

— Ah, eu tenho muitos arrependimentos, mas eles não dizem respeito ao meu estilo de vida ou ao trabalho.

Ela mordeu o lábio por um instante. A seguir, tossiu até se dobrar na altura da cintura.

— Está frio demais aqui dentro — constatou ele. — A gente não devia ter ido ao bar, devíamos ter ido para casa. Você vai direto para o sofá quando a gente chegar, ok? Vai tomar o remédio para tosse e vai deitar.

Ela respirou fundo.

— Você se arrepende de ter terminado com Shelly?

Ian a encarou durante um tempo, deixando bem claro que ela estava, de novo, chegando muito perto do território proibido. Mas, para surpresa dela, ele respondeu:

— Não foi exatamente assim. Não sei muito bem quem terminou com quem.

E, a seguir, Ian fixou outra vez o olhar à frente e começou a subir a montanha.

— Mas ela disse...

A cabeça dele se virou em um movimento rápido na direção dela.

— Você *falou* com ela?

— Eu estava tentando encontrar você — respondeu Marcie, com a voz fraca que refletia o quão debilitada ela ficara de repente.

— Ok, esta conversa vai ter que esperar. Chega.

E assim foi. O silêncio reinou na caminhonete durante o restante da viagem montanha acima e Marcie ficou com medo de tê-lo deixado muito irritado. Ela se perguntou se chegara o ponto em que ele a colocaria em sua caminhonete — talvez logo de manhã — e a levaria até a clínica, deixando-a aos cuidados de Mel. Ele também poderia finalmente ter perdido a paciência com ela e toda aquela conversa sobre quatro anos atrás.

Quando chegaram ao topo da montanha, foram ao banheiro antes de entrarem em casa. Marcie tomou o remédio e tossiu muito. Ian virou de costas enquanto ela trocava de roupa, ficando só com a camisa dele e a calcinha, antes de se jogar no sofá. Ele alimentou a lareira de ferro, preparou o bule de café para a manhã seguinte, abriu o estrado e pegou o cobertor pesado para arrumar a cama.

A seguir, foi até o sofá. Gesticulou para que ela chegasse para o lado e se sentou na beirada.

— Enquanto eu estava no Iraque, Shelly estava planejando o nosso casamento, marcado para acontecer algumas semanas depois que eu voltasse. Mas, nesse meio-tempo, a coisa se transformou numa maldita coroação. A culpa foi minha, porque eu vivia dizendo "Qualquer coisa que deixe você feliz." Mas, quando eu voltei, disse a ela que precisava de um pouco de tempo, que eu não estava pronto para casar. Eu mal conseguia ser um fuzileiro, o que, supostamente, era o trabalho da minha vida. Pedi a ela para adiar o casamento, mas ela estava a pleno vapor no modo noiva. Existem coisas das quais eu mal me lembro a respeito daquela conversa... alguma coisa sobre o vestido ser sob medida, os convites enviados, os depósitos feitos. Eu tentei me convencer a simplesmente passar por cima de tudo, bloquear meu cérebro por algumas semanas e acabar logo com aquilo. Mas sabia que eu iria decepcioná-la, que decepcionaria um montão de gente. Eu sabia que estava ferrado e que precisava de um tempo. Além disso, sabia que ela não fazia a menor ideia do que estava acontecendo comigo... como ela poderia saber? *Eu* mal sabia. Ela disse um monte de coisas, mas o que mais me lembro é ela dizendo que, se eu cancelasse aquele casamento, pelo qual tinha dado tão duro, eu poderia ir direto para o inferno.

Os olhos de Marcie estavam arregalados, um verde-vivo.

— Ian, eu...

— Não quero escutar a versão dela — disse ele, erguendo a mão. — Espero que ela esteja feliz. Espero que eu não tenha ferrado muito a vida dela. Acredite em mim, se nós tivéssemos nos casado naquela época, teria sido muito pior para ela. Agora, descanse um pouco. Vou voltar amanhã cedinho. Não faça muita coisa. Leia um pouco. E tome o remédio.

— Ela se casou — disse Marcie, baixinho. — Está grávida.

— Que bom para ela — respondeu ele, sem hesitar. — Tudo ficou bem, então. Amanhã vamos tentar controlar essa sua tosse.

— Tudo bem — respondeu ela. — Com certeza.

Dez

Marcie dormiu surpreendentemente bem, apesar da conversa que tivera com Ian logo antes de se deitar. Ela podia vê-lo em sua mente — um fuzileiro de 30 anos, que voltara para casa depois de uma experiência de guerra devastadora, marcado externa e internamente por tudo o que passou. E de volta para uma mulher que não dava a mínima para nada disso, desde que pudesse usar um vestido branco rendado no dia que seria especial para *ela*.

Isso fez com que Marcie pensasse em algumas coisas, coisas que nem sequer tinha considerado quando foi visitar Shelly para perguntar se ela tivera alguma notícia de Ian. Shelly ainda estava com raiva e não tinha qualquer interesse em saber se o ex-noivo estava bem. Mas, depois de escutar a versão de Ian sobre os fatos, Marcie se lembrou de uma conversa que tivera com ela quando seus homens estavam juntos no Iraque. Marcie tinha ligado, sugerindo um encontro, já que seus respectivos parceiros eram tão bons amigos. Shelly, no entanto, estava muito ocupada.

— Planejar um casamento grande dá muito trabalho — dissera Shelly, à guisa de desculpa.

— Eu adoraria ajudar — oferecera Marcie.

— Obrigada, mas entre minha mãe, tias e madrinhas do casamento, eu estou até aqui de ajuda e mesmo assim a coisa parece tomar cada segundo livre que tenho.

— Nem uma brechinha para um café? — disse Marcie. — Ian e Bobby são melhores amigos e a gente vive a menos de dez minutos uma da outra.

— Me passa seu número. Se tiver tempo, dou uma ligada.

Mas ela nunca telefonara. Claramente nunca tivera a intenção de fazê-lo. E agora, pela primeira vez na vida, Marcie se perguntou: será que teríamos sido convidados para o casamento?

Ian havia deixado meio bule de café em cima da lareira de ferro, mas, enquanto Marcie dormia, o fogo tinha apagado e o café esfriara. Ela se lembrou daquele café maravilhoso, saboroso e fumegante que tinha tomado no bar de Jack, e aquilo despertou um desejo fortíssimo. O café de Ian não era ruim, mas seria muito melhor se estivesse quente.

Ela alimentou a lareira, porém não teve paciência de esperar até que o fogo pegasse e esquentasse o bendito café. Olhou o pequeno fogareiro a gás e pensou: *eis uma opção mais rápida*. Então, levou o bule até lá e estudou os botões com muito cuidado. O gás estava ligado. Era bem simples. Ela girou o botão, mas nada aconteceu. Ela soprou, como precisava fazer no velho fogão do pai. De novo nada; não houve faísca, mas Marcie sentiu o cheiro do gás. Esperou um segundo e falou um encantamento "Acende! Café quente!". Então girou o botão mais uma vez e, de novo, não houve faísca, mas o cheiro de gás era evidente. Uma terceira tentativa também não funcionou.

Foi quando viu os fósforos em cima do balcão e pensou: então, é isso! Abrir o gás, acender o fogareiro! Com o bule em cima do queimador, ela abriu o gás mais uma vez e riscou um fósforo. E *puf!* A chama subiu em uma labareda de um metro de altura, que a atingiu bem no rosto.

Ela gritou e se encolheu bem rápido, batendo com as mãos no rosto e no cabelo, depois correndo as mãos pelo cabelo para ver se estava pegando fogo. Ela sentiu a queimadura no rosto. Quando olhou para o pequeno fogareiro, a chama estava normal, queimando direitinho debaixo do bule. Já seu rosto estava quente como um atiçador de brasa!

Marcie começou a choramingar feito um bebê, abalada por aquilo que poderia ter sido um acidente desastroso. Ela correu para o sofá, calçou as botas e, usando a camisa de cambraia de Ian, saiu de casa e foi correndo até o carro, sem ligar para qualquer tipo de encontro com um possível animal selvagem e feroz. Não existia um único espelho na casa toda; ao menos não que ela soubesse. Marcie usou a manga da camisa para limpar o espelho lateral do fusquinha e deu uma olhada. Então, deu um berro.

Seu rosto estava todo vermelho-vivo, como se ela tivesse se queimado no sol, e a linha do couro cabeludo estava chamuscada. Pequenos rabiscos pretos pareciam brotar em sua testa. As sobrancelhas, que já não eram lá muito grossas, além de serem quase loiras, pareciam ter ficado ainda mais insignificantes, e, se ela estava enxergando direito, seus *cílios* estavam mais curtos!

Gelo, pensou ela. Alguma coisa gelada para aliviar a queimadura antes que se formassem bolhas e a área inchasse.

Marcie correu de volta para dentro de casa, desligou o fogareiro, xingando-o, e a seguir começou a vasculhar o lugar em busca de um pano limpo. Ian sempre deixava esse tipo de coisa para ela nos dias de banho, mas, naquele momento, não havia nada à mão. Ela, enfim, se forçou a olhar dentro dos baús. No primeiro, havia roupas, mas foi no segundo que encontrou algumas toalhas de banho e de rosto. Ela pegou uma, umedeceu o tecido na água gelada que saía direto da bomba da pia e pressionou-o contra o rosto.

— Deus — disse ela, aliviada. — Ah, meu Deus.

Uma hora mais tarde, quando Ian entrou na cabana, ficou assustado com o que viu. Marcie estava deitada no sofá, usando uma das camisas dele e as botas, as pernas nuas, com uma pequena toalha pressionada contra o rosto. Ele se ajoelhou ao lado do sofá, quase em pânico, e, com delicadeza, retirou as mãos dela do rosto.

— Marcie? — perguntou ele, baixinho.

Quando ela baixou as mãos, retirando também o tecido umedecido com água gelada, ele deixou escapar um som de espanto.

— Você piorou? Está com febre? É melhor irmos até a…

— Não é febre! — disse ela, quase gritando com ele.

— Mas o seu rosto…

— Está vermelho-vivo! Eu sei. E o cabelo em volta do meu rosto está queimado. E, se você se der o trabalho de olhar, também não tem mais *sobrancelha* aqui, não que eu tivesse muita antes.

— Meu Deus — murmurou ele, sentando-se sobre os calcanhares.

— Eu tentei ligar o fogareiro a gás para esquentar o café, mas, pelo que parece, eu não sei como usar o fogareiro.

— O que aconteceu? — perguntou ele. — Você se machucou?

— Se eu me machuquei? Eu estou bem feia, mas não sei se isso é permanente.

Marcie repassou os eventos que envolveram o acendimento do fogareiro, riscando o fósforo tarde demais ou ligando o gás cedo demais, e como a coisa toda explodiu no rosto dela.

O dedo bruto de Ian correu pelo cabelo logo acima do rosto de Marcie e, debaixo daquela barba densa, os lábios dele tremeram um pouco.

— Eu tenho um pouco de pomada. E isso aqui provavelmente vai crescer de novo...

— Você está rindo! — acusou ela. — Que merda, você está *rindo*!

Ian balançou a cabeça com veemência, embora ainda estivesse mostrando os dentes. Uma visão que Marcie raramente tinha.

— Não. Não. É só que...

— O quê? É só que *o quê*?

— Sinto muito, Marcie. Isso é tudo culpa minha. Eu deveria ter mostrado a você como...

— Você tem toda razão: é tudo culpa sua! Você começou rosnando para mim como se fosse a porcaria de um leão, me deixou morrendo de medo, e depois me fez ficar teimosa, e depois você não me mostrou como acender a porcaria do fogareiro, e então...

De repente, ele estava sorrindo com todos os dentes por trás da barba avermelhada.

— *Eu* fiz você ficar teimosa? — perguntou ele, mal disfarçando a risada.

— Bom, eu sou ótima quando as pessoas simplesmente fazem o que eu peço! E o que é tão engraçado assim, caramba?

Ele abraçou o próprio corpo e rolou para trás, deitando-se no chão, irrompendo em uma gargalhada. A boca estava bem aberta, seus olhos, espremidos. Em meio a arfadas e gargalhadas profundas, ele conseguiu deixar sair:

— Você está muito vermelha! E a culpa disso é minha porque eu fiz você ficar teimosa! Meu Deus, você é uma peça!

Ian ria loucamente. Ela se sentou na beirada do sofá, com as botas no chão, o rosto vermelho, olhando furiosa para ele.

Ele levou um tempo para recobrar a compostura, a risada foi diminuindo até virar arquejos e suspiros. Ele enxugou os olhos e finalmente olhou para ela.

— Estou muito surpresa que você não tenha soltado um pum de tanto rir — disse ela, sem sequer uma ponta de sorriso no rosto.

Ele arfou algumas vezes e disse:

— Não foi fácil evitar. — Ian sentou, se recompôs e perguntou, contraindo um pouco os lábios: — Você está sentindo dor?

Ela ergueu o queixo.

— Um pouco.

— Vou ver se encontro a pomada — disse ele, ficando de pé.

Ian foi até um de seus armários e pegou uma latinha com um unguento, esfregando a substância com delicadeza no rosto queimado de Marcie, os lábios o tempo todo se repuxando na tentação de uma gargalhada.

— Isso é tão engraçado assim?

— É bem engraçado, Marcie. Eu tinha um acendedor em perfeito estado até pouco tempo atrás, mas depois que ele quebrou achei mais fácil usar o fósforo do que consertar o botão. Está vendo, esse é o tipo de coisa que acontece quando você mora sozinho. A casa não é adaptada para uma família. Você simplesmente ignora. Eu sei que é coisa de preguiçoso.

— Mas você não é preguiçoso. Você trabalha para caramba.

— Tudo bem, mas esse tipo de conserto é mais uma coisa que eu não tenho que fazer morando sozinho. Mas agora, falando sério, seu rosto não está tão ruim assim — acrescentou ele, com uma risadinha.

— Tem uns negocinhos pretos onde antes estava a minha franja.

— Eu sei, meu bem, mas ela vai crescer de novo direitinho.

Meu bem? Ele acabou de me chamar de meu bem? *Ele está com pena de mim? Está sendo carinhoso porque eu me queimei?*

Por fim, ela disse:

— Essa pomada é boa. O que é?

— Alguma coisa que os veterinários usam em cavalos.

— Ah, que ótimo!

— Não, é coisa boa, juro! Melhor do que as coisas que os órgãos governamentais autorizam que a gente compre na farmácia ou que o médico dê. Juro. — Mas, então, Ian caiu na gargalhada.

— Você ainda está rindo porque estou ridícula ou porque você acabou de me sacanear me dando remédio de cavalo?

— Eu estou rindo porque... — Ian engoliu a risada. — Que tal se eu passar a pomada e preparar alguma coisa para você comer? Se você quiser, posso ler para você um daqueles seus romances piegas enquanto você se recupera da queimadura.

— Ler para mim? — perguntou ela.

— Às vezes, eu lia para o Raleigh, quando ele estava se sentindo muito mal — explicou ele, dando de ombros.

— A comida seria legal, a leitura também, mas seria ainda melhor se você cantasse. Eu queria ouvir você.

— Ah, Marcie...

— Eu sofri uma queimadura. Tente ser amável.

Ele respirou fundo e foi até o armário. Havia algumas dezenas de latas grandes de ensopado de carne. Ele tirou duas.

— Meu Deus, você está esperando uma guerra nuclear? — perguntou Marcie ao ver o tamanho do estoque.

— Não — respondeu ele, rindo. — Só estou pronto para a neve. O caminho daqui até a Rodovia 36 é longo. Dá para passar bastante fome aqui em cima se você não estiver preparado.

— E você sobrevive de ensopado enlatado?

— É gostoso — respondeu ele. — Eu compraria outra coisa se essa outra coisa fosse mais gostosa.

Ele esvaziou as latas dentro de uma panela e colocou no fogareiro. Ela observou quando ele riscou o fósforo e depois acendeu o gás. Perfeito. Bom, aquilo fazia sentido.

Quando o ensopado aqueceu, ele serviu uma concha em uma caneca e deu para ela. Depois, Ian cobriu Marcie, deu o remédio de tosse, pediu que ela fechasse os olhos e cantou em um tom suave, embora profundo e ressonante. A versão lenta de "New York, New York". "When I Fall In Love". Em "You Don't Know Me" — "Você Não me Conhece" —, ela tentou não ler qualquer coisa nas entrelinhas. Marcie estava com medo de abrir os olhos, de que ele parasse de cantar. Foram muitas canções antigas, doces e melodiosas de Sinatra e Presley.

Ela se pegou pensando em Abigail Adams, cuidando de cinco crianças e administrando uma fazenda sozinha enquanto o marido fundava os Estados Unidos. Marcie sempre admirara e celebrara a história de Abigail. Era tanto trabalho assim atravessar o quintal para usar o banheiro externo? Mesmo se você precisasse carregar uma frigideira pesada para se defender dos animais selvagens? Ou aquecer sua água? Do que ela *precisava*? Uma coisa era certa: com certeza não precisava fazer a sobrancelha.

Marcie adormeceu sonhando com Abigail e a voz de Ian. Quando acordou pela manhã, o bule de café estava em cima da lareira, que estava com o fogo quase morrendo, como sempre. Havia um bilhete em cima da mesa.

Não acenda o fogareiro, a não ser que você tenha aprendido como fazer isso.

Aquilo a fez gargalhar.

Marcie tinha chegado quase à metade de um romance no qual o herói estava prestes a agarrar a heroína pela cintura, puxá-la com firmeza e beijá--la com sofreguidão quando percebeu uma coisa. As cartas.

Além das cartas a respeito de Bobby que ela escrevera para Ian quando ele ainda estava no Iraque, as cartas que ele respondera, ela também escrevera regularmente para ele ao longo de alguns anos, para uma caixa postal. Só que essas nunca foram respondidas ou devolvidas. Quais eram as chances de...?

Ela deu um pulo do sofá e foi primeiro até a caixinha de metal onde ele guardava o dinheiro todas as noites. Marcie reparou que ele tinha parado de trancá-la. Não havia muita coisa, a escritura, com a qual ela nem se importou, e algumas fotos. Ela se distraiu com as imagens, que eram muito representativas em termos de quantidade e temática. Uma foto em família de quando Ian era um adolescente de 14 ou 15 anos. Uma linda fotografia de Shelly com um xale preto ao redor dos ombros, talvez uma imagem de faculdade ou de sororidade. Uma foto de Ian e Bobby com seus uniformes camuflados, as cintas dos rifles por cima dos ombros, sorrindo. Uma imagem de quando ele era um pouco mais velho, com o pai, que não sorria.

Isso a distraiu de sua busca. Algumas coisas a respeito das imagens eram reveladoras. Eram poucas e mostravam as pessoas mais especiais que Ian tivera na vida. Marcavam sua passagem de um menino, naquilo que parecia uma família padrão de classe média, para um jovem com um pai infeliz, para um fuzileiro. Primeiro a mulher, depois o melhor amigo, depois mais nada.

Por debaixo das fotos estavam as medalhas. As que ela recebera por Bobby tinham vindo em caixas chiques. As de Ian estavam soltas. Marcie pensou que era um bom sinal que pelo menos ele não as tivesse jogado fora em um acesso de raiva ou depressão.

Ela guardou tudo com muito cuidado e fechou a tampa, sentindo-se culpada por mexer nas coisas dele. Ian merecia ter sua privacidade preservada, mas havia coisas que ela queria entender. Então, Marcie foi até o baú onde ele guardava as roupas e, devagar, afundou a mão e a passou pelos quatro cantos. Quando sentiu algo, abriu caminho entre as roupas cuidadosamente dobradas para conseguir o que queria. Um elástico prendia cerca de uma dúzia de envelopes compridos e brancos, todos endereçados a ele, todos enviados por ela. Todos fechados. Ian guardara as cartas sem ter aberto nenhuma.

Marcie ficou olhando para elas, abismada. O que isso poderia significar?

E, então, escutou o barulho de um motor. Achando que Ian estava de volta, ela rapidamente recolocou os envelopes no baú e fechou a tampa. Quando olhou pela janela e viu que não era ele, foi até a porta.

Marcie devia ter adivinhado. Ali, em um SUV grande, brilhante e novinho em folha, estava Erin Elizabeth Foley. Sua irmã mais velha. Marcie cruzou os braços quando Erin saiu do carro.

Erin deu uma olhada nela e ficou imóvel. Então deu dois passos adiante, boquiaberta, e disse:

— Ai, meu Deus! O que *aconteceu* com você?

Sem se lembrar do rosto vermelho e do cabelo chamuscado, Marcie deu uma olhada para baixo. Ela estava usando uma das camisas de Ian e calçava botas, as pernas nuas e brancas à mostra.

— O chão está frio. Erin, o que você está fazendo aqui?

— Eu vim ver este lugar, este homem. Você não pode ter achado que eu simplesmente deixaria você continuar essa loucura sem saber com o que estamos lidando de fato. E eu ter vindo buscar você é uma coisa boa! Meu Deus, Marcie. Ele bateu em você?

— Bateu em mim? É claro que não! E *nós* não estamos lidando com nada, porque isso não é assunto seu! Você vai estragar tudo!

Erin chegou mais perto, trazendo com ela o rico aroma do perfume Chanel. Usava uma jaqueta de couro marrom-claro e botas de salto combinando, provavelmente Cole Haan, sua grife favorita, e uma calça de lã marrom-escura cara e perfeitamente vincada. Usava luvas finas e o cabelo louro-avermelhado caía por cima dos ombros em ondas perfeitas. Havia, é claro, as joias de ouro e um cachecol Hermés em tons de vermelho, laranja e roxo enrolado em seu pescoço.

— O que aconteceu com o seu rosto?

Marcie tocou a bochecha. Como não estava mais doendo, havia se esquecido totalmente da queimadura.

— Ah. Eu sofri um pequeno acidente no fogareiro. A culpa foi toda minha. Mas eu estou bem.

— Você foi à emergência?

Marcie começou a rir.

— Quê? Tem uma emergência a algumas horas daqui, Erin. Mas eu passei uma pomada muito boa, para cavalos.

— Ah, pelo amor de Deus! Você ficou completamente louca!

— Não está doendo — garantiu Marcie, sentindo-se como uma criança de 10 anos de idade.

— Mas o seu cabelo. Seu cabelo lindo! E as suas... Meu Deus, as suas *sobrancelhas*!

— Eu reparei — comentou Marcie. — Sério, Erin... por que você não pode simplesmente me deixar em paz? Eu fiz o que você me pediu. Liguei a cada dois dias, ou um pouco mais, depois pedi para alguém ligar e dar notícias, tomei cuidado, eu...

Os lábios de Erin se firmaram naquela implacável "expressão maternal".

— Olha, Marcie, encontrar esse cara foi uma coisa, ficar com ele em um lugar isolado, sem telefone… Meu Deus, aquilo ali é o que acho que é? — disse ela, apontando para o banheiro externo.

— Um banheiro — confirmou Marcie, divertindo-se um pouco. — Sem bidê.

— Eu vou desmaiar.

— Nós temos um pequeno penico lá dentro, se você não estiver a fim de fazer o trajeto.

Ela decidiu não mencionar que seria bom carregar uma arma quando a pessoa se aventurasse lá fora.

Erin literalmente perdeu um pouco do equilíbrio e seus olhos se fecharam por um instante. Marcie precisou segurar a gargalhada. Se ela achou que sua apresentação à cabana tinha sido interessante, pensar em Erin calçando suas botas Cole Haans e correndo de manhã até o banheiro foi o suficiente para fazê-la irromper em uma gargalhada histérica.

— Você tem que ver como a gente faz no dia do banho — provocou Marcie, achando irresistível atazanar um pouco a irmã.

Os olhos de Erin se arregalaram.

— O dia do banho sugere uma coisa que não acontece todos os dias e que não é um procedimento prático.

— Essa é uma afirmação verdadeira.

— E não é especialmente confortável… — continuou Erin.

— Bom, uma vez que o único sistema de aquecimento é a lareira, então é um banho bem rápido.

— Meu Pai. Pegue as suas coisas.

— Não. Não, você pode dar uma olhada, levantar esse seu narizinho arrebitado e conhecer Ian se quiser, embora não vá gostar da aparência dele, isso eu garanto. Depois, sugiro que vá embora antes de precisar usar o banheiro. Isso é o máximo que estou disposta a ceder.

— Você vai, pelo menos, me deixar levá-la ao médico — disse Erin.

— Eu já fui ao médico, Erin — respondeu Marcie, antes que pudesse se controlar.

— E o que foi que ele disse sobre você usar remédio para cavalo no seu rosto?

— Pomada. É uma pomada veterinária para cavalo que funciona surpreendentemente bem. Mas, na verdade, não precisei de médico para isso. Acontece que, no minuto em que cheguei aqui e encontrei Ian, fiquei gripada. Ele foi buscar o médico e a enfermeira, que vieram até aqui e me aplicaram uma injeção. Depois disso Ian tomou conta de mim muito bem. Fez até canja de galinha.

Erin levou os dedos às têmporas e esfregou o lugar um pouquinho. A seguir, se recuperou e balançou a cabeça. Ela olhou para o montinho de neve na forma de um iglu que estava ao lado do SUV e estreitou os olhos.

— Aham, meu fusquinha. Sinto informar que não vai a lugar nenhum por um tempo. Ele não conseguiria rodar pelas estradas cobertas de neve e gelo da montanha. Está tudo muito úmido ainda. Mas, se você não vai embora, então entre, Erin.

Marcie se virou e entrou na cabana, deixando a porta aberta para a irmã.

Como Marcie tinha previsto, Erin não ficou impressionada. Ela olhou ao redor e, embora tenha ficado calada, estremeceu.

— Onde estão as camas?

— Não tem cama. Eu durmo no sofá e Ian dorme em um estrado de armar, perto da lareira. Mas fique sabendo que não peguei o lugar dele no sofá, ele mesmo disse que sempre usou o estrado. Ele acha o sofá pequeno e desconfortável.

— Só tem um cômodo?

— É uma cabana e só mora um homem aqui. Não é nada diferente das cabanas que o papai e Drew alugavam quando iam caçar e pescar.

— Isso é completamente diferente, você sabe muito bem — disse Erin, em tom de súplica. — Marcie, não posso deixar você aqui. Não posso.

Outro motor soou ao percorrer o caminho até o topo da montanha e Marcie caminhou para perto da irmã com uma expressão desesperada no rosto.

— Por favor, me escute, de verdade. Nós não conversamos sobre o que aconteceu com o Bobby, nem sobre nada que houve naquela época na vida de Ian. Nós mal entramos no assunto, então você não vai falar *nada*, ok? — Ela foi até o sofá para se sentar, tirar as botas e pegou a calça jeans para vesti-la rapidamente. — Nada! Seja educada, não o insulte e use esse cérebro afiado de advogada para ser política. Estou falando sério!

— Ah, jura? — disse Erin, endireitando a postura.

— Com toda a certeza, juro! — disse Marcie, levantando-se.

Marcie se sentou de novo e calçou as botas.

Quando terminou, Ian estava entrando pela porta.

Ele preencheu toda a abertura. Seus olhos estavam semicerrados. Marcie ouviu a irmã suspirar fundo.

Marcie sabia que era a presença de Erin naquela cabana que fazia a jaqueta marrom-clara dele parecer mais surrada, a barba mais selvagem. Os olhos de Ian brilharam. Ele não estava feliz.

— A irmã, imagino — disse ele.

Erin esticou o pescoço, orgulhosa, e estendeu a mão.

— Erin Foley, como vai?

— Estou bem, obrigado. E você? — respondeu ele, ignorando a mão estendida.

— Bem, obrigada. É um prazer conhecê-lo. Eu estava vindo buscar Marcie...

— Estou vendo — comentou ele.

— Mas eu não estou pronta para ir — disse Marcie. — Erin só queria conhecer você antes de ir embora. Eu não liguei e pedi para ela vir, Ian.

— Não sei como você poderia ter feito isso — respondeu ele, pousando a sacola de compras em cima da mesinha. — Só com sinais de fumaça, talvez.

— Certo, escutem, vocês dois — começou Erin. — Eu não gostei dessa ideia desde o começo, de Marcie vir aqui sozinha para procurar você, sobretudo agora, nessa época, com as festas de fim de ano, e quase exatamente um ano depois que Bobby...

— Erin!

Ela pigarreou.

— Bom, como você não deve ter demorado a descobrir, minha irmã mais nova é muito teimosa e só faz as coisas do jeito dela.

— Difícil não notar isso — respondeu ele.

— Uma coisa era encontrar você e conversar, mas isso aqui ultrapassou os limites. Ela não pode ficar aqui, sr. Buchanan. A casa só tem um cômodo, não tem um lugar para dormir, nem banheiro dentro de casa, e parece que ela não está muito bem. Está doente e queimada e... Foi muito gentil da sua parte recebê-la aqui, cuidar dela e tudo mais, mas já chega. Marcie tem que voltar para casa, para a família. Já estamos quase no Natal. Todos nós já passamos por coisas o suficiente. — Ao dizer isso, Erin olhou de maneira enfática para a irmã. — Marcie, sério, não sou a única que estou ansiosa para ter você de volta. Os Sullivan também estão preocupados. Quem sabe você e o sr. Buchanan possam manter contato, se encontrar depois do Natal em algum lugar que tenha um telefone e um banheiro interno...

— *Erin*!

Se é que era possível, o rosto de Marcie ficou ainda mais vermelho.

— A sua irmã está certa — disse Ian. — Você deveria estar com a sua família nesse momento. A gente se fala mais para a frente.

— Se eu estivesse pronta para ir embora, eu teria ido, Ian! Se estivesse determinada mesmo a ir, eu teria arrumado uma carona. Eu poderia ter feito isso — rebateu Marcie, com firmeza. — Mas estava planejando ficar enquanto você... Nós acabamos de começar a nos conhecer!

— Você já ficou tempo o bastante, Marcie — disse ele. — E eu não estou acostumado a ter gente por perto. Que bom que sua irmã está aqui, porque você não vai conseguir mesmo ir embora no seu carro.

— Mas Ian...

— Ela tem razão, Marcie. Já chega. Junte as suas coisas.

— Mas Ian — insistiu ela, dando um passo na direção dele com uma expressão de súplica no rosto —, achei que...

— Eu acho que nos demos bem, presos aqui por causa da sua gripe e tudo mais. Mas agora sua irmã está aqui para levar você para casa e eu estou pronto para ter a *minha* casa de volta. Não estou acostumado à presença de tanta gente assim. Você sabe disso — disse ele, respirando fundo. — Você vai estar em boas mãos com a sua irmã. Ela parece ser extremamente... — ele deu uma olhada mal-educada de cima a baixo em Erin —... competente.

— Bem — disse Erin, esfregando as mãos. — Podemos ir?

Marcie olhou nos olhos dele. Os dela traziam uma expressão suave e de súplica; os dele eram inflexíveis.

— Você não quis dizer isso — comentou ela. — Você está dizendo que *quer* que eu vá embora?

— É melhor você ir com a sua irmã. Ela está certa. Já chega de deixar sua família preocupada. Em algum momento, mais para a frente, nós nos encontramos de novo, se você quiser. Mas eu sou um eremita e gosto de ser assim.

— Você não é um eremita, Ian. Você vende lenha, vai até postos de gasolina, igrejas, vai à biblioteca... Não acredito que você quer que eu vá embora — disse ela, a voz quase um sussurro.

— Pode acreditar, ok? Mas fiquei feliz por você ter me encontrado, e sinto muito por Bobby — disse Ian, deixando a cabeça tombar. — Eu nunca vou ser capaz de explicar o quanto eu sinto por isso... — Então, ergueu o olhar, encontrando o dela. — Agora volte para casa, para Chico, que é o seu lugar.

— Eu estava começando a sentir que aqui era o meu lugar — rebateu ela.

Ian ficou em silêncio enquanto se encaravam. Enfim derrotada, Marcie se virou e juntou seus pertences. O processo foi rápido, já que mantinha as roupas na mala com algumas coisas, tipo xampu e maquiagem. Na mochila, estavam os mapas e as anotações e os cards de beisebol que ela não tinha dado a ele. Marcie também pegou sua bolsa e enrolou seu saco de dormir. Em um instante, ela estava pronta e começou a dobrar a colcha que a tinha mantido aquecida no sofá.

— Eu cuido disso — afirmou Ian.

Mas ela não deu ouvidos e, quando a peça estava dobrada em um quadrado certinho, empilhou em cima da mesa os livros que alugara na biblioteca.

— Eu não terminei — disse ela. — Estava chegando na parte boa. A página está marcada. Obrigada por tudo. Quero dizer, você fez muito por mim.

— Eu não fiz quase nada — respondeu ele. — Não mudei nada.

— Mudou, sim. Você cozinhou para mim, cuidou de mim, me deu remédio, me protegeu. Mas sei que tenho dado bastante trabalho.

— Não foi nada demais.

— Para mim, foi.

Silêncio.

Marcie saiu da casa levando quase tudo, menos o saco de dormir, que Erin pegou. Ela jogou as coisas no banco traseiro do carro da irmã e se sentou no do carona.

Marcie queria que Ian tivesse berrado com Erin, para que ela fosse embora assustada. Mas, ao contrário de Marcie, que apenas comera seu sanduíche e quase morrera congelada, Erin teria voltado com toda a polícia do condado.

— Entre na cidade. Quero dar tchau para os meus amigos.

— Virgin River? — perguntou Erin.

— É.

— Olha, Marcie...

— Não *fale* comigo. Nem sequer *olhe* para mim.

Onze

Erin parou na frente do bar de Jack e disse:

— Não demore muito. Não quero pegar a estrada à noite.

Marcie não respondeu e simplesmente saiu do carro, entrando no bar com passos firmes. Erin, obviamente sem confiar na irmã, entrou logo atrás dela.

O sorriso de Jack congelou quando ele percebeu o rosto chamuscado de Marcie e o cabelo queimado.

— Uau — disse ele.

Ela se sentou em um dos bancos em um pulo.

— Fogareiro a gás. Nem pergunte.

— Eu nem ousaria — respondeu ele.

— Um chope.

— Saindo.

Ele serviu a bebida e saudou Erin.

— Oi de novo. Estou vendo que você encontrou o que procurava.

— Graças a Deus — disse ela. — Você faz ideia das condições de vida naquele lugar?

Ele deu uma risadinha.

— Tenho certeza de que não é uma casa incomum para a região, aqui nas montanhas. Eu vivia de um jeito bem simples enquanto estava construindo o bar.

— Não tem banheiro dentro da casa!

— Também não é incomum. O banheiro externo precisa ser escavado a cada dois, três anos. E imagino que você saiba que a rede de esgoto não chega muito bem lá em cima. Deveria ter uma fossa séptica, mas um homem sozinho talvez ache mais simples encarar o frio do inverno. A mesma coisa com cabos e eletricidade. É preciso uma antena parabólica e um gerador. Devem ter centenas de cabanas assim por aqui.

— Qual o sentido disso?

— Ah, se você tivesse reparado na vista, não estaria perguntando isso.

A porta se abriu e Mel entrou no bar, com David no colo. Ela sentou em um banco ao lado de Marcie e passou o bebê por cima do balcão, entregando-o ao marido. A seguir, deu um beijinho no homem e se virou para Marcie, sorrindo, logo antes de levar um susto.

— Eu me queimei um pouco — explicou Marcie.

— Jesus amado, o que você está passando nisso aí?

— Algum tipo de pomada para cavalo que Ian tinha. Aliviou na mesma hora.

— Ah. Metilsulfonilmetano. O pessoal por aqui usa para quase tudo. É famoso pela recuperação celular. Acho que o dr. Mullins tem razão, você está em boas mãos.

— Bem, não estou mais. Mel, esta é minha irmã, Erin. Erin, esta é Mel Sheridan. Acho que vocês se falaram.

— É claro. Como você está? Foi muito gentil da sua parte ligar em nome de Marcie.

— Foi um prazer. Gostei muito de conhecer a sua irmã.

— Foi você quem cuidou dela enquanto ela estava gripada?

— Junto com o dr. Mullins, sim. Mas ela já se recuperou muito bem, não precisa se preocupar.

Jack tinha colocado David dentro do carregador de bebês em suas costas, de modo que estava com as mãos livres para continuar atendendo. Preacher trouxe uma bandeja cheia de talheres limpos para guardar embaixo do balcão, acenou um "olá" com a cabeça para todos, ergueu as sobrancelhas na direção de Marcie, como se perguntasse alguma coisa, e, então, desapareceu. Mike Valenzuela entrou pela porta dos fundos, foi para atrás do balcão, se serviu um chope e foi apresentado a Erin. Quando olhou para Marcie, seu rosto congelou de surpresa.

— Fogareiro a gás — explicou ela, cansada. — Eu primeiro liguei o gás, depois risquei o fósforo.

— Aposto que você vai acertar a ordem da próxima vez — disse ele, bebendo um gole do chope antes de voltar à cozinha.

Mel deu uma olhada para baixo e reparou nas botas de Erin.

— Minha nossa, eu tinha umas botas dessas — comentou ela. — Acabei com elas na primeira primavera que passei aqui, zanzando pelos ranchos e pelas vinícolas. Meio que sinto falta delas.

— Não me diga — disse Erin.

— Esta cidade é difícil. Uma terra de homens, acho, embora me doa usar esse termo. Eu só não estava muito pronta para isso.

— Bom, os homens aqui são muito...

— Eu sei — interrompeu Mel, rindo. — Muito bonitos, não é? Mas eles são perigosos, cuidado.

— Perigosos? — repetiu Erin, de olhos arregalados.

Mel se inclinou para a frente, chegando mais perto.

— Eles caçam cervos, jogam pôquer, fumam uns charutões horríveis. E, ao que parece, têm uma contagem alta de espermatozoides. Confie em mim, sou a enfermeira local...

Jack deu uma risadinha, atraindo um olhar de Erin.

— De onde você vem? — perguntou Erin a Mel.

— Mais recentemente, de Los Angeles — respondeu Mel. — Eu estava querendo mudar de ares.

— Mudar de ares? — repetiu Erin outra vez, atordoada.

Mel sorriu com doçura.

— Ah, foi acontecendo aos pouquinhos. A beleza daqui, dessa paisagem intocada, tem um poder. O que vi na minha primeira manhã aqui: árvores que tocavam o céu, águias plainando, cervos no quintal. E depois tinham as pessoas, uma gente simples e honesta. Eu me apaixonei — explicou, acariciando a barriga proeminente. — Depois, eu me apaixonei por Jack, um homem fértil demais para o meu gosto, mas que ainda assim tem suas qualidades.

— Mel — disse Marcie. — Eu preciso de uma carona para voltar para a casa do Ian.

As duas mulheres se viraram para olhar para ela.

— Marcie, não vou deixar você fazer isso! — insistiu Erin. — Aquele lugar é precário! O homem é primitivo e parece completamente louco! Um selvagem.

— Na verdade, ele é bem dócil e bondoso.

— Não tem cama lá!

— Eu dormi em um estrado que ficava no chão durante dois anos, enquanto eu estava reformando o bar — opinou Jack, coçando o queixo. — Eu também não fazia muito a barba. Usava o chuveiro da clínica a cada três dias mais ou menos. Nós somos meio rústicos por aqui.

— Mas... mas nós não somos — disse Erin.

— Jack — disse Marcie. — Ligue para o xerife. Eu estou sendo sequestrada.

— Olha, aquele jeitão selvagem dele — disse Jack a Erin — não é incomum por aqui. Muitos fazendeiros, lenhadores e rancheiros não fazem a barba durante o inverno. E eles não costumam usar roupas boas de domingo para cortar lenha ou dar comida para as ovelhas. Ian Buchanan se encaixa direitinho aqui e parece ser um homem civilizado. Eu não me preocuparia.

Marcie segurou as mãos de Erin.

— Eu vou voltar para lá e quero que você vá para casa, Erin. Prometo ligar dando notícias. Mas acabei de me recuperar da gripe, tinha acabado de começar a fazer Ian se abrir. Eu ainda não acabei as coisas por aqui.

— Marcie, querida, não quero parecer cruel, mas você não foi a única que perdeu o Bobby. A família dele, eu e Drew...

— Eu sei, eu sei. E não estou ignorando isso, juro. Nós estaremos juntas no Natal. Por favor, Erin, não brigue comigo e me deixe fazer o que eu vim fazer. Quando isso tudo acabar, vou poder seguir em frente — disse Marcie, com lágrimas nos olhos. — De verdade, só preciso sentir que isso está resolvido.

— Isso o quê? — perguntou Erin, quase em um sussurro. — O que você acha que vai conseguir fazer?

Marcie lançou um olhar suplicante para Mel.

Mel e Marcie se entreolharam por alguns instantes. Então, a enfermeira olhou para o marido.

— Jack, leve Marcie de volta à cabana do Ian, sim? Leve David com você. Eu fico aqui cuidando do bar caso alguém apareça, e Preacher e o Mike estão por aqui também. Acho que eu e Erin precisamos conversar por um minuto.

Jack ergueu uma das sobrancelhas.

— Tem certeza?

Ela apenas assentiu e sorriu. Jack então se debruçou devagar por cima do balcão e deu um beijinho na esposa.

— Volto antes do movimento do jantar.

Quando Jack e Marcie foram embora, Mel deu a volta no balcão e serviu duas canecas de café.

— Quer leite ou açúcar? — perguntou a Erin.

— As duas coisas, por favor. Olha, acho que você não faz ideia de como…

— Quase três anos atrás, meu primeiro marido foi assassinado — disse Mel.

Foi o suficiente para fazer Erin parar de se justificar. Mel pigarreou e prosseguiu com a história:

— Eu trabalhava como enfermeira-chefe da área obstétrica em uma unidade de traumatologia no centro de Los Angeles. Mark era médico socorrista lá. Depois de ter feito um plantão de trinta e seis horas, ele parou em uma loja de conveniência para comprar leite para o cereal que ele comia, e o lugar estava sendo assaltado. Ele levou um tiro e morreu.

— Eu sinto muito — disse Erin, baixinho.

— Agradeço. Na época, eu realmente quis que minha vida acabasse com a dele. Vários meses se passaram, e eu não conseguia seguir em frente, então fiz a coisa mais louca do mundo, que foi aceitar um trabalho nessa cidadezinha, ganhando quase nada, só porque eu tinha essa intuição de que aqui seria diferente o bastante para começar algum tipo de transformação. Eu tenho uma irmã mais velha — acrescentou Mel, sorrindo. — Ela achou que eu estava completamente louca e estava pronta para vir me sequestrar e me arrastar para a casa dela para que eu me recuperasse. Do jeito dela.

Mel se inclinou na direção de Erin e prosseguiu:

— Eu meio que sou especialista em ter dificuldades para seguir em frente. Não é fácil e quase nunca óbvio, mas posso dizer o seguinte: acredito que cada um precisa descobrir seu próprio caminho. Tenho certeza de que Marcie está em segurança. Não sei se ela vai conseguir resolver as coisas, mas não recomendo se meter no caminho de uma mulher que está tentando colocar a vida em algum tipo de ordem. Existem coisas que ela precisa entender. Nós também vamos tentar cuidar dela.

Erin bebeu seu café bem devagar.

— Eu sei que existe uma mensagem aí, e agradeço por você estar sendo tão transparente, mas é que com a Marcie...

— Erin, a mensagem é: seja lá o que ela sinta que precisa fazer para chegar à próxima fase pode ser que não faça sentido para as outras pessoas, pode ser que não dê certo, pode ser uma coisa nem um pouco prática ou esperta, mas é o que ela acha que tem que fazer. Eu sei que você está sofrendo também. Perder seu cunhado, ter Marcie longe de você nesse momento. Eu sinto muito. Eu lembro que a minha irmã sofreu muito quando o meu marido morreu, ela o amava como se ele fosse um irmão. Mas, no fim das contas, Marcie tem que sentir que ela fez o que precisava fazer. Por qualquer razão que seja, parece que isso é resolver alguma coisa com o Ian. É necessário para ela, parece, e ela tem mostrado uma determinação incrível.

— Isso é verdade — concordou Erin.

— Eu não estaria tendo esta conversa com você se eu achasse que existe qualquer chance de Marcie estar correndo qualquer risco, por menor que ele fosse. Acredite em mim, trabalho para as mulheres desta cidade. Eu cuido delas. Marcie não tem sido muito específica, mas eu e você sabemos do que ela está indo atrás. Ela precisa entender por que o homem que salvou a vida do marido dela fugiria. Por que ele o abandonaria. Por que abandonaria a *ela*.

— Mas e se ele fizer isso de novo? — perguntou Erin, com uma expressão muito triste e preocupada.

— Bem, acho que foi isso que ela veio descobrir — disse Mel e esticou a mão por cima do balcão, apertando a de Erin. — Deixe Marcie chegar à última página dessa história, querida. É disso que ela precisa, caso contrário não teria passado por tantas coisas.

— Mas...

— Nós não precisamos concordar ou entender, sabe? — disse Mel, balançando a cabeça. — Só temos que respeitar as vontades dela. — Depois, bem baixinho, continuou: — Vá para casa. Deixe ela terminar o que veio fazer. Você não vai perdê-la.

Erin piscou, e uma lágrima grossa rolou por seu rosto. Erin nunca ficava sem palavras.

— Você acha que ela sabe o quanto eu me importo com ela? O quanto eu a amo?

— Com certeza absoluta — garantiu Mel, confirmando com a cabeça.

— E, sabe do que mais? Quando eu a vir de novo, o que tenho certeza de que vai ser logo, vou lembrá-la disso.

Na cabana, Ian andou de um lado para o outro durante quase uma hora. Ele não tinha sido muito gentil com a irmã de Marcie e estava arrependido. Ele poderia ter tentado com mais afinco, passado mais confiança, de modo que ela se sentisse bem com a ideia de Marcie ficar. Mas, em vez disso, afastara as duas.

Na verdade, ele não deveria ter deixado Marcie ficar nem por um dia em primeiro lugar. Deveria ter dito a Mel que seria melhor que levasse Marcie de volta à cidade, à clínica. Mas que inferno que era aquela tampinha com a cara sardenta. Tinha uma dúzia de coisas das quais ele não queria ser lembrado. Tipo que ele não era um eremita, e sim um solitário. Mas ele não se encaixava na maioria dos lugares, então ele guardava isso para si. Ainda assim, Ian detestava não cantar na igreja, quando cantar era tão bom. Não gostava de ficar sentado sozinho em um bar, no canto mais distante, calado e tentando se manter inacessível. E fazia muito, muito tempo que ele não dava uma bela gargalhada. Até Marcie chegar.

Pela primeira vez desde que se instalara naquele lugar, Ian queria coisas. Tipo tigelas para sopa em vez de canecas e latas. Coisas que ele achava que não precisava, como alguns confortos materiais. Um rádio. Marcie tinha razão, uma pessoa que amava cantar deveria escutar um pouco de música de vez em quando.

E ele queria que alguém se importasse o suficiente com ele para tentar encontrá-lo. Queria alguém que o amasse. Fazia muito tempo desde que alguém o amara.

Mas o pior de tudo era que aquela magricela de cabelo vermelho tinha lidado melhor com o fim devastador de Bobby do que ele. E ela havia precisado lidar com aquilo todos os dias, cada um deles, enquanto ele simplesmente fugira da situação. *Eu sou o fraco aqui*, pensou ele, de um jeito sombrio, *e ela é quem tem a força de mil soldados.*

Ele foi até o baú, vasculhou lá no fundo e pegou o maço de cartas, colocando-as a seguir em cima da mesa, sob a luz. Então, foi até o armário, alcançou um canto e localizou a garrafa de uísque caro na qual ele mal tinha tocado, pousando-a na mesa junto às cartas. Pegou um copo, serviu-se de uma dose do uísque e bebeu tudo de uma vez.

E então, sem qualquer aviso prévio, a porta da cabana se abriu e ela entrou, como se fosse dona do lugar. Estava com toda a bagagem: o saco de dormir, a sacola de roupas, a mochila e a bolsa, largando tudo onde aquelas coisas tinham sido previamente colocadas: ao pé daquele sofá velho. Ian torceu para que todos os pelos que havia em seu rosto escondessem a alegria que ele sentia resplandecendo ali.

— Eu podia estar pelado, sabia? — disse ele.

Ela sorriu e caminhou até a mesa, puxou uma das cadeiras e se sentou em frente a ele.

— Ah, sim… isso teria sido a maior emoção da minha vida, certo? Ora, vamos beber hoje à noite?

— Decidi que estava frio o bastante para tomar uma dose.

— Posso lhe fazer companhia?

— Sua irmã está esperando lá fora? — perguntou ele, levantando-se para buscar outro copo.

Ele pegou um copo grande de acrílico e o entregou a ela.

Marcie se serviu de uma pequena dose.

— De jeito nenhum. Eu mandei ela embora. Tive que prometer que ia ligar de vez em quando e que passaria o Natal em casa, então, acho que vou dar um pouco de trabalho para você. Quero dizer, um pouco mais de trabalho. Sinto muito.

— Qual é a sua missão aqui exatamente? Você acha que vai me pôr na linha, me deixar apresentável, fazer algum tipo de boa ação?

— Ah, meu chapa, você está sempre sentindo pena de si mesmo, não é? Você provavelmente não deveria estar bebendo se é tão ferrado assim. Essa coisa deprime, sabe. — Ian enrijeceu de repente. — A minha missão, como você chama, é bem simples. Eu estou com esses cards de beisebol idiotas. Nas cartas, Bobby me contou que você também é um colecionador, então eu trouxe os cards. Do Bobby.

Marcie foi até a sacola de roupas, vasculhou e puxou de lá de dentro um álbum que continha a coleção de Bobby preservada com muito cuidado. Ela colocou aquilo em cima da mesa.

— É difícil de explicar. Por algum motivo, a ideia de vocês dois conversando sobre cards de beisebol no meio da guerra, no deserto, alertas, esperando bombas caírem ou franco-atiradores aparecerem, foi uma coisa que eu nunca conseguir esquecer. — Marcie respirou fundo. — Eu preciso que você entenda que é difícil me desfazer desses cards, porque eram de Bobby, e ele adorava essa coleção. Ele ia querer que você ficasse com eles.

Ian não tocou no álbum.

— Por que é que você simplesmente não me entregou isso logo?

Ela suspirou.

— Porque eu estava doente. E você não queria conversar sobre *isso*.

— Eu sinto muito — disse ele. — Não achei que fosse conseguir.

Ian ficou olhando para os cards por um tempo, depois ergueu o olhar.

— Era isso, então? Cards de beisebol?

— Há muito, muito tempo atrás, quando nos correspondíamos, meio que nos apoiamos um no outro depois que Bobby se feriu. Até que você sumiu do mapa. Desapareceu. Aí eu vim encontrá-lo, ou reencontrá-lo, para agradecer, para ter certeza de que você estava bem, para contar sobre o seu pai. E, no fim das contas, parece que você está bem. Em certos aspectos, melhor do que eu. Você vive exatamente do jeito que quer, conversa com as pessoas quando tem vontade e busca a solidão quando isso o faz se sentir bem, vive em meio à natureza e não está soterrado de preocupações ou bens materiais. Você não carrega muita coisa, pelo menos do lado de fora, só o essencial. E não acho que você precise ficar apresentável. Você está ótimo.

— Você disse que eu pareço um selvagem.

— Você parece, sim — disse ela, sorrindo. — Mas já estou acostumada com isso.

— Pelo que você estava pensando em me agradecer? — perguntou ele, completando seu próprio copo.

— Você está brincando, não está? Qual é! Você salvou a vida do Bobby!

— Você não devia fazer isso. Você não devia nem *pensar* nisso. Eu tenho um monte de arrependimentos, sabe, garota? Mas esse aí está no topo da lista.

— Salvar Bobby? Olha, todos nós sentimos muito que tenha sido tão grave, que ele tenha ficado naquele estado para sempre. Estava fora do alcance de...

— Você acha? Porque eu acho que talvez eu soubesse que isso aconteceria — disse ele. — Quando o peguei no colo e ele estava flácido e pesado. Houve um milésimo de segundo em que tive que fazer uma escolha. Bobby tinha perdido qualquer tensão muscular, não passava de um peso morto. Eu poderia tê-lo pousado bem ali, onde ele estava, coberto seu corpo com o meu, para evitar que ele fosse ainda mais atingido e esperado pelo fim. E, então, você não teria ficado presa ao fardo e à dor que carregou durante três anos, e ele teria ficado livre. Meu Deus, você não passava de uma criança, Marcie. E eu sabia que Bobby não queria aquele tipo de vida... Os homens conversam sobre esse tipo de coisas quando estão em combate. Só que fui egoísta. Eu estava pensando em mim, agi do jeito que fui treinado para reagir, e eu não podia deixá-lo morrer. Eu estava agindo como se quisesse ser um maldito herói.

Ela o encarou por um longo instante.

— Jesus amado — disse ela, enfim. — É isso que você acha que aconteceu? Que isso cabia a *você*? E que o que você fez transformou minha vida num pesadelo? — perguntou ela, balançando a cabeça. — Não foi assim, Ian. Bastava você ter lido as malditas cartas para saber.

Ele olhou para baixo, para a pilha de cartas que tinha diante de si. A seguir, olhou nos olhos de Marcie. Ela tinha mexido nas coisas dele, visto as cartas e sabia que elas nunca tinham sido abertas.

— Foi assim que a coisa aconteceu... — começou ela.

— Marcie — disse ele, seus olhos escurecendo com o arrependimento. Com a dor. — Não faça isso, certo?

— Meu Deus, achei que era eu que precisava entender as coisas — disse ela, dando um golinho na bebida e, então, fazendo uma careta e apertando os lábios antes de continuar: — Agora você vai me ouvir, Ian. Nós perdemos a nossa mãe quando Drew tinha só 2 anos, eu tinha 4 e Erin estava com 11 anos. Nosso pai nos criou, mas, quando eu tinha 15 anos, ele morreu de repente, um problema cardíaco durante uma cirurgia de rotina no joelho. Uma coisa nada comum, muito rara. Erin tinha acabado de terminar o ciclo básico do curso de direito, então ela assumiu a responsabilidade, se tornou nossa mãe e nós continuamos a morar na casa onde o papai tinha nos criado e, é claro, quando Bobby foi para o Iraque, eu fui morar com Erin e Drew enquanto ele estava fora. Quando nós o trouxemos para casa, foi para lá que o levamos. Era onde estávamos quando você foi nos visitar, e nós ainda não éramos muito bons naquela coisa toda. Nós, todos nós, não tínhamos experiência em prestar esse tipo de cuidado que deve ter dado a impressão de que nós não sobreviveríamos. Deve ter sido horrível de se ver.

Ele se lembrou; havia dias em que ele tinha dificuldades de tirar aquilo da cabeça. A casa estava um desastre, Marcie estava magra, pálida e sozinha, ela parecia uma garota de 13 anos. A cama de hospital dominava a sala de jantar de tal modo que era a primeira coisa que alguém via quando entrava na casa, deixando a família sem espaço para fazer uma refeição. Havia outros equipamentos médicos também, uma cadeira de rodas luxuosa com apoiador de cabeça, um sistema de içamento hidráulico, contrapesos para equilibrar quando o peso morto de Bobby fosse erguido, uma máquina de sucção, tanques de oxigênio, cestos, lençóis.

— Era trazê-lo para casa ou deixá-lo em uma clínica de cuidados intensivos a longo prazo em outro estado. Depois de alguns meses, nós o internamos em uma clínica de repouso civil, um lugar excelente, que atendia também aos militares por meio do Champus. Eu tenho que agradecer a Erin por isso, porque ela não desistiu. Bobby tinha uma família grande, ele era o mais novo de sete irmãos, e nós enfrentamos isso juntos, felizmente. Eles têm ajudado muitíssimo, são minha família também, em todos os sentidos.

— Champus? — repetiu Ian.

— Nem sempre funciona tão bem. Um monte de soldados feridos e que precisam de cuidado a longo prazo são encaminhados para qualquer hospital militar que tenha vaga, sem qualquer relação com o lugar onde as famílias deles moram. Eu quase precisei deixar Bobby em Washington D.C., na Costa Leste ou no Texas, mas tivemos muita sorte. Ele teve tudo do melhor. E, Ian, talvez a aparência dele fosse dolorosa, mas não havia qualquer sinal de que ele estivesse sentindo dor ou estresse. Nós o paparicamos, garantimos o conforto dele o tempo todo, e éramos muitos fazendo isso. Toda a família de Bobby: a mãe e o pai, seis irmãos e irmãs com seus respectivos cônjuges, sobrinhas e sobrinhos, eu, Drew e, sim, até Erin entrou nessa. Ele recebia massagens, a gente lia para ele, dava beijos e abraços. Ele quase nunca ficava sozinho. Nós tínhamos uma agenda de visitação, então ele estava sempre assistido e cuidado. Não foi uma tortura para mim, Ian. Perdê-lo foi doloroso, é claro, mas sério, quando ele faleceu, eu já o tinha perdido há tanto tempo que foi...

— Um alívio? — perguntou Ian, reflexivo.

— Para ele — respondeu ela. — Para mim, foi o fim de uma longa jornada. Você devia ter lido as malditas cartas!

Ele apenas balançou a cabeça.

— Eu não queria saber se ele tinha morrido. Não queria saber se ele ainda estava vivo.

— Ele estava vivo, confortável, sendo cuidado e amado. — Marcie indicou as cartas com um movimento de cabeça. — Eu escrevi para você contando sobre ele, mas também contei sobre mim. Foi, de fato, bem difícil no começo, eu sofria pelo Bobby como se ele já tivesse partido, mas depois a minha vida ficou quase normal. Eu saía bastante com meus amigos. Tirei algumas férias, porque os pais de Bobby insistiram para que o fizesse. Escrevi para você contando tudo isso, não me pergunte o porquê. Nossa, eu escrevi contando *tudo*. Cada coisinha. Como se você fosse meu melhor amigo, e não do Bobby.

— Mas você ainda estava presa...

— Não, eu não estava — cortou ela, balançando a cabeça. — Eu amava o Bobby. Nós sabíamos que ele não se recuperaria. A família dele tentava fazer com que eu saísse, eles me apresentavam a pessoas, às vezes homens solteiros. Se eu quisesse ficar livre dele, daquelas obrigações, ninguém na minha família ou na dele teria tentado me convencer do contrário. Na verdade, tivemos muitas conversas sobre coisas desse tipo, sobre como conseguir um divórcio, para que eu ficasse livre e pudesse construir um outro relacionamento, sobre retirar a sonda de alimentação para que ele simplesmente partisse, mas...

— Por que você não fez isso, Marcie? Por quê?

— Porque não, Ian. A alimentação fazia parte das coisas que o deixavam confortável.

— Mas e se ele estivesse pensando nisso? — disse Ian, com uma nota de desespero e dor na voz. — E se fosse uma tortura para ele ficar ali pensando no quanto ele odiava viver daquele jeito, sem conseguir se mexer ou se comunicar?

Ela sorriu com doçura.

— Se ele podia pensar nessas coisas, então ele também podia pensar nas legiões de pessoas amadas que estavam se dedicando a mantê-lo seguro e cuidado até que ele estivesse pronto para a última parte de sua jornada.

Um longo período de silêncio os separou.

— E eu não fui nenhuma dessas pessoas — comentou ele, baixinho.

— Você tinha suas próprias questões — rebateu ela, com tranquilidade, bebericando seu uísque. — As feridas de Bobby eram físicas, as suas eram emocionais. Todo mundo tem direito de ter espaço para se recuperar. Além do quê, você me deu aquilo de que eu mais precisava, e serei grata por isso para sempre. Eu tive a chance de dizer adeus. Bobby era muito importante para mim, Ian. Mesmo que ele não fosse mais o mesmo, eu realmente precisava segurá-lo nos braços, lhe dizer que eu o amava muito e que estava tudo bem para ele seguir em frente, que eu ficaria bem. Você tem ideia do quanto isso significou para mim?

— Mesmo que você tenha tido tantas coisas para...

— Eu acabei de dizer, não foram tantas coisas. Nós estávamos ocupados? Estávamos. Mas todo mundo se sentia do mesmo jeito que eu, só que em níveis diferentes. Ele era o garotinho da mãe dele, e ela precisava daquele tempo. Ele era o orgulho do pai, que também precisava de tempo. Bobby era incrível, e os irmãos e as irmãs precisavam de tempo para se despedir.

Ian ficou calado por um instante antes de dizer:

— Se eu tivesse lido as malditas cartas, talvez tivesse sido uma das pessoas que foram lá ajudar, caso ele ainda estivesse raciocinando, contando os rostos....

Foi a vez de Marcie ficar em silêncio por um instante. Depois, ela virou a garrafa para encher os dois copos.

— Você quer ajuda para encontrar mais coisas pelas quais se sentir culpado e arrependido, já que as ideias originais não estão mais dando conta? Até onde sei, você mal tinha voltado para casa depois de uma guerra horrível, tinha terminado seu noivado, brigado com seu pai, dado baixa dos Fuzileiros, uma instituição na qual você achava que passaria pelo menos uns vinte anos da sua vida. O estado de Bobby era só mais uma coisa, e toda a família é muito grata por você ter arriscado sua vida para tentar salvar a dele. — Marcie deu um gole. — Ian, ninguém está chateado por você não ter estado por perto.

— Você tem certeza disso?

Ela o encarou com olhos verdes e determinados. A seguir, pegou a pilha de cartas.

— Vamos começar por aqui.

Ela retirou o elástico que prendia os envelopes e, vendo que estavam organizados de acordo com a ordem em que tinham sido recebidos, pegou o primeiro e abriu.

"Caro Ian", começou a ler.

"Eu espero que você esteja bem. Você anda sumido há muito tempo e eu sinto muito a sua falta. Seria tão bom ter notícias suas. Quero que você saiba que Bobby foi transferido para uma clínica de repouso maravilhosa. As nossas famílias, a dele e a minha, estão trabalhando juntas para garantir que ele esteja sempre cercado de pessoas que o amam. Nós ajudamos com alguns dos cuidados, mas aqui existe uma equipe fantástica. Ele não está sentindo dor. Mesmo. Claro que nós não sabemos de tudo, mas os médicos fizeram todos os testes possíveis e o examinaram mil vezes. Bobby não sente nada do pescoço para baixo e nunca apresenta sintomas de tensão ou ansiedade. Fiquei sabendo que ele é capaz de produzir lágrimas caso esteja sofrendo. Mas não existem lágrimas. Na verdade, mesmo que eles digam que eu estou louca, eu acho que, às vezes, vejo algo próximo a um sorriso no rosto dele.

Minha vida é estranhamente normal. Eu trabalho na seguradora, mesmo trabalho, mesmos amigos. O salário não é dos melhores, mas meu chefe é bem flexível; ele é um cara ótimo, que traz seu labrador amarelo todos os dias para o trabalho. A mãe do Bobby, que é maravilhosa, insiste para que eu saía à noite com algumas das amigas que me mantiveram ocupada enquanto vocês dois estavam no Iraque. Às vezes, nós até saímos para dançar, mas agora que duas delas estão grávidas, é mais comum ir ao cinema, sair para jantar, fazer piqueniques no verão ou festas nas casas de uma de nós durante o inverno. Parece que eu herdei uma família bem grande e uma imensa turma de amigas, quase todas casadas e com filhos. São as mesmas que tenho há anos, três são do tempo do ensino médio e quatro eu conheci na seguradora. Você pode achar que depois de passarmos o dia todo trabalhando juntas estaríamos enjoadas umas das outras, mas nós ainda deixamos nosso chefe maluco conversando e rindo o tempo todo.

Eu gosto de passar um tempo com o Bobby de manhã cedinho, antes de ir trabalhar, mas não faço isso todos os dias. No entanto, na maioria deles, quando ele acaba de acordar, eu gosto de ser a primeira pessoa que ele sente que está por perto. Não ria de mim, mas acho que ele consegue sentir o meu cheiro. Ele vira a cabeça na minha direção e dá para ver que ele sabe. E eu gosto das noites. Ler para ele relaxa a mim e a ele. Eu tenho lido *Ivanhoé* para nós dois. É incrível como mergulho nessa história quando estou lendo em voz alta. Não faço ideia se ele está escutando e tenho certeza de que ele não está entendendo, mas mal posso esperar para chegar na clínica e começar a ler o próximo capítulo. Bobby nunca tinha lido tantos livros maravilhosos assim antes. Eu me deito na cama com ele para ler e, às vezes, ele vira a cabeça na minha direção e parece fazer um carinho em mim, enterrando a cabeça no meu ombro…."

Marcie continuou lendo dezenas de outras cartas, de vez em quando completando os dois copos. Em determinado momento, ela se levantou e pegou um copo de água gelada da pia, mas depois continuou. Em certo ponto, as cartas passaram a falar mais sobre ela e menos sobre Bobby, porque, é claro, não houve mudanças em relação ao estado dele. Ela tinha escrito tudo sobre a viagem dela para a Colúmbia Britânica, sobre a beleza, a paisagem, a simpatia das pessoas. Então, houve um cruzeiro de quatro dias e três noites, só com as garotas. Ela contou a Ian como foi, durante dois anos, ser a esposa de um fuzileiro desenganado, uma irmã, uma cunhada, uma nora, uma amiga. Houve reuniões familiares, nascimentos, casamentos, coisas que eram *normais*. Ela brigou com uma amiga próxima e as duas ficaram sem se falar por algumas semanas e, na carta seguinte, ela explicou como resolveram a situação. Ela contou sobre um corte de cabelo que não ficou bom, sobre o excesso de namoradas de Drew, e como ele as tratava com displicência. Ela até mesmo relatou quando a bomba de combustível do fusquinha quebrou.

As cartas eram mais a respeito da vida de Marcie do que da de Bobby. E a vida de Marcie não era a tortura que Ian tinha previsto. Mas o que mais o deixou fascinado foi que ela escrevia como se ele fosse um velho amigo. Um amigo importante. E ela sempre incluía seu número de telefone, pedindo para que ele telefonasse a cobrar quando quisesse. E ela sempre terminava a carta com "Saudades…".

Então, Marcie chegou à carta mais recente, escrita no último ano, contando a ele que Bobby tinha morrido, de um jeito suave e tranquilo, e que, por sorte divina, ela tinha estado presente. Considerando que Marcie ficava por lá apenas algumas horas por dia e que tirava uns dias de folga de vez em quando, ela considerou aquilo um pequeno milagre. Estivera apoiando a cabeça dele em seu braço, lendo, quando notou que fazia um bom tempo que ele não movia a cabeça ou os olhos. Ela então colocou o rosto contra o dele para tentar sentir alguma pulsação, para ver se ele estava respirando.

"E eu soube na mesma hora. Não tanto pela ausência de pulsação ou de respiração, mas foi como se eu sentisse que o espírito dele tinha ido embora. Eu não sei se você vai entender, mas foi um grande alívio saber que o espírito de Bobby tinha estado ali, enquanto todos nós o amamos tanto. Sempre achei que fosse possível que o espírito já tivesse ido embora muito antes de o corpo libertá-lo, mas eu juro, senti meu coração ficar cheio, como se ele tivesse passado por mim ao ir embora. E eu disse: 'Adeus, Bobby, meu querido. Todos nós vamos sentir saudades de você'. E eu fiquei muito feliz por ele."

Já era bem tarde quando ela terminou de ler a última carta. O nível da bebida na garrafa estava consideravelmente mais baixo, mas ainda sobrara um pouco de uísque. Ela deixou cair pesadamente o último envelope em cima dos demais e os dois ficaram em silêncio. Ian fungou baixinho uma ou duas vezes, a seguir enxugou os olhos com certa impaciência.

Por fim, Marcie disse:

— Talvez eu precise de um acompanhante para ir ao banheiro. Estou um pouco bêbada.

Aquilo rompeu a tristeza de Ian, que mudou de humor mais uma vez.

— Você acha? — perguntou ele, sorrindo.

— Bem, eu não tenho exatamente a sua altura e a sua circunferência. E eu bebo pouco, umas cervejas, uns vinhos ou alguma bebida com fruta. A verdade é que estou com medo de me levantar...

Ele riu de Marcie.

— Ninguém segurou você aqui e entornou a bebida pela sua goela.

— É horrível ler as cartas que você mesma escreveu. Todas as frases ruins, os erros de ortografia, os comentários idiotas. Eu aposto que, quando você vai para o inferno, eles simplesmente leem em voz alta cada carta e mensagem que você escreveu na vida.

Ele deu uma risadinha e se levantou dizendo:

— Vamos lá, peso leve, eu levo você lá fora.

Mas o que Ian estava pensando era que aquelas cartas eram lindas. Se de fato as tivesse lido, elas poderiam tê-lo ajudado a colocar a cabeça no lugar um pouco mais rápido. Marcie tinha lhe oferecido havia muito tempo a única coisa da qual ele vinha sentindo falta na vida: alguém que se preocupasse com ele.

Ian a acompanhou até o banheiro e ficou de pé do lado de fora esperando. Quando Marcie acabou, ele a escoltou de volta para a cabana antes de voltar para usá-lo. Ela se deixou cair no sofá e se virou de lado sem nem sequer tirar as botas ou puxar a colcha. Quando voltou, Ian balançou a cabeça ao vê-la.

— Você vai dormir feito uma pedra — comentou.

E, então, tirou as botas da mulher e a cobriu com a colcha.

— Hum. Essa é a última vez que você me deixa bêbada, Buchanan.

— Como eu disse, não coloquei bebida goela abaixo.

— Pressinto um problema. Eu realmente me acostumei com o gosto.

E depois de dizer isso, ela deu um soluço.

— Eu vou ter saído quando você acordar de ressaca — disse ele, para lembrá-la. — Tenho lenha para entregar amanhã de manhã.

— É, eu sei. Você ainda está com os livros que peguei na biblioteca?

— Você acha que eu conseguiria ir até a biblioteca durante a uma hora que você ficou fora hoje?

— Ah, deixa para lá. Boa noite, meu urso meigo.

Ai, meu Deus, como aquilo fez o coração dele se encher de emoção e disparar. Antes que conseguisse se impedir, Ian alcançou a têmpora dela com os lábios e pousou ali um beijo delicado. Ela ergueu a mão, fez um carinho em seu rosto barbudo e, então, murmurou:

— O único problema com essa barba é que eu mal consigo ver quando você está sorrindo. E eu amo quando você sorri.

— Boa noite, peso leve.

Enquanto Marcie dormia o sono dos bêbados, Ian folheou as páginas do álbum de cards de beisebol. Ele imaginou os dedos de Bobby em cada um deles. Lágrimas rolaram de seus olhos, lavando todo o remorso e a dor de sua alma. Talvez Marcie jamais soubesse o quanto aquele simples presente significava.

Doze

Quando Marcie finalmente abriu os olhos, havia uma banda marcial desfilando em sua cabeça, um latejar surdo que parecia ter ritmo. Uau. Ela bebera uísque enquanto lia doze ou catorze cartas. Péssima ideia. Pelo menos sabia onde Ian guardava a aspirina.

Ela se sentou com cuidado. O cômodo estava em ordem, como Ian sempre o deixava. Até as cartas tinham sido guardadas; só o álbum com os cards de beisebol ainda estava em cima da mesa, onde ela o deixara. O bule de café repousava sobre a lareira de metal, que precisava de lenha. Primeiro, ela alimentou o fogo, a seguir calçou as botas e foi até lá fora; quando retornou, praticamente engoliu o café escuro e forte, muito embora não estivesse quente o bastante. Bastou uma olhada no relógio para que soubesse que Ian não voltaria tão cedo e, já tendo aprendido como o fogareiro funcionava, decidiu aproveitar a ausência dele para se limpar. Aqueceu a água para lavar o cabelo primeiro, depois, para encher a banheira. A seguir, se ocupou do tedioso processo de esvaziá-la, que era pior do que o de encher. Quando terminou tudo, estava realmente cansada, o que tinha mais a ver com o fato de ter ficado acordada até tarde bebendo do que com a gripe. Na verdade, ela mal tossira.

Depois de lavar o cabelo e tomar banho, ela pegou a tesourinha de unha e conseguiu cortar as pontas queimadas da franja danificada e depois a penteou, deixando-a um tanto arrumada. Seu espelhinho de maquiagem mostrou que ela exibia um brilho discreto e saudável; a queimadura tinha cicatrizado, ou quase. Então, Marcie passou um pouquinho de maquiagem, coisa que não tinha se incomodado em fazer desde que chegara ali. No entanto, havia obrigado Ian a aturar sua presença tantas vezes que não faria mal ficar apresentável. Ela deu atenção especial aos olhos e contornou os lábios. Depois, abriu uma daquelas latas de ensopado, comeu cerca da metade e, na sequência, se acomodou no sofá com seu livro, uma nova mulher.

Mas, sem qualquer aviso, a nova mulher desapareceu. Ela se deu conta de repente: fazia um ano. Engraçado, ela não tinha pensado nisso em nem um momento enquanto lia todas aquelas cartas, nem mesmo quando leu a carta que relatava a morte de Bobby. Dia 17 de dezembro, uma semana antes do Natal.

Tinha sido uma experiência muito esquisita. Quando soube que Bobby tinha partido, ela ficou bem ali, onde estava, segurando-o. Ela não chorou; não chamou um enfermeiro nem pediu ajuda. E, enquanto o segurava, se comunicou com o coração, dizendo a ele para que fosse feliz onde quer que estivesse. Levara pelo menos uma hora até que alguém entrasse no quarto, uma auxiliar de enfermagem de 60 anos, trazendo lençóis para a troca da manhã.

— Você está atrasada — disse a mulher.

Marcie estava fazendo carinho no rosto de Bobby, passando os dedos no cabelo dele, abraçando-o. Ela não respondeu. Ela sabia que, dessa vez, assim que o deixasse, não conseguiria abraçá-lo de volta. Alguma coisa na maneira como o tocava deve ter feito a auxiliar de enfermagem desconfiar da cena, porque ela foi até a cama e colocou os dedos para sentir a pulsação no pescoço de Bobby.

— Senhora Sullivan... — disse ela, com delicadeza.

— Eu sei. Está sendo um pouco difícil para mim deixá-lo partir... — murmurou Marcie.

— Eu entendo. Costuma ajudar se houver mais alguém. Eu posso ir chamar...

— Você pode esperar só um pouquinho? Você pode me dar só mais um tempinho com ele?

— Vou terminar de trocar os lençóis da minha ronda e, então, vou pedir para a enfermeira responsável fazer a ligação, está bem? A senhora quer que a gente ligue para os pais dele? Ou, quem sabe, para a sua irmã?

— Ligue para os pais dele — respondeu ela. — Eles devem ser os primeiros a saber. Depois você pode, por favor, avisar Erin?

— É claro.

A mulher sorriu com doçura e fez um carinho demorado na testa de Marcie. Ela com certeza tinha visto todo tipo de reação bizarra à morte naquele lugar.

— Leve todo o tempo de que precisar.

Quando ela saiu do quarto, Marcie pegou o livro que estivera lendo para Bobby e continuou a leitura. Ela leu em voz alta para ele durante quase mais uma hora e sentiu o corpo dele esfriar. Bobby estava completamente sem vida, e isso a deixou impressionada. Ela achava que não haveria muitas mudanças nele, no corpo dele, já que ele estava tão imóvel mesmo quando ainda estava vivo, mas a mudança era evidente. Nunca percebera tensão em Bobby até ele falecer, mas então suas expressões faciais foram tomadas por um relaxamento completo e ele pareceu absurdamente bonito. Etéreo. A paz o dominou. E, então, ele ficou muito quieto. Frio. Duro. Imóvel. Morto.

O sr. e a sra. Sullivan entraram no quarto e correram até ela. Eles a encontraram com o Bobby nos braços, o livro aberto no colo.

— Marcie? O que você está fazendo?

— Eu não estava pronta para deixar ele ir... — respondeu ela, baixinho, com a voz clara e os olhos secos.

— Ela está em choque — comentou a sra. Sullivan com o marido. — Nós temos que ligar para...

— Não estou em choque — disse Marcie. E a seguir deu uma risadinha. — Meu Deus, passei três anos sabendo que isso aconteceria, mas, agora que aconteceu, eu sei que não vou tocá-lo de novo e está sendo difícil abrir mão dele...

O livro foi retirado de suas mãos, ela foi arrancada da cama, colocada de pé e afastada dele. Os pais de Bobby se despediram dele com um beijo e o lençol foi puxado por cima de seu corpo. Marcie foi até ele e puxou o lençol *de volta. Não havia motivos para escondê-lo. Bobby parecia estar dormindo. Ela fez um carinho, afastando o cabelo macio e escuro do rosto do marido.*

— Marcie, chamamos a funerária, vão chegar daqui a pouco.

— Eu não estou com pressa — disse ela.

Não que houvesse decisões a ser tomadas. Todos os arranjos já tinham sido feitos alguns anos antes. Eles o levariam para ser cremado e haveria um velório em sua homenagem. Mas até que eles o levassem, ele não era dela?

— Ele pertence a uma autoridade superior agora — disse Erin, entrando no quarto. — Você pode deixá-lo ir sem se preocupar com nada. Ele está em boas mãos.

— Eu disse isso em voz alta? — perguntou Marcie. — Disse?

— Disse o quê, querida?

— Que até o pessoal da funerária vir buscá-lo, ele ainda é meu?

— Não, meu amor, você não disse nada. Mas eu sabia, só isso.

— Eu só quero ficar perto dele até que eles venham...

— Nós podemos ficar aqui por quanto tempo você quiser. Dane-se o pessoal da funerária. Eles podem esperar.

— Obrigada — disse Marcie, baixinho, sentando-se de novo na cama.

Ela o tocou, beijou-o no rosto e na testa, sussurrou para ele. As pessoas da família de Bobby acharam que ela estava ficando louca, mas Erin os conteve. Marcie escutou a irmã no corredor do lado de fora do quarto:

— Dê um tempo para ela. É uma grande perda, mas ela vai ficar bem.

Quando finalmente vieram buscar Bobby, Marcie deu um último beijo no marido e deixou que ele fosse. A seguir, abraçou a família dele, disse que sentia muito pela perda de todos e foi para casa.

Sentiu as lágrimas no rosto, mas não sentia a dor. Sentia apenas aquela solidão que às vezes a atormentava. Aquela sensação de não mais estar ligada a Bobby, uma total ausência de propósito.

Ian demorou mais uma hora para voltar e, quando ele entrou na cabana, Marcie soube por que ele havia demorado tanto. A barba e o cabelo tinham diminuído de volume drasticamente, estavam curtos e tinham sido aparados com esmero. Ele carregava sacolas de compras nos braços. E, embora tivesse tentado evitar, era óbvio que sorria.

— Ian!

— Eu. Está esperando mais alguém?

Ela olhou para ele e se esqueceu de tudo.

— O que você fez?

Ele foi direto até a mesa e pousou as sacolas.

— Tenho mais coisas para pegar, então, aguente aí.

Ele saiu de novo da cabana. Quando voltou com uma pilha bem alta de algumas caixas, ela estava sentada no mesmo lugar. Ele também colocou as caixas em cima da mesa. A seguir, enfim, ele se virou para ela, permitindo que ela o olhasse. Marcie se levantou e foi em sua direção a passos lentos, depois ergueu uma das mãos e tocou o rosto dele. Onde antes havia uns bons quinze centímetros de barba densa, havia agora menos de dois centímetros de uma barba castanho-avermelhada, toda penteada, macia como plumas. Até o pescoço estava barbeado.

— Onde foi parar meu lunático selvagem?

Ele franziu o cenho e a tocou na bochecha, com delicadeza.

— Você estava chorando?

Ela desviou o olhar.

— Desculpe, tive um daqueles dias.

Ele segurou o queixo dela entre o polegar e o indicador e puxou o rosto dela para cima a fim de que voltasse a encará-lo.

— O que está acontecendo? — perguntou ele, baixinho. — Quer conversar sobre isso?

— Não — disse ela, balançando a cabeça. — Sei que você não quer...

— Está tudo bem. O que foi que fez você chorar? Saudades de casa? Está se sentindo sozinha?

Ela respirou fundo.

— Hoje faz um ano. Acho que isso me pegou.

— Ah — disse ele, e a envolveu com seus braços grandes. — Acho que isso pode causar algumas lágrimas. Sinto muito, Marcie. Tenho certeza de que isso ainda dói de vez em quando.

— Não é exatamente uma dor, é só que eu me sinto tão inútil. — Ela se encostou contra o corpo dele. — Às vezes, eu me sinto sozinha. Tenho muita gente na minha vida, mas ainda assim me sinto sozinha sem o

Bobby. E Deus bem sabe que ele não era uma grande companhia — disse ela, dando uma risadinha.

Ele a abraçou com mais força.

— Acho que entendo.

É, pensou ela, *pode ser que entenda*. Ali estava um cara que vivia perto das pessoas, mas que, ainda assim, estava completamente desconectado delas. Ela se desvencilhou do abraço e perguntou:

— Por que você fez isso?

— Achei que eu podia dar uma limpada no rosto e levar você a algum lugar.

— Espera. Você não achou que precisava fazer isso por mim, achou? Por causa da Erin?

Ele deu uma gargalhada, e, de fato, ela conseguiu ver a emoção no rosto dele, graças a ausência da barba selvagem.

— Na verdade, se você tivesse me pedido para fazer isso, eu provavelmente não teria feito. Se você acha mesmo que pode ganhar de mim no quesito teimosia, está errada. Eu mantive a barba por causa da cicatriz — admitiu ele, inclinando o lado esquerdo do rosto na direção dela. — Isso e, talvez, para manter um certo ar de quem não está nem aí.

Ela passou os dedos pelo rosto dele, com delicadeza, e abriu espaço entre os fios para revelar uma cicatriz que mal dava para se notar.

— Quase não dá para ver. Ian, é só uma linha fininha. Você não tem que cobrir isso. Você não está desfigurado. Você é lindo — disse ela, sorrindo.

— Provavelmente são as lembranças que a cicatriz traz. Bom, hoje à noite vai ter o desfile de Natal dos caminhoneiros. Uma porção de caminhões de dezoito rodas aqui da região enfeitam as carrocerias e desfilam pela rodovia. Eu vou assistir todos os anos, é fantástico. Você acha que está no clima para fazer isso? Mesmo com esse lance do aniversário de morte?

— Talvez seja uma boa ideia — disse ela. — Sair, espairecer.

— Nós vamos jantar fora e…

— O que é isso tudo aí? — perguntou ela, olhando para as sacolas e caixas.

— A previsão é de neve. Isso é o que a gente faz aqui em cima, a gente se prepara. Mas dessa vez eu trouxe umas coisas diferentes, para o caso de você estar enjoada de ensopado. E eu nunca faço isso, mas você é uma dama, então comprei umas verduras frescas. E ovos. Só o suficiente para uns dias. Nada de geladeira, e eles vão congelar se nós os deixarmos no galpão.

— Ian, e o banheiro? O que é que nós vamos fazer em relação ao banheiro se nevar muito?

— Nós vamos conseguir chegar lá direitinho, prometo. Vou abrir caminho com a pá. E também vou abrir caminho até a estrada, mas a coisa vai demorar e, se a neve continuar a cair, vai levar ainda mais tempo.

— Uau. É seguro para nós sairmos hoje à noite? Para o desfile? Vamos conseguir voltar?

— Não temos nevascas aqui, Marcie. A neve cai devagar, mas de maneira constante. Agora, estou pensando que é dia de banho. E você?

Ela colocou as mãos na cintura e olhou para ele, com a cara fechada.

— Certo, muito cuidado com o que você diz, porque *eu* já tomei banho. E lavei o cabelo. Eu estou usando *maquiagem*, Ian. Jesus.

Os olhos dele se arregalaram por um instante. A seguir, ele disse:

— Dia de banho para mim, eu quis dizer. Eu notei tudo isso, você está ótima. — Ele passou o dedão embaixo de um dos olhos dela.— Só umas marcas de lágrimas, mas você pode cuidar disso. Eu vou guardar as coisas e preparar a minha água. Você tem alguma coisa para ler enquanto isso? Ou está querendo viver a maior emoção da sua vida?

— Eu vou ler — respondeu ela.

Homens, pensou ela. *No fim das contas, são todos iguais.*

Ian tinha em mente um restaurante italiano em Arcata, um lugar no qual ele estivera uma ou duas vezes. Quando ele visitara o lugar antes, sempre comera no bar, sozinho. Dessa vez, sentaram à mesa, beberam vinho e conversaram. Mal dava para lembrar do homem que simplesmente grunhia ou reclamava de que não precisava de gente por perto. Marcie não teceu qualquer comentário sobre a mudança; no dia seguinte, completariam dez dias de convivência. Em mais uma semana seria o Natal.

Ele queria saber que tipo de garota ela havia sido na infância.

— Uma ruim, bem ruim. Eu levava o termo *endiabrada* a outro nível. Eu não tinha nenhuma amiguinha, só amigos meninos, e batia em todos eles. Mas, embora eu achasse que era um menino, eu lutava feito uma garota: mordendo, puxando o cabelo. Passei de estilingues a bolinhas de papel mastigado e meu pai foi chamado várias vezes na escola. Eu era uma ruivinha mal-educada, a menorzinha, e mesmo assim a criança mais malvada da turma.

Ele deu um sorriso largo. De um jeito muito lindo.

— Por que será que isso não me surpreende? Você é um pouco mais educada hoje em dia, mas não muito.

— Então, o garoto mais bonitinho do nono ano começou a gostar de mim. A primeira coisa que pensei foi: aposto que posso vencê-lo numa luta. A segunda coisa que pensei foi: aposto que consigo fazer esse menino me beijar. E isso me transformou em menina da noite para o dia. *Bobby*. Uma transformação completa. Erin Elizabeth já nasceu esnobe e você não consegue imaginar como foi horrível para mim ir pedir conselhos sobre como ficar bonita. Ela também era muito metida quanto a isso.

— Bobby? Desde o nono ano?

— Aham. Nós seguimos firmes e fortes durante a escola e nos casamos aos 19 anos. Mal tínhamos completado 19, na verdade.

Ele apenas sacudiu a cabeça.

— Muitíssimo jovens.

— Muitíssimo — concordou ela. — Nossas famílias queriam que a gente esperasse, mas não foi muito difícil convencê-los. A gente não conseguia ficar longe um do outro. Eu acho que todo mundo concordou com o casamento só para que a gente sossegasse. Mas ouvi um monte de piadinhas horríveis, por exemplo, que eu estava usando fralda por debaixo do vestido de noiva. Esse tipo de coisa.

— E funcionou? Vocês sossegaram?

— Serviu para que, pelo menos, a gente parasse de passar a mão um no outro em público — disse ela com um sorriso. — Agora é a sua vez de falar, Buchanan, e me contar algumas coisas: você foi a estrela de um musical no ensino médio. Você provavelmente tinha um monte de meninas a fim de você, não?

Um dos cantos da boca de Ian se levantou.

— Eu era basicamente um pegador — confessou ele, o que a fez gargalhar tão alto que as pessoas do restaurante se viraram para olhar.

— Sem moral — interpretou ela.

— Nenhuma — disse ele. — Eu estava prestes a colocar uma menina que eu mal amava numa enrascada.

— Mal amava? Você dizia que amava as garotas para ir para a cama com elas?

— Sejamos justos, eu era adolescente!

— Você fez isso?! Você é um cachorro!

— Eu estava mais para um filhotinho, isso sim. Ingressar nos Fuzileiros foi ideia do meu pai, mas eu não só levei a coisa a sério, como também descobri que um fuzileiro não tem qualquer problema em conquistar garotas.

— Meu irmão mais novo, Drew, acho que ele se parece muito com você. Ele é um pestinha lindo. Esperto e tão engraçado que consegue fazer você rir até você deixar uma pocinha no chão. Ele aparece com uma garota diferente todo mês. É tão folgado que é difícil acreditar que ele vai ser médico.

— Médico? — perguntou Ian, com a boca cheia.

— Aham, estudante ainda. Minha irmã é advogada, meu irmão vai ser médico e eu mal consegui terminar o ensino médio.

Ian engoliu.

— Qual é... aposto que você tirava notas altíssimas.

— Que nada. Eu basicamente passava raspando na média, no melhor dos boletins. Mas, naquela época, eu tinha outras coisas na cabeça, tipo me divertir, Bobby e tal. Sou muito mais séria agora.

— Eu queria ter conhecido você naquela época. Você deve ter sido uma tremenda porra-louca. E que tipo de médico você acha que seu irmão mais novo vai ser?

— Do jeito que as coisas vão? Ginecologista.

As gracinhas continuaram ao longo de todo o jantar. Para Marcie, tudo foi maravilhosamente agradável e divertido, mas não muito diferente do que tinha sido sua vida como um todo: estar com alguém, conversar, rir. Ela desconfiava que a coisa era bem diferente para Ian, pelo menos nos últimos tempos. Pelo jeito como os olhos dele ficaram mais dourados do que castanhos, ela presumiu que se tratava de uma sensação boa.

O desfile de caminhões aconteceu logo depois do jantar, quando estava bem escuro. Eles estacionaram em uma estrada de maior altitude e assistiram ao desfile de dentro da caminhonete, até que quiseram uma vista melhor e resolveram se sentar em cima do capô quente. Os caminhões estavam, como Ian disse, fantásticos. As luzes piscando, cintilando, figuras de Papai Noel no topo de alguns veículos, até presépios, cenas com neve e árvores de Natal montadas nas carrocerias e plataformas compridas dos caminhões. Todas as cores do arco-íris estavam representadas e, para garantir, os motoristas buzinavam para responder à plateia que acenava e aplaudia.

Depois de passar tanto tempo no frio do lado de fora e ter que andar em uma caminhonete com uma calefação ruim, Marcie estava tremendo. Por isso, Ian sugeriu que dessem uma passada na cidade antes de subir a montanha. Se não fosse muito tarde, poderiam beber alguma coisa quente e alcóolica para esquentar.

A luz da árvore de Natal, tão majestosa, os guiou até que eles chegassem à cidade; a estrela criando o caminho perfeito. Havia um bom número de pessoas no bar de Jack. O lugar estava na penumbra, o fogo ardia na lareira. Eles escolheram se sentar no bar, em frente a um atendente que sorria.

— Boa noite — saudou Jack.

— Será que posso usar o telefone, já que estou aqui? — perguntou Marcie. — Eu preciso dar notícias e ter certeza de que a minha irmã chegou bem em casa.

— Com certeza. Posso servir alguma coisa para quando você voltar?

— Que tal um conhaque? — respondeu ela, saltando do banco. — Alguma coisa gostosa e suave.

— Pode deixar — disse ele, e quando ela saiu, ele se virou para Ian: — E você?

— Um schnapps, obrigado.

Jack colocou as bebidas em cima do balcão.

— Aproveitou a promoção de fim de ano do salão da cidade?

— Engraçadinho. Achei que você só falasse quando os clientes falassem e ficasse mudo quando a pessoa não puxa papo.

— Nós também lemos as expressões faciais. Você não está nem um pouco miserável… algo para combinar com esse novo visual.

— Eu levei a Marcie para assistir ao desfile dos caminhões — explicou ele. — Você já foi ver?

— Algumas vezes. Minha irmã e Mel levaram David para assistir, mas eu estou com a casa cheia hoje. Essa maldita árvore tem trazido gente de longe. Estou esperando os Reis Magos aparecerem aqui a qualquer momento.

— A árvore não está nada feia — comentou Ian.

— Obrigado, mas no ano que vem ela vai ser menor. Mel resolveu montar essa árvore imensa, mas você não faz ideia da dor de cabeça que foi. Eu quase tive que alugar um caminhão-plataforma para trazer a árvore para casa.

Ian deu uma risadinha e bebeu um gole da bebida.

— O que trouxe você aqui, Jack? A Virgin River?

— Depois de vinte anos nos Fuzileiros? Eu só queria um pouco de paz e tranquilidade para recuperar o fôlego. E pensar.

— É mesmo? E eu achei que tivesse tido uma ideia original.

Jack deu uma gargalhada.

— Bom, aí Melinda apareceu, e agora paz e tranquilidade é uma coisa do passado.

— Se meteu em uma situação complicada, hein — observou Ian.

— Pois é — respondeu Jack. — Todos os dias, quando acordo, tem uma loira maravilhosa na minha cama. É um sofrimento infinito, fique você sabendo.

Houve um lampejo de sorriso e, antes que Ian pudesse pensar em uma resposta, Marcie estava sentada a seu lado.

— Está tudo bem — reportou Marcie. Ela deu um gole demorado em seu conhaque e suspirou de prazer. — Muito bom, Jack.

— Eu não sei quando você vai embora, Marcie, mas tem um evento na noite de Natal aqui. Já que a igreja da cidade não está aberta e Preacher fecha o bar no Natal para passar o dia com a família, o pessoal da cidade vai fazer uma vigília à luz de velas ao redor da árvore.

— Sério? Que horas?

— Não vai ser uma Missa do Galo, é claro — disse ele, rindo. — A maioria dos rancheiros e fazendeiros começa de manhã bem cedinho, mesmo no Natal. Da última vez que eu soube, estava marcado para oito da noite e com duração de uma hora. Eu vou levar a família para Sacramento, para passar o fim de ano por lá, por isso, vamos perder. Mas, se você ainda estiver por aqui, dê um pulinho.

— Vou pensar no assunto — respondeu ela.

O conhaque e o schnapps não mantiveram Ian e Marcie aquecidos até chegarem em casa e, quando entraram na cabana, a primeira coisa que Ian fez foi alimentar o fogo antes de levar Marcie lá fora, para usar o banheiro. Os dois ficaram de jaqueta e botas até que a cabana esquentasse um pouco. Enfim, Marcie abriu o saco de dormir em cima do sofá. Ela tirou as botas, mas continuou vestida, se enrolando no saco de dormir para tentar conseguir um pouco mais de calor.

Ian tinha acabado de começar a desenrolar seu estrado e estava prestes a tirar as botas quando ela disse, baixinho:

— Obrigada por essa noite maravilhosa, Ian. Foi a melhor que eu tive em anos.

E, então, ele a escutou bocejar.

Ian não se moveu; ele não conseguia respirar. Havia uma sensação esquisita preenchendo seu peito, uma umidade no canto dos olhos. Ele queria dizer: *Não, obrigado* você! Mas não conseguia confiar em si mesmo para formar as palavras. Marcie não fazia ideia do quanto o simples fato de que havia alguém com quem ele pudesse conversar, rir, o havia transformado por dentro — dentro de sua cabeça e de seu coração. A garotinha mais briguenta do parquinho viera como um anjo para resgatá-lo, fazê-lo sentir alguma coisa pela primeira vez em tanto tempo, como se ele estivesse finalmente vivendo em vez de meramente existindo. Era um presente que ele com certeza não merecia, sobretudo depois de se isolar do mundo daquela forma. E depois de tentar assustá-la.

O problema era que ele não sabia se conseguiria voltar para seus hábitos antigos, silenciosos e anônimos. E, ainda assim, Ian não tinha mais nada. A realidade era que ele possuía aquela cabana e alguns poucos milhares de dólares que precisariam durar por todo o inverno. Não havia contas bancárias escondidas, cheques do seguro social, aposentadoria. Ele poderia vender o terreno, é claro, mas, provavelmente, não haveria um comprador por, sabe-se lá, anos. Não tinha outros bens que pudesse vender ou negociar.

Ele poderia implorar para que Marcie ficasse, mas não tinha certeza se conseguiria nem sequer construir um banheiro dentro de casa para ela. Ele havia se colocado em uma situação tão precária, apreciando aquele estado de privação de uma maneira meio doentia. Então, Marcie aparecera e, de repente, ele sentia como se estivesse rico.

Bem no momento em que ele se sentiu pronto para abrir a boca e dizer alguma coisa tipo: *Não, Marcie... foi você que fez a noite ser perfeita*, escutou um suave ronco vindo do lado onde ela estava. Isso fez com que Ian balançasse a cabeça e desse uma risadinha. Ela dormia bem naquele sofá deformado; estava em paz ali quando deveria estar incomodada com todas as inconveniências.

Nesse aspecto, eles eram bem parecidos, reparou ele. Marcie, embora tivesse bem mais — família, trabalho, amigos, uma vida de verdade —, sabia lidar com as coisas da mesma forma que ele.

Em silêncio, ele trocou a calça jeans por uma de moletom e se deitou em seu estrado na frente do fogo. Mas estava longe de conseguir dormir. Tudo em que conseguia pensar era em como a vida dele tinha se tornado, de repente, real. Duas semanas antes, uma monotonia sem fim se estendia diante dele, mas agora a vida parecia tão vasta e cheia de possibilidades. Para sempre. Fazia muito tempo desde que ele sequer tivesse pensado sobre o que poderia acontecer a seguir, e às vezes parecia que não haveria um "a seguir" para ele.

Era difícil mudar velhos hábitos — ele achava que aquele poderia ser um bom momento para ignorá-la, rejeitá-la, tudo isso na esperança de que superasse a emoção bem rápido. No entanto, Ian sabia que não faria isso. Não. Ele se permitiria sentir mais um pouquinho. Ela o preencheria de coisas boas antes de ir embora; ele pensaria em como lidar com todos esses sentimentos mais tarde. Ian decidiu que podia pensar nela como um presente de Natal. Um lindo vislumbre do que a vida poderia ter sido.

Demorou muito até Ian pegar no sono. Não muito depois de ter apagado, sentiu alguma coisa e abriu os olhos. Ela estava ao lado dele, no chão ao lado da lareira, embrulhada em seu saco de dormir, o cabelo vermelho todo despenteado.

— Ficou frio mesmo com o saco de dormir.

— Vou aumentar o fogo.

Ele colocou mais algumas toras dentro da lareira de ferro e voltou a se deitar, dando espaço para que ela se deitasse no estrado também. Então a puxou para perto e disse:

— Venha aqui, garota, me deixe esquentar você.

— Hum. É disso que preciso.

— Eu também — disse ele, beijando-a na têmpora.

— Posso contar uma coisa para você?

Ele deu uma risada.

— Marcie, você ainda não cansou de falar?

Ela o ignorou por completo.

— É sobre a coisa do casamento — continuou ela. — Você sabe, com a Shelly?

— Não estou pensando nisso agora — disse ele, puxando-a para mais perto ainda.

— Eu sei, mas só queria dizer que eu estive em quatro casamentos, incluindo o meu próprio. As noivas, todas elas, em algum momento tem aquele instante, aquele surto em que tudo passa a dizer a respeito delas e do casamento. É muito fácil se esquecer que o foco é o relacionamento, e não a festa. Mas a realidade logo entra em ação. — Ela bocejou. — Algumas noivas são piores do que as outras, mas Shelly provavelmente não quis dizer o que disse.

Ele ficou em silêncio por um instante, sem conseguir ao mesmo evocar uma lembrança ou imagem de Shelly. Ele perguntou:

— Quatro?

— Hum?

— Quatro casamentos?

— Aham. E já sou madrinha de duas crianças, e em março vou ser de novo. Minha amiga Tave está grávida de um menino, o primeiro filho.

Ele deu uma risada contida, fazendo um barulho quando o ar saiu pelo nariz.

— Você tem uma amiga chamada Tave?

— Aham. Ela acha que foi uma vingança da mãe dela, que se sentiu enjoada durante toda a gravidez. Nós a chamamos de Talvez. Ela é casada com o Denis. Todo mundo conhece eles como o casal Talvez Dê.

— Você conhece um monte de gente. Isso me deixa feliz, saber disso — comentou ele.

Ela se aconchegou, chegando ainda mais perto dele.

— E agora eu também conheço você. O que me deixa feliz — disse ela, bocejando de novo. — Mas o que eu queria dizer não era isso, Ian. Aquela coisa com a Shelly? Acho que talvez você tenha se livrado de uma furada.

Ele riu baixinho e a puxou ainda mais para perto. *Ah, sim*, pensou ele. O destino dele não era terminar com Shelly.

— Eu vou ficar quieta agora — disse ela.

— Que bom.

Todas as vezes que Ian se permitira pensar em Marcie, a visão tinha sido sempre repleta de solidão e desespero. Isso porque ele não a conhecia como Abigail Adams, a mulher corajosa, incansável e positiva que era; porque ele nunca tinha se permitido conhecê-la.

Ian não conseguia enxergar muito bem, mesmo do topo da própria montanha, como julgara ser capaz.

Treze

Marcie sentiu alguma coisa em seu cabelo e acordou olhando nos olhos castanhos e vivos de Ian. O amanhecer mal iluminava a cabana e ele estava passando uma mão enorme nas ondas do cabelo dela.

— Bom dia — disse ela, cheia de sono.

Ele não respondeu, apenas se abaixou até que seus lábios tocassem os dela com gentileza, com toda doçura. Ela sentiu a barba dele roçá-la, a maciez dos lábios e, então, fechou os olhos. Por um instante, ele se moveu sobre a boca de Marcie, que gemeu e deslizou um dos braços pelo pescoço dele, segurando-o ali.

Ele se afastou só um pouquinho e sussurrou:

— Estamos presos por causa da neve, meu bem.

— Que bom.

— Eu tinha inveja de Bobby, sabe — disse Ian, afastando o cabelo do rosto de Marcie na altura da têmpora e prendendo-o atrás da orelha dela.

— Cuidado, Ian, você está falando sobre *aquilo*.

— Estou pronto para contar qualquer coisa que você quiser saber. Todos nós tínhamos um pouco de inveja de Bobby. Ele tinha uma coisa especial de verdade. Você mandou uma calcinha para ele.

As bochechas dela esquentaram, mesmo contra sua vontade, e seus olhos ficaram bem arregalados.

— Ele *mostrou* para você?

Ian deu uma risadinha.

— Ele mostrou para todo mundo. Era uma calcinha bem pequena. Acho que verde-limão com renda preta, ou alguma coisa assim.

— Não acredito que ele mostrou a calcinha para vocês!

— Ele sentia muito orgulho dela, e a deixava sempre enfiada dentro do bolso, como se fosse um amuleto da sorte.

— Ela estava limpinha, para sua informação.

— Ah, isso quase me deixa decepcionado — disse Ian, rindo. — Ela devia ter o seu cheiro.

— Tinha cheiro de sabão em pó e amaciante!

— E você também mandou aquela foto para ele... em cima da moto.

Ela cobriu o rosto com as mãos. Em um tom de voz abafado, murmurou:

— Quero morrer. — Ian puxou as mãos dela, para retirá-las da frente de seu rosto, e a beijou de leve mais uma vez. — Então, na noite em que quase morri congelada foi, na verdade, a segunda vez que você me viu de calcinha e sutiã.

— Tecnicamente, vi você de calcinha e sutiã um montão de vezes. Alguns dias, voltava para casa e via sua bundinha linda para fora das cobertas, sem falar em todas aquelas calcinhas secando em cima da minha banheira — disse ele. — E eu daria minha vida para ver você de calcinha e sutiã de novo.

Ela arregalou os olhos por um instante, mas então sorriu discretamente e deixou escapar uma risadinha.

— Eu ouvi umas cantadas interessantes, apesar da minha experiência limitada no assunto, mas essa é nova... Me diz uma coisa, eu vou ter que atirar em você depois que você me vir de calcinha e sutiã?

— E se eu dissesse que pode ser que você precise atirar em mim para me impedir de fazer isso? Isso a deixaria assustada?

— Você não me assusta, Ian. Eu sei que você me protegeria de qualquer coisa. Até mesmo de você.

Ele então beijou todo o rosto de Marcie, que segurou o rosto dele enquanto isso. A respiração de Ian foi ficando mais pesada.

— Eu quero que você saiba de uma coisa — sussurrou ele. — Isso aqui, que está acontecendo, isso não passou pela minha cabeça até…

Ela esperou. E, enfim, o instigou a continuar:

— Até?

— Até você voltar. E, se você não quiser, não precisa acontecer, Marcie. É só me dizer se você não quiser…

— Ah, Ian — disse ela, dando uma gargalhada. — Você fala demais!

Os pontinhos dourados nos olhos dele cintilaram e ele desceu sobre a boca de Marcie com mais força, deslizou um dos braços sob o corpo dela enquanto a beijava com ardor, a língua escorregando para dentro do beijo. Marcie passou o outro braço em volta dele, puxando-o contra si e, como se o corpo dela tivesse vontade própria, se arqueou contra o dele, faminto. Não de uma fome genérica, mas um apetite por Ian, a quem ela havia se conectado em tantos sentidos.

Sem interromper o beijo, as mãos dele começaram a percorrer os seios, a cintura, as coxas de Marcie. Ele escorregou uma das mãos imensas para dentro do suéter que ela usava e tocou a pele do seio, suspirando no mesmo instante contra os lábios dela. Ele a ajudou a se desvencilhar do suéter e logo suas grandes mãos repousavam no botão da calça jeans de Marcie, abrindo-o e puxando a peça de roupa para baixo, pelo quadril, depois joelhos, até que ela finalmente estivesse sem calça. Ele arrancou a camiseta pela cabeça e ficou apenas com a calça de moletom macia. Nesse momento, Ian olhou para o corpo mignon dela.

— Meu Pai Eterno — disse ele, em um sussurro cheio de reverência.

— Foi assim que você me olhou quando estava salvando a minha vida? Quando você tirou a minha roupa e me esquentou?

Ele balançou a cabeça, um sorriso safado brincando em seus lábios.

— Aquilo não teve graça. Mas agora, sem dúvida alguma, vai ter.

— Que bom — respondeu ela, deixando que seus olhos se fechassem de novo. — Que bom.

Ele a beijou no pescoço, ombros, peito, braços e barriga. Enquanto isso, ele correu um polegar por baixo do elástico da calcinha bem pequena.

— E se eu arrancasse a sua calcinha com os dentes? — perguntou ele.

Ela prendeu a respiração e estremeceu.

— Sempre dá para comprar calcinhas novas...

Isso o fez dar uma gargalhada profunda. Era isso do que ele mais gostava nela, aquele senso de humor brincalhão. Ou talvez fosse seu corpo pequeno, de aparência frágil, embora não fosse nada disso. Ou será que era o vermelho do cabelo e os olhos verdes faiscantes? Seria mais rápido fazer uma lista do que ele não gostava nela, caso conseguisse pensar em alguma coisa.

Primeiro, ele fez o sutiã desaparecer, depois a língua encontrou os mamilos de Marcie, fazendo-a gemer, coisa que Ian amou. Então, desceu, chegando à barriga de Marcie e mordendo o elástico da calcinha para, logo em seguida, retirá-la, primeiro com os dentes, passando pelo quadril, e depois até o fim, com a mão trêmula. Seus lábios pousaram novamente no corpo dela. Ele a beijou intensamente, enchendo as mãos com a carne macia dos quadris, da bunda de Marcie.

— Uma ruiva natural...

— Ah, como você pôde desconfiar de mim? — perguntou ela, sem fôlego. — Ainda mais depois de passarmos algumas semanas no meio da floresta...

— Marcie, eu preciso provar você... Eu preciso....

Ela arqueou o corpo um pouquinho.

— Meu Deus... — disse ela. — Bom, se você precisa, você precisa...

E ela abriu as pernas mais um pouco, o que o fez rosnar.

Ele se inclinou, afastando as coxas e enterrando o rosto nos pelos ruivos até sentir os dedos dela puxarem seu cabelo, até sentir que ela investia contra ele, e então ele escutou os gemidos. Ele se levantou, com certa relutância, para aprisionar a boca de Marcie mais uma vez.

— Meu bem, você está pronta para qualquer coisa...

— Para você — sussurrou ela. — É para você que eu estou pronta.

Usando apenas uma das mãos e dando um único chute com suas pernas compridas, ele se livrou da calça de moletom, se colocando no meio das pernas dela. Ian tentou ir devagar, descobrindo-a e penetrando-a lentamente. Mas Marcie estava com pressa e se jogou contra ele. Por um instante, enquanto estavam ali entrelaçados, tudo parou. Olhando-se nos olhos, os lábios mal se tocando, eles ficaram em silêncio, imóveis, sentindo apenas a respiração e o olhar ardente entre eles, ambos saboreando o momento daquele encontro. Então, os olhos de Marcie se fecharam e os lábios dela se moveram debaixo dele.

Ian deu um beijo sensual e profundo nela e moveu os quadris ritmadamente, contendo-se, esperando, movimentando-se com delicadeza, depois com força, até que sentiu tudo acontecer de uma vez: os dedos dela afundando em seus ombros, a pelve indo em sua direção, o interior daquele corpo pulsando em uma alegria fabulosa que o deixou encharcado de um líquido quente. Ian aproveitou o momento, deixando tudo fluir, juntando-se a ela ao longo do êxtase.

Depois, ele a segurou em silêncio por um longo tempo, os lábios colados no pescoço dela, os lábios dela em seus ombros, o corpo dos dois subindo e descendo com a respiração rápida, úmidos de suor, se acalmando, se recuperando. Enfim, Marcie sussurrou no ouvido de Ian:

— No que você estava pensando enquanto isso acontecia, Ian?

Antes que conseguisse inventar uma resposta, ele deixou escapar a verdade.

— Eu estava pensando: Graças a Deus que eu não esqueci como é que se faz isso.

Ela deu uma gargalhada, fazendo um carinho nas costas dele.

— E você, no que estava pensando? — devolveu ele.

— Eu estava pensando: graças a Deus que ele não se esqueceu como é que se faz isso.

Mas ele não estava mais rindo. A expressão em seu rosto era sonhadora. Ele afastou o cabelo do rosto de Marcie.

— Você é muito especial, Marcie — disse ele. — Nunca imaginei que isso poderia acontecer, mas...

Ele não conseguiu terminar.

Ela colocou a mão espalmada no rosto dele.

— Que bom, Ian. Você também é muito especial. E eu deixei você tirar a minha roupa depois de estarmos juntos por dez dias.

— Você me deixou fazer mais do que isso.

— Eu queria que você fizesse amor comigo. Você deve achar que eu sou uma garota malvada, mas...

— Você *é* uma garota malvada, a melhor garota malvada que já existiu, a ruivinha mais endiabrada do parquinho. Você é a melhor coisa que já aconteceu na minha vida, Marcie. Eu estava morrendo, e você sabia disso. Você fez diferença. Foi isso que você sempre quis fazer, a diferença — disse ele, sorrindo. — Feito a Abigail.

— Essa foi a coisa mais legal que alguém já me disse.

Ele roçou seus lábios nos dela.

— Eu estou esmagando você? — perguntou.

— Não. E não se mexa. Não quero acabar com a sensação de fazer parte de você.

Ele sentiu vontade de lhe dizer que ela seria parte dele pelo resto da vida, mas a declaração poderia assustá-la mais do que seu rugido.

— Eu só queria te agradar mais um pouquinho, se estiver tudo bem para você.

— Interessante... Como você pretende fazer isso, se é que eu posso perguntar?

— Bom, eu vou começar não tirando a gente daqui rápido demais — respondeu ele. — Que tal?

— Parece o paraíso. Pura maravilha.

Ian e Marcie se vestiram com certa relutância e foram lá fora dar uma olhada na neve e ir ao banheiro. Ainda nevava, flocos caíam lenta e delicadamente, mas não havia muita neve acumulada no chão.

Ela foi primeiro ao banheiro e não demorou. A seguir, Ian entrou. Quando saiu, percebeu que estava sozinho. Pensou que Marcie devia ter voltado para o quentinho da cabana bem rápido e logo começou a fazer o mesmo. Mas, antes que ele desse cinco passos, uma bola de neve o atingiu bem na cara. Ele limpou o rosto e a encontrou rindo, saindo de detrás de uma grande árvore.

— Eu já disse que eu era boa em softball? — perguntou ela em meio à gargalhada. — Eu era rebatedora, mas não me saía nada mal como arremessadora!

E a guerra começou. Ian seguiu o exemplo dela com um rugido que foi respondido com risadas. Ele era mais forte e mais habilidoso em andar na neve, mas ela era ágil e rápida e conseguiu escapar de algumas bolas de neve enquanto ele a perseguia. Marcie correu ao redor das árvores, deu a volta no galpão pelo menos uma vez, levou algumas boladas e retaliou os ataques. Mas a caçada acabou quando ela tropeçou em alguma coisa que estava sob a neve e caiu de cara na neve fofa.

Ian correu para o lado dela, assustado, e, quando a rolou para cima, ela estava rindo e cuspindo neve. Ele a olhou com admiração. Nada abalava aquela garota? Nada a assustava? Nada a deixava em pânico ou preocupada? Ele cobriu a boca de Marcie em um beijo demorado e, quando parou de beijá-la, ela disse:

— Antes de entrarmos, nós deveríamos fazer anjinhos na neve.

— Eu não vou fazer anjinho nenhum — disse ele. — E se Buck me vir? Isso acabaria para sempre com a minha reputação.

— Só um, então. O seu vai ser imenso, tipo o anjo Gabriel, com certeza.

— Depois você entra comigo? Sem ficar de brincadeira por aí?

— Ah, poxa. Achei que essa fosse a sua parte favorita — comentou ela, enchendo a mão com neve e jogando no rosto dele.

Dando um rosnado, ele ficou de pé, ergueu-a do chão e a jogou por sobre o ombro, carregando-a de volta para dentro da cabana. Ele a colocou de pé em frente à porta e espanou a neve do corpo de Marcie antes de deixá-la entrar, depois fez a mesma coisa no próprio corpo.

— Você se esqueceu como é que se brinca — acusou ela.

— Você já brinca por nós dois — rebateu ele.

Sem tirar a jaqueta, ele colocou a água para esquentar no fogareiro a gás e na lareira de ferro.

— Eu vou dar um tempinho para você enquanto abro um caminho até o banheiro e prendo o arado para neve na caminhonete. Você acha que consegue mexer nessas panelas grandes sozinha?

— Você vai desenterrar a gente assim tão cedo? — perguntou ela, visivelmente desapontada.

Ele sorriu para ela.

— Não exatamente. Vou só abrir um pouco a estrada, mas ninguém precisa saber disso. Só não quero que a gente fique muito enterrado. Pode me fazer um favor? Quando você terminar o banho, aquece a água para mim?

— Claro, Ian — respondeu ela. — E, se você se comportar direitinho, até esfrego suas costas.

Os invernos sempre tinham sido um grande fardo para Ian — usar a pá e o arado para tirar a neve era um mal necessário para que ele conseguisse ter acesso à estrada, ao banheiro. Mas não foi assim que aconteceu naquele dia de inverno — daquela vez, a neve foi uma bênção. Ele gostaria de manter Marcie trancada dentro de sua cabana durante mais algumas semanas, mas, na verdade, tudo que ele conseguiria sustentar seria um dia e uma noite.

Depois de garantir que havia um caminho livre até o banheiro, encaixou o arado para neve na caminhonete e carregou a caçamba com lenha, para deixar o veículo mais pesado. Cobriu a madeira com uma lona e seguiu pelo caminho que ligava sua casa à estrada. Alguns centímetros de neve não eram um grande problema e, se ele limpasse tudo naquele dia, no dia seguinte não estaria tão ruim.

Havia um cara que morava uns quilômetros mais abaixo e que não tinha nem o arado, nem um trator funcionando. Na verdade, parecia que o trator não tinha sido usado desde que Ian tinha se mudado para o topo da montanha. O caminho que ligava a casa do vizinho até a Rodovia 36 não era muito longo, e Ian passaria lá no dia seguinte para ter certeza de que o homem tinha comida e um caminho livre de neve. Eles não eram amigos; na verdade, mal tinham se falado. Mas fazia tempo que Ian sabia da existência dele, e o ex-fuzileiro não suportava a ideia de o homem morrer congelado ou de fome, preso ali. Não seria nada demais; ele só precisava fazer aquela pequena peregrinação poucas vezes durante o inverno.

Quando ele enfim voltou para a cabana, ela disse:

— Ora, finalmente! Eu fiquei me perguntando se era melhor sair para ajudar você!

Ele tirou as luvas.

— Nós estamos com o caminho sem neve até a estrada, para o caso de precisarmos sair daqui. Mas não temos por quê. Essa é a minha água quente?

— É, sim. E se você for um bom menino, eu vou preparar uns ovos para você antes que eles estraguem.

Ele tirou a jaqueta e a pendurou na cadeira da cozinha.

— Você vai ler enquanto tiro a roupa e tomo banho?

Ela abriu um sorriso malicioso.

— Nem nos seus sonhos.

Apenas duas noites e um dia haviam se passado, mas para Ian aquilo tinha sido redentor e, para Marcie, pura mágica. Eles comeram bem, fizeram amor, cochilaram em frente à lareira, conversaram. Quando a noite começou a cair, os dois estavam juntos no sofá, Ian com as costas apoiadas no braço do sofá, segurando Marcie entre suas longas pernas, aproveitando a intimidade e a conversa. A cabeça dela repousava sobre o peito dele e ele fazia um carinho no cabelo macio dela, segurando uma mecha entre os dedos.

— Eu quero saber mais sobre a sua irmã — declarou ele. — Vocês duas não se parecem em nada.

— Em nada — confirmou ela. — Existem três Erins diferentes. Se você quiser conhecê-la de verdade, ache uma posição confortável.

Ele deu uma risadinha diante do comentário dela.

— Eu estou confortável.

— Bem, antes de virarmos adultas e na época em que ela era muito mais velha do que eu, Erin era só uma irmã mais velha mandona. Acho que essa é a ordem natural das coisas, mas isso fica exacerbado quando a mãe morre. A filha mais velha às vezes assume o papel. Um saco. Mas então nós perdemos o papai, e ela se empenhou muito em cuidar da gente. Mas nós não estávamos muito dispostos a sermos cuidados, sabe. Um garoto de 13 anos e uma garota de 15... nós lidamos com aquilo do nosso próprio jeito, vivemos a nossa vida. Eu tinha Bobby e Drew tinha os amigos e esportes. Eu hoje me sinto muito mal mesmo em relação a isso, porque nós não demos qualquer apoio a Erin. E ela estava no meio da faculdade de direito, que demandava tanto dela. Mas nós éramos uns idiotas, não sabíamos nada.

— Você disse isso a ela, claro — comentou ele. — Quando percebeu.

— Claro. Eu fui a próxima a bagunçar a vida certinha dela, mas pelo menos ela já era advogada e trabalhava em uma boa empresa quando joguei a bomba de que ia me casar. Ela tentou colocar algum juízo na minha cabeça, mas eu só pensava em uma coisa. Nós brigamos e choramos, mas no fim das contas Erin fez o que o papai teria feito: ela me deu um casamento de presente.

— É mesmo? — perguntou ele.

— Ou o papai deu, depende de como você vê a situação. Quando ele morreu, nós tínhamos uma casa, seguro, esses troços. Erin guardou o dinheiro para coisas tipo faculdade, mas eu não estava nem um pouco interessada nisso. Eu queria me casar com o Bobby. Já que não dava para me impedir, ela fez a única coisa que me faria feliz. E, embora eu soubesse que ela se sentia péssima em relação àquilo, Erin sorriu o tempo todo. Ela não estava chateada por ser o Bobby, porque ela amava tanto ele como a família dele. Era só que éramos muito novos.

Marcie tomou fôlego e continuou:

— Então, Bobby voltou para nós com deficiências. Minha irmã mais velha, que tinha passado tanto tempo se ressentindo e resistindo, foi a melhor defensora que tive. Ela usou seus conhecimentos de direito durante meses para conseguir os melhores benefícios disponíveis para um veterano. Você sabe como é reivindicar coisas com as Forças Armadas. Você tem que ser guerreira, incansável. Algumas pessoas simplesmente têm sorte e conseguem coisas como uma casa maior na base militar ou entrar no Champus e ser alocado em uma clínica fora da base, mas a maioria tem que esperar até a coisa ficar disponível e, então, quando isso acontece, é bom que elas sejam as primeiras da fila. Isso demanda uma energia constante. Erin deu muitos telefonemas, escreveu cartas e, acho, até mesmo envolveu o nosso senador na história. E foi ela quem encontrou a clínica perfeita. E o que minha irmã glamorosa fez quando isso aconteceu? Ela entrou lá, arregaçou as mangas, ajudou a dar banho em

Bobby, a trocar os lençóis, escovar os dentes, passou pomada nos olhos dele. Ela o segurou e falou baixinho com ele que nem o resto de nós. Ela esteve presente de todos os jeitos.

Ian sentiu um aperto na garganta e tentou imaginar aquela mulher arrogante que entrara para levar Marcie embora descendo do salto e colocando a mão na massa desse jeito. Ele não conseguia sequer imaginar Erin saindo para ir ao "reservado", como eles gostavam de chamar o banheiro.

— Essas são as três Erins?

— Não, essas foram as duas primeiras. A irmã mais velha que enche o saco, a figura materna dominadora. Depois, tem a versão que você conheceu, a advogada de muito sucesso. Muito bem-cuidada, que leva uma vida boa, que faz os clientes felizes e deixa os sócios orgulhosos. A principal preocupação dela ainda somos eu e Drew, ela quer ter certeza de que nós vamos ter o apoio de que precisarmos. Mas ela tem 34 anos e é uma pessoa sozinha. Erin teve uns namoros que duraram bem pouco, mas todos sempre moramos juntos na mesma casa desde que o papai morreu, exceto naquele tempinho que eu morei só com o Bobby. Erin não faz mais nada da vida a não ser cuidar de nós. Ela nos deu tudo. Ela parece ser toda dominadora, fria e calculista, mas, sério, ela sacrificou tudo, até a vida pessoal dela. Deveria estar casada a essa altura, ou pelo menos apaixonada, mas passou cada segundo livre garantindo que nós estávamos bem. Eu com o Bobby, Drew com a faculdade de medicina. Você não faz ideia de como apenas a matrícula na faculdade de medicina demanda energia e dinheiro. Drew não teria conseguido sem a Erin, assim como eu não teria sabido o que fazer com o Bobby se não fosse por ela. É sério, devo tanto a ela. Brigo quando ela manda em mim, mas devo muitíssimo a ela.

Ele baixou a cabeça e deu um beijo na cabeça de Marcie.

— Parece que sim.

— Foi por isso que prometi passar o Natal em casa — disse ela. E, virando a cabeça para cima, para olhá-lo, continuou: — Eu poderia ficar aqui para sempre, mas prometi. E não só pela Erin, mas a família do Bobby me considera uma filha, uma irmã, depois de tudo que passamos juntos.

— Eu sei. Você até que aguentou firme aqui, é um lugar difícil de morar.

— Não é tão difícil assim. A gente sente frio na bunda quando a natureza chama. E agora carrego aquela frigideira comigo para todo lado, mas eu nem hesitaria em congelar minha bunda só para ver você alimentar aquele cervo, dando comida na boca dele.

— Ah, esse truque ficaria velho depois de um tempo — disse ele, enrolando um cacho vermelho no dedo. — Quando você resolveu vir aqui, o que achou que fosse acontecer?

— Não isto — disse ela, dando uma gargalhada. — Na verdade, eu teria apostado no oposto.

— Mas o que você queria?

— Eu queria paz — respondeu ela. — Para nós dois. Eu queria contar para você o que é que tinha acontecido no seu velho mundo, e queria saber que você estava bem, assim nós dois poderíamos seguir em frente com tranquilidade.

Marcie se sentou e se virou, ficando de joelhos no espaço entre as pernas compridas de Ian, de frente para ele.

— Ian, por que você fez isso? Por que você ficou aqui tanto tempo sem falar com ninguém?

— Eu já disse, estava acampando e...

Marcie balançou a cabeça.

— Tem mais coisa aí. Eu entendo como foi que você tropeçou neste lugar e acabou ficando, mas o que fez você ir embora de verdade? Algum trauma?

Ele franziu o cenho um pouquinho.

— Você acha que tem que ser assim? Jack me disse que veio até aqui para poder ter um pouco de espaço para pensar.

— Mas ele abriu um negócio. Ele tem um monte de gente na vida dele, pessoas que dependem dele. Não parece o mesmo caso. Foi a Shelly? Toda aquela coisa sobre o casamento?

— Marcie — interrompeu ele, tocando o rosto dela. — Foi tudo. Muita coisa de uma vez. Foram Faluja e o Bobby. Depois Shelly e meu pai.

— Como foi deixar a Shelly? Me conta — pediu ela.

Por um instante, ele desviou o olhar, antes de voltar a encará-la.

— Deixa eu perguntar uma coisa: a Shelly telefonou para você alguma vez? Visitou você e o Bobby? Ou era você quem fazia contato com ela?

— Eu estava procurando você... — disse ela.

Aquela resposta bastou.

— Eu escrevi algumas cartas para Shelly sugerindo que ela procurasse você, antes da bomba em Faluja. Vocês moravam na mesma cidade. O Bobby era meu amigo — disse ele.

— Mas, Ian...

— Eu sei. Mas o que aconteceu comigo e com o Bobby foi um dos principais motivos pelos quais precisei de um tempo para me recuperar. Shelly sabia o que tinha acontecido. Ela sabia que o Bobby estava com deficiências e que você estava tomando conta dele. Ela sabia que você tinha ido à Alemanha, depois a Washington D.C. e, enfim, para casa, mas mesmo assim foi incapaz de escrever uma carta ou telefonar para você. Uma garota da sua cidade, o melhor amigo do noivo dela, minha vida por um fio para tirá-lo de lá... — Ele fez uma careta. — Marcie, eu não sabia que ela era assim. Achei que ela fosse o tipo de pessoa que....

— Ian, quando nós voltamos para Chico, eu também não entrei em contato com ela de novo — observou Marcie. — Não até eu procurar por você.

A expressão dele mudou.

— De novo? — perguntou ele.

Ops, pega em flagrante. Marcie olhou para baixo.

— Antes da bomba, eu telefonei para ela — contou Marcie, tomando coragem para olhá-lo de novo. — Porque você e Bobby eram bons amigos, achei que poderíamos sair juntas. Mas ela estava muito ocupada, então anotou meu número e disse que, se um dia tivesse um tempo livre, entraria em contato.

— E ela nunca teve nenhum tempo livre — concluiu ele. — Ela nunca me contou isso, mas, de algum modo, eu sabia. — Ele inspirou e depois expirou devagar. — Você estava ocupada tomando conta do Bobby, e Shelly tinha um casamento para planejar. Essa diferença me assusta. No fim das contas, Shelly tinha uma visão estreita da vida, só conseguia enxergar uma coisa. Nem sei direito se eu fazia parte disso que ela enxergava. — Ele passou o dedo pelo rosto de Marcie. — Você não estava brincando, eu me livrei de uma boa mesmo. Não tinha entendido cem por centro, mas eu sabia que alguma coisa não estava certa.

— Ah — comentou ela. — Mais importante do que tudo isso, e seu pai? O que foi que ele fez?

Ele olhou para outro lugar, desconfortável, embora soubesse que seria honesto com ela.

— Nada que ele não tenha feito durante toda a minha vida. Meu pai sempre foi um cara difícil de agradar. Ele achava que, se me pressionasse, eu viraria homem, só que eu nunca fui homem o suficiente. Tudo que eu sempre quis dele foi um elogio, um sorriso orgulhoso.

— E a sua mãe?

Ele sorriu com ternura.

— Meu Deus, ela era incrível. Ela sempre o amou acima de tudo. E eu não precisava fazer nada para ela achar que eu era um herói. Se eu caísse de cara no chão, ela apenas sorria e dizia: "Você viu aquela série de exercícios ótima do Ian? O garoto é um gênio!". Quando eu atuei no tal musical, ela achou que eu era a melhor coisa que existia em Chico, mas o meu pai me perguntou se eu era gay. — Ele deu uma risadinha. — Minha mãe era a mulher mais bem-humorada, bondosa e generosa que já existiu. Sempre positiva. E a sua lealdade? — Ele riu, balançando a cabeça. — Meu pai podia estar em um daqueles dias de péssimo humor, quando nada estava bom, o jantar era uma porcaria, o jogo não estava pegando direito na TV, a bateria do carro estava arriando, ele detestava o trabalho, os vizinhos eram muito barulhentos. E a minha mãe, em vez de dizer: "Por que você não cresce, cacete, seu velho de merda?", só comentava: "John, fiz uma coisa que aposto que vai melhorar o seu humor: bolo de chocolate".

Marcie sorriu.

— Ela parece ter sido ótima.

— Ela era, sim. Maravilhosa. Mesmo quando ela estava lutando contra o câncer, ela era tão forte, tão incrível, que eu ficava pensando que ia ficar tudo bem, que ela ia conseguir. Já em relação ao meu pai, ele sempre foi impossível de agradar, impossível de impressionar. Eu achei de verdade que tinha superado isso, sabe? Concluí bem cedo que ele era aquele tipo de cara e pronto. Ele nunca me bateu, ele mal gritava comigo. Ele não ficava bêbado, quebrava os móveis, não faltava ao trabalho...

— Então, o que é que ele fazia, Ian? — perguntou ela, com delicadeza.

Ele piscou algumas vezes.

— Você sabia que eu recebi medalhas por ter tirado Bobby de Faluja?

Marcie assentiu.

— Ele também recebeu medalhas.

— Meu velho estava lá quando eu fui condecorado. Ele ficou de pé, com a coluna ereta, educado e contou para todo mundo que sabia das medalhas. Mas nunca falou absolutamente nada para mim. Então, quando eu disse que estava dando baixa, ele me disse que eu era um fodido. Disse que eu não reconhecia uma coisa boa quando a tinha. E disse também que... — Ian fez uma pausa breve antes de continuar: — Ele disse que nunca tinha sentido tanta vergonha de mim em toda a sua vida e que se eu fizesse aquilo, se eu desse baixa, que eu não era mais filho dele.

Em vez de chorar por ele, Marcie se encostou em Ian, fez um carinho no rosto dele durante um tempo e sorriu.

— Então, durante toda a vida idiota dele, ele sempre foi esse cara.

Ian sentiu um sorriso discreto e melancólico repuxar seus lábios.

— O mesmo cara. Um filho da mãe miserável.

— Realmente não tem desculpa nenhuma para um homem assim — disse ela. — Não custa nada ser legal.

Ele ergueu as sobrancelhas.

— Você acha?

— Sério, Ian. Ele devia ter vergonha. Todo mundo tem a escolha de ser civilizado. Decente. Eu soube quando o conheci que ele era mesquinho e intratável.

— A próxima coisa que você vai me dizer é que não vou me livrar disso até perdoá-lo — arriscou Ian. — Eles sempre falam que o perdão não é para o outro, mas para nós mesmos.

— Da minha parte, de jeito nenhum — disse ela. — Agora, se ele *pedisse* seu perdão...

— Rá. Nem nos seus sonhos mais loucos — respondeu ele.

— Eu não diria isso. Não se esqueça de que eu o conheci. Nada que você me contou me deixou surpresa.

— Marcie, não odeio meu pai, juro por Deus. Mas não vejo por que eu diria: "Eu estou perfeitamente bem com o fato de que você é o canalha mais frio que eu já conheci". E pode ter certeza de que não estou ansioso para conviver com essa realidade de novo. Qual o sentido, então?

Ela se inclinou para a frente e deitou a cabeça no ombro dele.

— Hum. Por que você faria isso? É pouco provável que ele tenha mudado, e você mesmo não pode fazer nada para mudá-lo. Agora eu entendo. Agora vai ficar tudo bem.

— O que você acha que entende?

Ela o abraçou.

— Você estava marcado pela guerra. Tinha perdido o seu melhor amigo, muito embora ele continuasse vivo, tecnicamente, uma complicação que, provavelmente, piorou as coisas para você. Seus relacionamentos estavam afundando. Isso é muito comum depois que um soldado sai da zona de guerra. Tem acontecido desde a Primeira Guerra Mundial e até antes, tenho certeza. Que pena que aconteceu, mas não acho que você conseguiria evitar. Você precisava de um tempo...

— Eu sei que teria sido bom ter alguma ajuda, mas, se alguém se oferecesse, eu teria quebrado a cara da pessoa — admitiu Ian.

— Tenho certeza disso. Você provavelmente tinha um monte de raiva acumulada naquela época. Uma raiva justificada. O mínimo que uma pessoa pode fazer é tentar ter empatia. Ser paciente. As pessoas que amavam você, elas...

— No fim das contas, eu não tinha alguém que me amava — disse ele, baixinho.

— Bem — respondeu ela, erguendo a cabeça e olhando no fundo daqueles olhos castanhos adoráveis. — Agora você tem. E obrigada por se abrir comigo. Eu queria entender o que tinha acontecido. Era só o que eu queria, e você não precisava ter me contado, mas contou.

Ele prendeu uma parte daquele cabelo vermelho e selvagem atrás da orelha dela.

— Você tinha fantasias a respeito do que aconteceria quando me encontrasse, admita.

— Eu tinha — admitiu ela, sorrindo. — Tentei guardar isso para mim, mas pode ter certeza de que não incluía um sexo incrível. Imaginei que encontraria você, diria algumas coisas que o tranquilizariam e, depois, levaria você para casa.

— Para casa?

— Para Chico, ou onde você achar que é a sua casa — explicou Marcie. — Um monte de gente do seu antigo pelotão visitou Bobby, perguntou se eu sabia onde você estava. Mas agora você teria um pouco de trabalho para encontrar o pessoal, já que ficou desaparecido por muito tempo. Quando as pessoas acham que você não as quer por perto, em geral elas deixam você em paz.

Ian deu uma gargalhada.

— Nem todas.

— Bom, eu disse que eu era páreo para a sua teimosia.

— Então, conte sobre essa coisa do perdão que você não entende — cutucou ele.

— Ah, Ian, eu estou do seu lado. Se alguém fez uma coisa horrível comigo e nunca pediu desculpas ou perdão, eu não vou mover uma palha para tentar perdoar essa pessoa. Aqueles insurgentes em Faluja? Não estou tentando amá-los como se fossem meus irmãos. Se é isso que tenho que fazer para ser uma pessoa ok, vou continuar sendo a ruivinha mais endiabrada do parquinho.

— E quanto a Deus?

— Deus sabe de tudo. E até mesmo Ele errou uma ou duas vezes. Olha só o tamanho do caroço de abacate, é grande demais. E a romã? Tem semente demais. Que desperdício de fruta!

Ian gargalhou alto.

— Então, o que é que você faz para ficar em paz com essas pessoas horrorosas?

Ela levantou a cabeça e encarou sem fazer gracinha. Os olhos verdes dela estavam cálidos e cheios de brandura. O sorriso era gentil.

— Nós as aceitamos como elas são. E, se nós não conseguimos amá-las como se fossem nossos irmãos e irmãs, talvez possamos aceitar e deixar que elas sejam seus próprios problemas. Já não te parece um desafio e tanto? Aceite seu pai como ele é, Ian: um tremendo filho da mãe miserável que mal ficou feliz durante um diazinho na vida dele, mas saiba que isso não tem nada a ver com você.

Apesar de ter lutado contra isso, Ian sentiu seus olhos brilharem de lágrimas. Longos segundos se passaram enquanto ela encarava, destemida, seu olhar embotado de lágrimas.

— Como é que alguém tão jovem, má e rebelde pode ser tão sábia? — perguntou ele em um sussurro.

— Sábia? Nada disso, só me esforço muito. As coisas não foram tão ruins para mim quanto foram para você, tão difíceis quanto para a maioria das pessoas. Eu só dou o meu melhor, só isso. Mas queria dizer uma coisa. Eu não entreguei só o meu corpo a você, Ian. Meu coração também estava lá, e espero que você saiba disso.

— Eu sei. — Ele tocou os lábios dela por um instante. A seguir, perguntou: — Então, qual o problema com ele? O meu pai? Você disse que ele estava doente.

— Nada grave, só que mais cedo ou mais tarde as doenças dele vão derrubá-lo. Ele está fazendo quimioterapia para tratar um câncer de próstata, está com Parkinson, teve um pequeno derrame e, acho, tem algum grau de demência se instalando. Mas esteja avisado: ele pode ter anos de vida pela frente. — E, ao dizer isso, ela sorriu.

— Você... Você é incrível.

— Você pode vir comigo, Ian. Passar o Natal em casa.

Ele ficou em silêncio por um momento.

— Não. Não posso fazer isso.

— Por que não? Será que a boa gente da vizinhança vai ficar sem lenha? Ou a cabana vai ficar soterrada na neve?

Ele sorriu para ela.

— Querida, não vou mentir... Você mudou a minha vida, e tudo isso em dez dias, mas não o bastante para me endireitar e me levar de volta para Chico. Olha — continuou ele, com delicadeza —, isso é muito legal, eu e você, mas acho que talvez nunca passe disso. Essa coisa que aconteceu entre nós... Ela não deveria ter acontecido.

— Mas você não está arrependido — argumentou ela.

— Você sabe que não estou. Estou grato.

— Acho que se eu ficasse um pouco mais...

— O quê? Você vai me convencer? Vai me transformar em outro tipo de cara? Vai me arrancar da minha cabana caindo aos pedaços e me fazer virar um homem civilizado?

Ela balançou a cabeça.

— Nada disso jamais passou pela minha cabeça. Você é mais civilizado do que a maioria dos homens que conheço. É só que, ultimamente, tenho pensado que, se eu ficasse mais, você riria mais. Você cantaria para as pessoas, em vez de só para a natureza. Você provavelmente chamaria a bibliotecária para sair.

— É — ele gargalhou. — Depois de dar um jeito de convencê-la de que não tenho Síndrome de Savant.

— Se eu voltar aqui para ver você, você vai me deixar trancada do lado de fora e vai me obrigar a dormir no carro?

Ele gargalhou de novo e balançou a cabeça, negando.

— Não.

No entanto, ele pensou: *ela pode voltar uma vez, talvez até duas.* E então aquilo acabaria, porque nem ele, nem o lugar mudariam muito. E ele não a merecia; ela merecia algo muito melhor do que um velho fuzileiro todo ferrado da cabeça que tinha se enfiado no meio da floresta.

— Já que você não vai voltar comigo, vou ficar até a noite de Natal. E também não vou embora de manhã cedinho, mas vou chegar em casa a tempo de pegar o jantar. São só algumas horas daqui.

— Erin não vai gostar disso — comentou ele. — Ela está pronta para você voltar agora mesmo para casa.

— Ela vai ter que esperar. Estou fazendo o melhor que posso. Não quero deixar você. Nunca.

Em vez de conversar mais sobre o assunto, ele perguntou:

— Está cedo demais para a gente fazer amor de novo?

— Não — respondeu ela, sorrindo.

Ele a puxou de encontro ao seu corpo. Era melhor, pensou Ian, que ele não acrescentasse as palavras "eu te amo" ao que estava acontecendo. Aquilo já era difícil demais para ela. Em vez disso, então, ele deu nela o melhor beijo que pôde, as mãos percorrendo o corpo de Marcie de um jeito que prometia mais amor.

De manhã, quando ela acordou, Ian tinha saído, mas deixado um bilhete:

Bom dia, meu bem. Vendendo lenha e limpando a neve de algumas estradas. Não vou demorar. Ian.

— Meu bem... — sussurrou ela para si mesma.

Marcie dobrou o papel ao meio, depois de novo, e encontrou um lugar seguro na carteira para guardá-lo. Para sempre.

Catorze

Ian descarregou todo o estoque de lenha bem rápido e recebeu mais três pedidos de entrega de madeira, que o ocupariam com mais um dia carregando a caminhonete, entregando e descarregando a fim de proporcionar às pessoas um fogo acolhedor para o Natal. Seu estoque de madeira cortada e tratada estava acabando, o que fazia parte do plano. Ele passava a primavera, o verão e o outono inteiros cortando e tratando a lenha para depois, com sorte, vender toda a madeira em questão de semanas.

Ele chegou a Virgin River antes do meio-dia e estacionou perto do bar, mas não entrou. Em vez disso, foi até aquela árvore imensa, para ver mais de perto algumas das insígnias que estavam ali. Deu uma olhada ao redor; estava sozinho. Então, tirou umas coisas do bolso e prendeu nos galhos com pedacinhos de arame. A insígnia da unidade dele — a mesma de que Bobby fez parte. Uma Coração Púrpuro e uma Estrela de Bronze, ambas medalhas oferecidas a quem praticava feitos de grande bravura e valor. Ele também prendeu as condecorações à árvore. Tudo não levou mais do que alguns instantes.

— Eu vou devolvê-las para você — disse uma voz.

Ele se virou e deu de cara com Mel Sheridan. O casaco dela estava bem fechado, por causa do frio e dos eventuais flocos de neve que caíam, as mãos enfiadas nos bolsos.

— Não vou estar aqui no Natal, estamos indo para a casa da família do Jack. Mas posso avisar Paige, esposa de Preacher, para que, quando ela for guardar algumas das insígnias, pegue suas medalhas. Não seria bom perdê-las, são importantes.

— Não estou preocupado com isso. Elas não me têm muita serventia agora.

Mel deu uma risada breve.

— Já ouvi isso antes.

— Ahn?

— Meu marido foi fuzileiro. Vocês, rapazes, são bem esquisitos nesse sentido. Treinam para fazer coisas que são premiadas, depois não mostram esses prêmios. Jack ia jogar fora a medalha, até que o pai dele a confiscou para mantê-la segura. Jack disse que não dizia respeito das medalhas, mas dos outros soldados. Se você conseguir se lembrar dos soldados quando olha para as medalhas, ótimo. Vou devolver para você.

— Obrigado — disse ele, com a voz fraca. — Acho que elas ficam melhor aqui, expostas.

— Por enquanto — argumentou Mel. — Acho que Marcie vai precisar voltar para casa, mas, caso você esteja por aqui na noite de Natal...

— Eu fiquei sabendo — respondeu ele. — Uma coisa aqui da cidade. Sei lá...

— Bem, aqui na cidade é tranquilo, não precisa confirmar presença. Se você quiser vir, pode vir.

Ela deu de ombros e sorriu.

— Isso é bom — comentou ele. — Agora tenho que ir. Tenho um vizinho que não tem equipamento para abrir caminho na neve...

— Legal da sua parte cuidar dele.

— Não é bem assim, eu só...

Ele parou de repente ao ver Jack, Preacher e Mike saindo do bar às pressas, agasalhados, carregando rifles e sacolas de roupas.

— Jack? O que houve? — perguntou Mel.

Ele seguiu na direção de sua caminhonete com cabine estendida.

— Travis Goesel se perdeu ontem. Ele não voltou para casa. A família está procurando por toda a fazenda e pelo pasto. — Ele jogou uma das sacolas na caçamba do veículo. — Deixei o David com a Brie.

— Se perdeu? — perguntou Mel. — O Travis se perdeu?

— Parece que um puma matou o cachorro dele, então ele pegou o rifle e foi atrás do bicho. O garoto é ótimo de seguir rastros, além de ser um atirador excelente. E é esperto demais para passar a noite toda fora com essa neve.

— Onde fica a fazenda da família Goesel? — perguntou Ian, sem conseguir se controlar.

— Você conhece a região da lagoa Pauper?

— Mais ou menos. O rio que passa pela minha propriedade alimenta uns riachos e uma lagoa lá. Eu estou a alguns quilômetros a leste da fazenda deles. O puma tem rondado minha casa.

— Por que você acha que é o mesmo? — perguntou Jack.

— Esse é agressivo. Ele não fugiu, como os outros geralmente fazem.

— Jura? Bem, você deve conhecer bem a área. Alguma chance de dar uma mão para a gente?

Tudo que Ian mais queria era voltar para sua garota, sobretudo se aquele puma estava lá fora, sedento por sangue.

— O garoto tem 16 anos — insistiu Jack. — Ele é grande e forte. Mas concordo com o pai dele, isso não parece nada bom. Não sei o que é pior, o puma pegá-lo ou o frio.

— Certo — disse Ian. — Se o garoto é esperto, ele não subiu a montanha, na direção da minha propriedade. Posso começar no pé da montanha e cobrir a parte oeste. Vocês podem começar a oeste e explorar o terreno seguindo para leste. Isso vai ajudar? Um garoto dessa idade pode andar muitos quilômetros.

— O pai, os irmãos e alguns vizinhos já estão espalhados na fazenda, nós podemos cobrir o terreno fora da propriedade. — Jack tirou sua sacola de roupas de dentro da caçamba. — Preach e Mike podem ir juntos para o lado oeste da fazenda dos Goesel, eu vou com você para o leste.

— Minha caminhonete praticamente não tem aquecimento — disse Ian.

— É, mas você tem um acessório para abrir caminho na neve. Isso pode ser muito útil. Vou comprar um desses para acoplar na minha em breve. Tenho mesmo um longo caminho até chegar na nossa casa nova.

Ian olhou para Mel.

— Eu deixei Marcie em casa hoje bem cedo, quando fui entregar lenha. Ela não vai entender por que eu ainda não voltei. Se ela tentar vir para a cidade naquele carro dela...

— Quando David for tirar a soneca dele, eu dou um pulo lá e conto a ela o que está acontecendo. Pode ser?

— Diga a ela que é melhor ela ficar em casa. Ela não vai gostar nada disso. Ela não gosta muito de se virar em casa, sem poder sair para usar o banheiro. É melhor você contar sobre o puma, dizer que ele está por perto e nem um pouco acuado.

— Vou fazer isso. Só peço que vocês tenham muito cuidado. Jack! — gritou ela. — Tome cuidado!

Jack sorriu para Mel.

— Eu vou voltar rapidinho, Melinda. Tem presentes debaixo da árvore esperando pelo Travis, precisamos levá-lo de volta para casa. Você trate de manter esse pãozinho aí no calor do seu forninho, ok? Vamos lá, Buchanan. Vamos resolver isso.

Os homens deixaram a cidade em duas caminhonetes. Ian seguiu com Jack, e Preacher foi com Mike. Eles seguiram em direção à mesma rodovia até que, em uma bifurcação que levava à fazenda, Mike e Preacher viraram a caminhonete para a esquerda enquanto Ian e Jack foram em frente, passando a fazenda.

— Quanta terra você tem para baixo da cabana? — perguntou Jack.

— Seiscentos e sessenta acres — respondeu Ian, e Jack deu um assobio. — É uma montanha e um monte de árvores numa área em que é proibido derrubar árvores. Então é um monte de nada.

— Nada além de silêncio e beleza.

— Tem um córrego — disse Ian. — Bom de pescar. Bom de caçar. E faço lenha com as árvores de lá, uma aqui, outra ali. Acho que o velho Raleigh ocupou um lote cedido pelo governo.

— Como foi que vocês se conheceram? — quis saber Jack.

Ian deu uma gargalhada.

— Eu estava perambulando pelas montanhas, acampando, caçando coelhos selvagens, andando a esmo, quando o inverno chegou de repente. Raleigh já era mais velho do que Deus nessa época e mal conseguia rachar a própria lenha, então ele me deu um teto em troca de um pouco de ajuda com a terra.

— Foi um bom negócio para você!

— É, mas minha sorte virou. Ele ficou muito doente e precisou de um enfermeiro, além de tudo que eu já fazia.

Jack sorriu para ele.

— E você aguentou firme pelo visto, já que ficou com a cabana.

Ian deu de ombros.

— Eu nem imaginava que isso aconteceria. Ele escreveu uma espécie de testamento, com o dr. Mullins como testemunha. Se ele não tivesse feito isso, talvez eu já tivesse descoberto o que fazer da vida a essa altura.

— Não tem nada de errado em ter mais de uma escolha, cara. Acho que é melhor a gente parar o carro daqui a pouco e voltar a pé.

— Tem uma estrada que vai nos levar praticamente direto até a parte de trás da colina, daqui a mais ou menos três quilômetros, isso deve nos levar para mais perto. Você pode falar um pouco sobre esse garoto? Por que ele faria isso?

Jack se virou e olhou para Ian.

— Você já teve um cachorro na vida?

— Já — respondeu Ian. — Velvet, uma labradora preta.

Velvet tinha sido sua melhor amiga quando ele era pequeno. A garota vivera 14 anos, até ficar com as costas tão curvadas e sentir tanta dor nos quadris que doía só de olhar para ela. Mas ele não conseguiu abrir mão da presença dela; parecia que ele tinha um longo histórico desse tipo. Ele estava com 17 anos quando, certa manhã, se arrumando para ir à escola, escutou o pai falar uns palavrões, e ele soube: Velvet tinha sofrido um acidente durante a noite. Ela estava muito cansada; às vezes não conseguia se lembrar de fazer a coisa certa.

— Nós temos que sacrificar esse cachorro — dissera o pai.

Com medo de um dia voltar da escola e descobrir que ela havia partido, ele matou aula, foi sozinho até o veterinário e a segurou no colo enquanto ela ia embora, sem sentir dor. Ian não conseguia nem pensar na ideia de ela morrer sozinha, e não confiava no pai para fazer aquilo, pois ele a levaria ao veterinário e a deixaria lá para morrer. Mas, na hora de morrer, a expressão de Velvet estava mais em paz e descansada do que em seus últimos anos de vida. Ver aquilo deveria ter feito com que ele se sentisse feliz por ela, aliviado, já que ela não ia durar muito de qualquer jeito.

Ian não pôde deixar Velvet partir sozinha. Tinha precisado de um tempo para se despedir, e ele não queria voltar para casa e descobrir que a amiga tinha morrido. Ele precisava estar com ela, como Marcie tinha precisado estar com Bobby. Ele engoliu em seco, com bastante dificuldade.

No entanto, voltou a pensar em Velvet, se lembrando de toda a perda, de como aquilo o dilacerou. Ele tinha precisado procurar lugares onde pudesse ficar sozinho, para chorar feito uma criancinha sem que seus pais ou amigos vissem aquela quantidade de emoção.

— Esse puma vem incomodando a propriedade deles, caçando à espreita — explicou Jack. — Os cachorros vinham correndo atrás do bicho, para mantê-lo longe das cabras e das galinhas.

— Quantos anos tinha o cachorro? — perguntou Ian.

— Eu não sei muito bem. Seis ou oito, era uma border collie, uma cadela de pastoreio chamada Whip. Eles têm uma meia dúzia de cachorros que ajudam na fazenda, a maioria cães pastores, bichos que vivem do lado de fora da casa, mas o próprio Travis criou essa cachorra. Ele escolheu a bichinha entre os outros filhotes da ninhada e, durante um tempo, serviu como uma espécie de tutor para ela. Goesel disse que não conseguia manter a danada da cachorra longe da cama do garoto. Você sabe como os fazendeiros são quando o assunto é cachorro: de um modo geral, eles não são muito sentimentais. Não sei como esse maldito puma conseguiu pegar a cachorra, eles não costumam ir atrás desse tipo de briga.

Ian travou os dentes e disse:

— Acho que eu também iria atrás desse filho da mãe.

— É — concordou Jack. — Pois é, eu também tive um cachorro quando era mais novo. Spike. Enorme. Sem brincadeira, o danado era quase perfeito, mas deixava as minhas irmãs o fantasiarem. Isso costumava me deixar maluco, sério. O jeito como ele se deixava humilhar.

Ian deu um sorriso bem grande ao escutar a história. Ele imaginou um pastor alemão usando tutu de balé e, ao seu lado, um adolescente insatisfeito, e deixou escapar uma risadinha.

— Não tinha a menor graça — protestou Jack.

— Aposto que tinha, sim — respondeu Ian. A seguir, saiu da estrada, fazendo uma curva acentuada à esquerda. — Só um minutinho.

Ele saiu da caminhonete, tirou umas ferramentas de uma caixa que estava na caçamba e deu a volta, indo para a frente do veículo. Então, afrouxou os engates do arado para neve e o puxou com toda a força, para ajustar o ângulo, baixando-o a seguir e apertando novamente os engates. O acessório não tinha sistemas hidráulicos instalados na parte de dentro do carro para mover a lâmina de remoção de neve; era todo manual, como nos velhos tempos, mas cumpria sua função. Ele jogou as ferramentas de novo dentro da caixa e foi se sentar atrás do volante.

— Eu não estou vendo a estrada. Você está? — perguntou Jack.

Ian deu uma gargalhada.

— Eu sei onde ela está.

— Como?

— Eu consigo sentir. Relaxe.

Jack apoiou os pés bem firmes no assoalho do carro, colocou uma das mãos contra o painel e disse:

— Eu vou relaxar se não cairmos numa vala. Vá devagar.

Ian deu risada dele.

— Então — disse Ian, manobrando a caminhonete devagar. — Se o garoto for esperto, nós estamos procurando algum rastro recente de pegadas, um abrigo ou...

— Um corpo — completou Jack.

— Se ele estivesse perdido, talvez tenha seguido o rio ou a estrada. A noite estava caindo quando ele saiu, ele pode ter visto uma daquelas muitas estradinhas para escoamento de madeira cortada — comentou Ian. — Você não vai ver a estrada com a neve, mas você vai saber que ela está ali por causa das árvores. Exatamente como eu estou fazendo agora.

— Eu não estou convencido de que não vai ter um buracão bem na sua frente, escondido na neve. Você pode ir mais devagar? — pediu Jack, tenso.

— Você pode relaxar? Eu conheço tudo por aqui. — Então, depois de certo tempo, ele parou a caminhonete. — Quer começar daqui?

— Vamos lá.

Os dois saíram do veículo na mesma hora. Ian tirou um rifle do bagageiro em cima do teto e pegou uma lanterna no porta-luvas. Jack estava remexendo dentro da sacola que trouxera.

— Eu só tenho um sinalizador, mas tenho uma máscara de neve extra e um cachecol. Coloque isso no seu pescoço. Vamos começar juntos por essa estrada, mas, quando nos separarmos, se você achar alguma coisa, atire algumas vezes. Tranquilo?

— Claro.

Ian abotoou a jaqueta e pensou: *Merda, hoje de manhã achei que não precisaria colocar ceroulas.* Ele enrolou o longo cachecol no pescoço e na cabeça, cobrindo parcialmente o rosto. E, naquele momento, sentiu falta da barba cerrada.

— Olha, acho que a cachorra não era tão briguenta quanto os outros porque era um pouco mimada pelo Travis — comentou Ian, falando como se conhecesse tanto Travis quanto a cadela. — Isso também pode ter jogado a favor dele.

— Eu sei — disse Jack. — Como está a sua lanterna? Precisa de pilha?

— Para falar a verdade, não sei.

Jack tirou algumas pilhas da sacola e também uma pistola, que enfiou na cintura. Ele jogou as pilhas para Ian, depois mais duas garrafas de água, que Ian enfiou em cada um dos bolsos. Os dois caminharam pela estrada, olhando para a direita e para a esquerda, e não tinham ido muito longe quando Jack disse:

— Certo, eu vou por aqui, na direção daquelas árvores ali.

— E eu por ali — disse Ian.

Separaram-se.

Ian caminhou na direção do rio, olhando para o chão, para a paisagem e, de vez em quando, para os galhos das árvores, caso o puma selvagem estivesse brincando de pique-esconde. E ele pensou um pouco no garoto, se lembrando de como ele mesmo era aos 16 anos; cabeça quente, devotado a poucas coisas na vida, sendo Velvet uma delas.

Ele também, de um modo geral, sentira muita raiva do pai, que era uma pessoa cruel e passivo-agressiva: homem não deixava gorjeta, dirigia bem devagar na pista da esquerda, não demonstrava afeto. Todos os cartões e presentes eram assinados "mamãe e papai" pela mãe de Ian. Cada palavra que saía da boca do velho era uma crítica.

Depois de Velvet, Ian tinha parado de fingir que aquilo não importava; ele estava maior e mais forte do que o pai e o encarava de igual para igual, devolvendo na mesma moeda, uma coisa que, ele logo percebeu, estava acabando com a mãe. Ela começou a implorar ao filho para pegar mais leve, deixar para lá, ignorar que estava sendo tratado com frieza ou sendo criticado praticamente o tempo todo.

— Como você atura isso? — perguntara ele, brigando com a mãe. — Ele age como se você fosse a escrava dele, quando na verdade deveria beijar os seus pés!

Ao que a mãe, pura doçura, respondera:

— Ian, ele é fiel e trabalha muito duro para nos sustentar. Ele pode não ser romântico ou todo apaixonado, mas ele me deu você. Se for só isso que ele vai me dar durante a vida toda, já significa tudo para mim.

Não é o bastante, Ian se lembrou de ter pensado. Não era. Entrar para o Corpo de Fuzileiros parecia ser um jeito inteligente e seguro de ir embora, de dar o fora e ir para um lugar onde ele poderia entrar em contato com a mãe sem precisar lidar com o pai.

Então, veio a morte da mãe, depois a missão que o levou para o Iraque. O pai era a única família que tinha sobrado e, para a desgraça de Ian, ele era bastante inadequado para cumprir aquele papel. Depois do Iraque, depois de umas dificuldades que o próprio Ian sabia que tinham a ver com o Transtorno de Estresse Pós-Traumático, Ian ficou com medo de estar se transformando no pai. Ele brigou com pessoas com quem não tinha qualquer problema de fato, por coisas aleatórias. Elas simplesmente o tiravam do sério, e ele perdia o prumo. Embora até mesmo os fuzileiros fizessem vista grossa de vez em quando, Ian não conseguia fazer isso. Ele tinha sido um líder forte que se transformara em um babaca que não conseguia lidar com as coisas. Foi quando ele decidira dar baixa, com esperanças de voltar a ser o homem que era admirado. Seguido.

E o pai de Ian dissera:

— Você não é mais meu filho se der baixa. Se fugir.

Ao que Ian respondera:

— Eu nunca fui um filho para você.

Um impasse com letra maiúscula.

Ele vasculhou o chão, em busca de qualquer sinal do garoto: arbustos quebrados ou galhos de árvore que mostrassem que alguém tinha passado por ali, marcas no chão, inclusive gotas de sangue ou pegadas recentes na neve.

Ele também pensou em Marcie. Quando ela havia se infiltrado em sua vida, a primeira coisa na qual ele pensou não tinha sido que ela era linda e sensual. Na verdade, nem mesmo seu vigésimo pensamento tinha sido algo do tipo: ela estava doente, pálida, apática... sinceramente, sem graça como um pato. Vulnerável e muitas outras coisas, menos bonita. Ainda assim, não tinha sido a beleza que o arrebatara quando ela começou a ficar mais corada, mas a teimosia. A garra dela — ele sempre admirara pessoas com aquele tipo de atitude.

Marcie tinha se recuperado em menos de uma semana, e seus olhos começaram a recobrar aquela pequena centelha que dizia que ela daria um jeito, que ela falaria o que pensava e encararia as consequências. Daria para ela ser mais parecida com ele? Ele conseguia admirá-la e a levava a sério — embora não admitisse isso em voz alta — sem se deixar ser capturado por ela.

Então, aos poucos, Ian começou a *gostar* de Marcie. Não importava que ela estivesse querendo se meter na vida dele e bagunçar tudo, a mulher tinha uma espécie de força motriz que ele não conseguia deixar de admirar. Ela não estava fazendo nada daquilo apenas em benefício próprio, e sim por todo mundo, desde o falecido marido, passando pela família dele e por Ian, até seu pai mal-humorado e isolado, uma pessoa que, por mais que Ian estivesse absolutamente determinado a ser diferente, era seu espelho.

Foi quando ela desafiou a irmã mais velha e elegante e voltou para a cabana empoeirada e apertada que Ian se apaixonou. Mas, droga, Marcie mostrava uma tremenda determinação para estar com ele, para ir até o final, independentemente do que esse final representava. Mesmo ela não parecera ter muita certeza do que estava fazendo ali, e ainda assim não estava pronta para desistir dele. E ela também tinha aquela ideia insana de que tudo ficaria bem! De algum modo, ela ia fazê-lo voltar a ser o homem que ele havia sido para Bobby, o líder corajoso, o homem destemido e comprometido. Não alguém que simplesmente sumia e se isolava, movido por uma espécie de ódio contra si mesmo.

Meu Deus, não posso ter me transformado no meu pai em tão pouco tempo assim!

Ele se forçou a voltar o pensamento para Travis Goesel, vasculhando o solo, os arbustos, os galhos mais baixos das árvores. Passou duas horas caminhando em busca do menino sem escutar um pio de Jack e já eram quase quatro da tarde. Eles tinham apenas mais duas horas de claridade, no máximo, então Ian começou a gritar:

— Travis! Travis! Faça um barulho! Mexa em alguma coisa!

Ele começou a andar um pouco mais rápido, fazendo a varredura no terreno com concentração e, de repente, deu-se conta de que era uma sensação boa fazer parte de alguma coisa. Mesmo que Jack não estivesse à vista e os outros homens se encontrassem no lado oeste da fazenda, ele se sentiu como se, de novo, fizesse parte de uma unidade de homens seguindo um propósito e, até Jack entrar na caminhonete com ele, fazia muito tempo que não se sentia assim. Ian tinha estado tão ansioso por se livrar dos horrores da guerra que havia se esquecido como o prazer da fraternidade preenchia sua alma. *Aquilo*, ele precisava admitir, só havia acontecido porque aquela ruivinha irritante tinha entrado em sua vida. Ela forçou aquele resultado. Ela o empurrou para fora de sua concha enquanto ele ainda se encontrava em carne viva, com a pele nova crescendo.

Se, três anos antes, Marcie tivesse largado o marido desenganado nas mãos da família e tivesse ido atrás de Ian, será que ela teria conseguido tirá-lo de sua fuga autoindulgente mais cedo? Provavelmente não. Ele havia passado tanto tempo lambendo as próprias feridas que se acostumara ao gosto da autopiedade.

Ian se sentia extremamente gelado e quis muito suas ceroulas térmicas. Ele estava no meio da floresta havia horas. Comeu neve em vez de beber a água das garrafas, pensando que o rapaz poderia precisar de água líquida se fosse encontrado.

Então, viu uma mancha de sangue e alguns rastros parcialmente encobertos por uma nova camada de neve. A julgar pelas dimensões, eram do puma, ferido. Ian seguiu a trilha por uma pequena distância, percebendo que o animal se arrastara pesadamente. Percebeu um pouco mais tarde que Travis deve ter ido, em uma decisão inteligente, para o lado oposto da trilha ensanguentada. Por isso, Ian fez o mesmo.

Ele conseguiu chegar ao rio e foi olhando para um lado e para o outro ao longo da margem enquanto a noite caía. Teria de voltar logo à caminhonete, pelo menos para encontrar Jack e discutir os planos para uma busca noturna. Parte do tal plano teria de incluir vestir ceroulas e trocar as meias por outras, secas. Mas ele não conseguia parar de procurar o menino.

A escuridão chegou com intensidade. Ele jogou o facho de luz da lanterna em seu relógio de pulso e viu que eram quase seis da tarde, a seguir berrou pela milionésima vez:

— Travis! Travis!

Então, quando a luz da lanterna iluminou a neve, ele reparou que havia algumas gostas de sangue espalhadas. Travis estava machucado e fazendo exatamente o que Ian esperava que um garoto esperto fizesse: ele estava seguindo o rio, indo em direção à sua casa. Usando a lanterna para vasculhar o solo à medida que a escuridão se adensava a seu redor, Ian viu alguma coisa. Não muito longe da margem do rio havia uma pilha de agulhas dos pinheiros e galhos cortados, cobertos com um pouquinho de neve. Um montinho. Não parecia muito promissor, mas ele deu uma cutucada com a bota e, quando espalhou tudo, viu a manga de uma camisa. Ian se ajoelhou na mesma hora, cavando. Em questão de instantes, ele desenterrou o garoto. O rosto estava branco, os lábios, azuis, os olhos, fechados. Ian o sacodiu de maneira vigorosa, sem saber se o garoto estava vivo ou morto.

— Travis! Travis!

Os olhos de Travis finalmente se abriram e ele piscou sem saber onde estava. Ele estalou os lábios secos e olhou para Ian com a expressão aturdida.

— Desculpe... Pai...

— Meu Deus, Travis! — disse Ian, tão aliviado pelo garoto estar vivo que não conseguia expressar em palavras. — Você vai ficar bem, rapaz.

Ele rolou o menino com muito cuidado, colocando-o de lado e viu que a parte de trás da jaqueta estava rasgada e que havia sangue. O maldito puma o atacara por trás, mas, graças às roupas de Travis, os ferimentos não tinham sido profundos e, com a ajuda da neve, o sangramento havia estancado.

— Você pegou ele, filho? — perguntou Ian.

— Acho que não. Sinto muito, pai.

Ele estava delirando, provavelmente mais por causa do frio do que pelos machucados. Graças a Deus que ele tinha se enterrado debaixo de folhas secas e agulhas de pinheiros para manter o corpo aquecido.

— Eu vou tirar você daqui, filho, aguente firme — disse Ian, agora agindo no automático.

Ele se levantou e atirou duas vezes em uma árvore de tronco grosso. Três tiros sinalizavam que você estava perdido, dois indicavam uma resposta padrão para o time de buscas, já que um tiro isolado poderia ser confundido com o disparo de um caçador. E nunca se atirava para o alto, para evitar que a bala, ao voltar ao solo, atingisse uma pessoa ou um animal inocente.

A seguir, ele pendurou o rifle no ombro pela alça e pegou Travis no colo. Na mesma hora, se lembrou de que fizera o mesmo com Bobby. Só que dessa vez era diferente, porque Travis não perdera o tônus. Ele reagia à dor, talvez ao frio, ou ainda ao fato de ter sido atacado por um puma que rasgara suas costas.

— Acorde, Travis! Acorde! O bicho pegou você, não pegou? Conte para mim — perguntou ele, arfando enquanto caminhava o mais rápido possível.

Ian estava torcendo para não cair. Seu tronco estava bem agasalhado, ele estava com uma camiseta, um casaco de moletom e a jaqueta, mas suas pernas, joelhos e pés se encontravam encharcados de neve derretida.

— Você está comigo, garoto?

— Quem... você...

Ian não pôde conter uma gargalhada ao ouvir a resposta do jovem.

— Sou seu anjo da guarda, garoto! Você atirou nele?

— Eu... acho que...

— Ele deixou um rastro de sangue. Você conseguiu acertar nele?

— Eu... eu não... consegui atirar 'ele — respondeu o garoto, com a língua enrolando.

— É, aposto que você teve sorte. Ele estava sangrando bem mais do que você. Sorte a sua — disse Ian. — Fale comigo, continue conversando. Conte para mim.

A fala dele estava arrastada e saía com dificuldade, mas Travis fez o que lhe foi pedido.

— Me pegou... da... árvore... eu vi ele... eu peguei ele... o desgraçado pegou Whip...

— Continue falando — disse Ian, sem fôlego, agora arfando muito por estar carregando Travis ao mesmo tempo que se movia pela neve. — Quase lá!

Mas a verdade é que Ian não sabia muito bem quão longe estava. Ele seguiu marchando por um bom tempo. Mas ele conhecia a floresta, conhecia a margem do rio que corria ao longo de sua propriedade.

— Converse comigo! Conte sobre a sua namorada!

E o garotou tentou fazer isso. Ele falou o nome dela, Felicity. *Deve ser um nome popular da nova geração de garotas*, pensou Ian, quase rindo, se não precisasse respirar.

— Continue falando — ordenou ele. — Essa Felicity, você está apaixonado por ela ou alguma coisa assim?

— Ela é uma boa garota...

— Que droga — disse Ian. — Que pena que ela não pode ser uma garota má. Não sei se você sabe, amigo, mas as malvadas não saem da cabeça da gente. A Felicity, ela é bonita?

— Bonita — respondeu ele.

— Bom garoto, continue falando — incentivou Ian, deitando o jovem com muito cuidado no chão. — Eu vou atirar duas vezes para avisar que nós estamos chegando.

E Ian atirou rapidamente em outra árvore grossa, só para garantir que os reforços chegariam. O rapaz não estava nada bem, então, se ele precisasse, tiraria ele dali e voltaria mais tarde, no escuro da noite, para buscar Jack, embora fosse melhor que...

— Ei! — gritou Jack. — E aí?

— Achei seu garoto — respondeu Ian, mal conseguindo respirar.

Então, ele viu a caminhonete quase cem metros adiante na estrada.

— Estou indo! — gritou Jack.

— Eu estou com ele. Você dirige.

— Eu não conheço esta estrada — argumentou Jack. — Eu não consigo *sentir* onde ela está.

Ian deixou escapar uma gargalhada.

— Eu abri caminho na neve para você, cacete! Vamos nessa!

Quando chegaram ao veículo, Ian equilibrou Travis em cima da perna e tirou as chaves do bolso, arremessando-as para Jack. A seguir, entrou na caminhonete com aquele garoto do tamanho de um adulto acomodado em seu colo. A cabeça de Travis balançava para a frente e para trás e ele estava lutando para manter os olhos abertos. Antes que Jack conseguisse colocar a chave na ignição, Ian já tinha aberto a jaqueta e a camisa de Travis e rasgara a camiseta que ele usava por baixo. Na sequência, fez a mesma coisa com as três camadas de roupa que usava e pressionou o peito nu de Travis contra seu tórax, abraçando o garoto bem apertado e aquecendo-o com o calor do próprio corpo.

Com cuidado, Jack fez a manobra na caminhonete e seguiu adiante.

— A pá de neve está abaixada. Quer que eu pare para levantá-la?

— Que nada. O condado deveria nos agradecer por irmos tirando a neve toda do caminho!

— Pode estragar a pá.

— E daí?

— Para onde estamos indo? — perguntou Jack.

— Eu não sei. Precisamos de ajuda médica. Você me diz para onde ir. Nós podemos telefonar para os pais dele de onde quer que...

— Virgin River, acho — disse Jack. — O tempo que vamos demorar para levar o garoto direto para a cidade, onde a Mel e o dr. Mullins podem dar uma olhada nele, é o mesmo que levaríamos para chamar alguém da fazenda. Além do mais, eles têm aquele jipe-ambulância. Qual o estado dele?

— Ele tentou se enterrar para não morrer congelado, o que foi muito bom, mas se ficasse mais algumas horas ali, nós não teríamos tido sorte — explicou Ian. Ele deixou que seu corpo absorvesse o frio do corpo do garoto. — O puma fez um bom estrago, mas a temperatura está bem baixa e o sangramento não me pareceu sério, mas sei lá. Anda mais rápido nessa neve, por favor?

— Senhor, sim, senhor — respondeu Jack.

Ian se acomodou no assento e pressionou o rosto de Travis contra seu ombro nu, sentindo a pulsação na carótida do menino aumentar à medida que ele o mantinha junto de si, peito contra peito. Por um instante, ele sentiu o jovem se remexer em seu colo. Quinze minutos depois, ele abriu os olhos. A surpresa tomou conta de seu rosto.

— Quem é você? — perguntou Travis, sem forças.

— Um elfo natalino — respondeu Ian. — Você vai ficar bem, garoto. — Ian tirou uma das garrafas de água do bolso da jaqueta e segurou-a contra os lábios de Travis. — Beba só um pouquinho. Devagar e com calma.

Terminado isso, os braços de Ian envolveram o rapaz, e o seguraram bem firme ali, contra seu corpo.

— Eu vou consertar o aquecimento dessa coisa nem que seja a última coisa que faça. Acho que você pegou o puma, garoto.

— Eu atirei nele, mas o bicho conseguiu dar um bote e eu bati na cabeça dele com o máximo de força que consegui. E aí ele fugiu…

— Ele estava sangrando bem. Você deve ter batido nele com bastante força.

— Eu não peguei o bicho — disse ele, devagar. — Eu o assustei para ele se afastar o suficiente e eu conseguir me enterrar.

— Eu tive uma cachorra — começou Ian. — Minha melhor amiga durante anos. Ela costumava dormir na minha cama. Era uma boa cachorra…

— Whip era uma boa cachorra — disse o menino.

Ian fez um afago no cabelo dele.

— Eu amava a Velvet, e teria feito a mesma coisa que você. Esse puma é o diabo, já esbarrei com ele por aqui.

— Você viu o bicho?

Ian assentiu.

— Eu devia ter matado ele quando vi. Isso é culpa minha, eu devia ter atirado nele. Ele deixou minha namorada presa no banheiro externo durante horas, no frio, mas dei um tiro mirando em cima da cabeça dele, para assustá-lo. Desculpe, garoto.

— Eu também devia ter matado ele — respondeu o menino, grogue, encostando a cabeça no ombro de Ian.

— Beba mais uns goles — sugeriu Ian, segurando a garrafa para que Travis bebesse.

Alguns minutos depois, Jack entrou em Virgin River, enfiando a mão na buzina, buzinadas longas e urgentes que fizeram com que as pessoas saíssem do bar, incluindo Mel e o dr. Mullins. Jack parou bem ao lado do jipe enquanto Ian, sem camisa, tirava Travis da caminhonete. Mel e o médico logo entraram em ação, como estavam habituados. Eles levantaram a porta traseira do veículo, puxaram lá de dentro a maca e Ian colocou o menino em cima dela.

Depois de uma rápida verificação nos sinais vitais, Ian contou a eles sobre as lacerações nas costas. Mel rolou o garoto de lado enquanto o dr. Mullins levantava a jaqueta e dava uma olhada nos ferimentos.

— Não está muito ruim. Hipotermia. Melinda, vá atrás com ele. Faça um acesso venoso e mantenha-o aquecido enquanto eu dirijo. O Hospital Valley dá conta desse atendimento, vai ficar tudo bem, ele vai sair bem dessa. — E, voltando-se para Jack, o médico disse: — Ligue para a fazenda... conte aos pais dele.

— Vou fazer isso — respondeu Jack. — Depois vou sair e lançar o sinalizador, para avisar Preacher, Mike e o restante do grupo de buscas. Você quer dizer que cumprimos a missão?

— Não podia ter sido melhor — disse o dr. Mullins. — Vamos, Melinda! Você está ficando mais devagar?

— Ah, não enche, seu bode velho — estourou Mel, entrando no veículo.

— Jack, cuide do David.

Ele deu um sorriso largo.

— Com certeza, meu amor.

Durante todo o tempo, Ian pensou: *eu faço parte de um grupo*. Mesmo no meio do nada, ele tinha pessoas com as quais podia partilhar coisas. Ele sempre soubera que elas existiam, mas nunca achou que fosse realmente fazer parte disso.

Jack ficou ali de pé, olhando para Ian. Ele arqueou uma das sobrancelhas.

— Sua namorada, hein? — perguntou ele.

— Eu só estava conversando com o garoto — justificou Ian.

— Aham. É melhor você ir para casa, meu chapa.

Quinze

Quando Ian entrou na cabana, já passava de oito da noite. Ele estava tão cansado e gelado que achou que levaria metade da noite para conseguir se esquentar, que dirá carregar a caminhonete para fazer a entrega de lenha no dia seguinte. Ele nem sequer tinha fechado a porta quando escutou um grito estridente e selvagem e Marcie saltou em cima dele, jogando os braços ao redor de seu pescoço e prendendo as pernas em volta de sua cintura.

— Ei — riu ele, segurando-a acima do chão. — Ei. Você parece um carrapato.

Ela inclinou a cabeça para trás, para olhá-lo melhor.

— Você está bem?

— Eu estou congelando e com fome. Você estava assustada?

Ela balançou a cabeça, teimosa.

— Acharam o garoto?

— Achamos — respondeu Ian. — Machucado e morrendo de frio, mas ele vai ficar bem. Você pode me aquecer e me dar comida? Será que Abigail Adams faria isso?

— Ela faria e, no meio-tempo, araria dois campos e daria à luz.

Marcie sorriu para ele.

Meu Deus, ela é tão cheia de vida, pensou ele. Seria ridículo escondê-la no topo de uma montanha. Mas, por ora, tê-la ali no topo da montanha era como se uma prece tivesse sido atendida.

Ian precisou abrir caminho cavando a neve até chegar ao banheiro na manhã seguinte, depois usou a pá para deixar o caminho limpo para quando Marcie acordasse. A seguir, carregou a caçamba de lenha, sentindo-se um pouco melhor do que deveria, já que ela não tinha deixado que ele dormisse muito durante a noite. Então, em vez de ir direto para a interseção onde costumava esperar por clientes, dirigiu alguns quilômetros na direção oposta, ajustou a pá do arado para remover neve e limpou a rua que ia até a casa do vizinho.

Ele não gostou do que viu ao parar o carro. Não havia nenhuma fumaça aconchegante saindo da chaminé; nenhum sinal de vida. Seu primeiro pensamento foi: *se eu tiver de segurar outro corpo frio feito gelo contra o meu peito...*

Mas a porta da frente se abriu. O homem ficou de pé ali, na entrada, vestido com seu casaco e usando suas botas.

— Eu limpei a rua, para o caso de o senhor precisar chamar alguém aqui ou sair de casa.

— Obrigado — agradeceu ele.

— Escute... como o senhor está de lenha? Tem um pouco de comida em lata que possa comer enquanto a neve estiver pesada? — perguntou Ian.

— Eu vou sobreviver — respondeu ele.

Geralmente, neste momento Ian lhe daria um pequeno aceno e, a seguir, se viraria e seguiria até chegar à Rodovia 36, para continuar a fazer suas coisas. Só que, dessa vez, xingando baixinho, ele levantou a lona que cobria seu carregamento, encheu os braços e foi direto até a porta, segurando a madeira, mas o senhor barrou o caminho. Ian o encarou.

— Qual é — disse ele. — Eu trouxe lenha para a sua lareira.

Depois de um instante de hesitação, o cara o deixou passar, fazendo cara feia. Ao entrar na casa, ainda segurando a lenha, Ian sentiu um cheiro horrível. Ele ficou de boca fechada, já imaginando qual seria o problema. Quando se agachou para empilhar a lenha ao lado da lareira de metal, ele tirou a luva e tocou o exterior da lareira. Estava gelada. Ele se levantou, saiu da casa e trouxe mais um carregamento de madeira. Ao passar pela porta, deu uma olhada no resto da propriedade e viu aquilo que esperava encontrar — o banheiro externo se encontrava sob alguns bons centímetros de neve e não havia trilha até o lugar. O homem não conseguiria rachar a própria lenha, se tivesse madeira disponível, e, ou não conseguia ir até o banheiro, ou estava muito preocupado com a possibilidade de cair na neve e não conseguir se levantar. Ele não devia ter a força necessária para retirar a neve com uma pá. Sendo assim, tinha usado o penico várias vezes, e só o esvaziaria quando conseguisse chegar até o banheiro. Era horrível.

Ian levou um terceiro carregamento de lenha e disse:

— Acenda o fogo. Eu vou tirar a neve do caminho para você. Cadê a pá?

— Não se dê ao trabalho. Eu vou...

— Não discuta comigo. Cadê a porcaria da pá?

Ele inclinou a cabeça na direção da porta. Ian saiu, deu uma olhada na lateral da casa e encontrou a pá, encostada na parede, quase soterrada pela neve. Bom, ele estava perdendo sua clientela e estava com pressa, então teria de ser uma trilha estreita. No entanto, precisava ser feita. Só um idiota morreria congelado no meio da própria sujeira por causa de orgulho.

E isso não aconteceria comigo, porque eu não deixaria.

Assim como ele sempre tinha acreditado que não deixaria se transformar no próprio pai? A ideia o fez parar para pensar...

Assim que abriu a trilha, Ian bateu à porta do homem.

— Você gosta de ensopado de carne enlatado? — perguntou ele, sem preâmbulos.

— Por quê?

— Eu tenho umas latas sobrando. Pensei em passar aqui mais tarde para deixar algumas.

— Não tem necessidade.

— Qual é, cara... é um gesto amigável. A mulher que está na minha casa detesta esse ensopado e não vai comer, então vão sobrar umas latas. Você estaria me fazendo um favor me ajudando a me livrar do excesso...

O homem deu de ombros.

— Você planta maconha lá em cima?

— Claro que não. Por que a pergunta?

— O que é que você faz lá?

— Eu derrubo árvores e vendo lenha na minha caminhonete. Pesco um pouco. Nos últimos dias, tenho tirado um monte de neve dos caminhos. Não sei o seu nome.

— Estamos quites — disse o velho. — Já que eu nunca soube o seu.

— Ian Buchanan — apresentou-se ele, sem estender a mão.

— Michael Jackson — respondeu o velho, e Ian tentou conter uma gargalhada.

O homem franziu a testa de maneira sombria e Ian percebeu, tarde demais, que o camarada provavelmente não assistia televisão havia décadas, se é que um dia chegou a fazer isso.

— Prazer em conhecê-lo — disse Ian. — Senhor Jackson.

— Tem certeza de que você não planta maconha? Porque não me misturo com plantadores por lata nenhuma de ensopado.

— Tenho certeza — assegurou Ian. — Vou passar para deixar umas comidas enlatadas mais tarde. Mas, por enquanto, o senhor tem acesso ao banheiro e a casa está aquecida.

Ian voltou para a caminhonete, ajustou a pá de neve para que não arranhasse a rua e fez a manobra para ir embora. Não houve um "obrigado" ou "prazer em conhecê-lo". Mas, até aí, Ian vinha cuidando da rua em frente à casa do homem havia mais de dois anos sem fazer questão de qualquer tipo de interação social.

Contudo, não havia dúvidas de que as coisas vinham piorando um bocado para o velho. O sr. Jackson tinha conseguido tirar a neve da frente de casa até aquele momento, mas agora ele mal conseguia ir até os fundos do terreno para usar o banheiro, e era bem possível que não houvesse comida na casa. Lembrando-se de como o dr. Mullins passava para ver como o velho Raleigh estava no fim da vida, Ian decidiu mencionar a situação ao médico. Michael Jackson não poderia ser mais um peso em sua consciência; ela já era pesada o suficiente.

Ian demorou mais do que o de costume para entregar a lenha. Ele precisou esperar que dois clientes fossem tirar dinheiro no caixa eletrônico, já que ele não podia arriscar receber um cheque sem fundo àquela altura. Quando voltou para a cabana, já estava de tarde e ele tinha passado oito horas na rua. Ao entrar em casa, Marcie tinha deixado a água do banho dele prontinha, fervendo em cima do fogareiro.

— Ora, Abigail — disse ele, sorrindo para ela. — Estou vendo que você estava pronta para a minha chegada. Diga, você arou os campos?

— E reconstruí o celeiro — respondeu ela, sorrindo. — Você demorou muito hoje.

— Alguns dias são melhores que outros — comentou ele. — Tenho que dar uma saída rápida. Nem quinze minutos — disse ele, e foi até o armário. — Quanto desse ensopado você acha que podemos doar?

— Por quê?

— Acho que o senhor aqui do lado está com a despensa meio vazia.

Ele começou a retirar grandes latas do armário e empilhou oito em cima da mesa. A seguir, foi até o baú para pegar uma sacola, que encheu com as latas.

— É um gesto bonito, Ian. Dividir com ele assim.

— Que nada. Eu só não quero o cheiro ruim da sujeira dele chegando na minha propriedade. Deixe minha água esquentando, por favor? Já volto.

Quando Ian parou em frente à casa de Michael Jackson, o homem que ele encontrou não estava mais amigável ou receptivo do que estivera mais cedo, mas, pelo menos, não criou caso por causa do ensopado. Ele aceitou a comida, acenou com a cabeça e fechou a porta.

Naquele momento, Ian teve uma epifania. Você podia viver dos dois jeitos ali: criando vínculos com a cidade, com os vizinhos, fazendo parte da comunidade e vivendo uma existência conectada, em que a confiança mútua ajudava a passar pelos momentos difíceis. *Ou* viver daquele jeito ali. Se você nunca deixa as pessoas se aproximarem, elas logo entendem o recado de que você quer ser deixado em paz. Ali nas montanhas, onde vizinhos estavam separados por quilômetros, colinas, árvores enormes e, com frequência, adversidades, ninguém lutava por sua amizade ou pela companhia de ninguém. Era preciso, pelo menos, fazer a sua parte.

Ian não tinha oferecido muito para as pessoas ao redor dele, ali em Virgin River. Estava agindo exatamente como seu pai. Graças a Deus

Marcie tinha ignorado esse fato, mas Ian sabia que precisava mudar as coisas se não quisesse terminar como Jackson, ou como o velho Raleigh.

Quando Ian chegou em casa, Marcie estava brincando de Abigail, e isso era uma coisa bonitinha. Eles tinham apenas mais alguns dias juntos, e ele queria aproveitar ao máximo. Por saber que era difícil para ela ir embora e pôr um fim àquela missão, ele facilitaria ao máximo as coisas.

Então, ele tomou banho, comeu, abraçou Marcie por um tempinho e leu em voz alta a parte mais quente do romance que ela pegara na biblioteca, o que, definitivamente, não era nada se comparado à cena real que se seguiu. Depois, se arrumaram um pouco e pegaram o carro para ir até Fortuna lavar umas roupas. Foi ali que ele revelou seus planos.

— Amanhã, quando eu chegar em casa depois das entregas, vou tirar seu carro de debaixo da neve e rebocá-lo até a cidade. Lá, vou estacionar seu fusca em frente ao bar do Jack, colocar umas correntes de neve no porta-malas e mostrar a você como faz para usá-las, assim você vai estar em segurança quando estiver pronta para ir para casa. Por favor não tenha um acesso enquanto eu não estiver por perto e tente ir embora sem se despedir, ok? Não é seguro para você descer a montanha de fusca sem usar as correntes nos pneus. Promete?

— Prometo — disse ela.

— Quero ter certeza de que você está segura. Cuidada.

Ela olhou para baixo, do jeito que ele sabia que ela faria. Triste. Em silêncio. Marcie quase nunca ficava quieta.

Com o som da calça jeans batendo dentro da máquina de secar e o murmúrio das demais máquinas zumbindo ao fundo, ele a abraçou e a virou para ele. A seguir, ergueu o queixo dela com o dedo.

— Nós ainda temos tempo, Marcie. Tempo para que você tenha certeza de que me perguntou tudo o que queria, assim você vai poder se sentir bem ao voltar para casa. Assim você vai ter um pouco de paz de espírito.

— E você? — perguntou ela.

Ele acariciou o rosto dela.

— Eu não me sinto assim em paz há anos. Vamos aproveitar ao máximo o tempo em que você estiver aqui — disse ele, dando um beijo de leve nos

lábios dela. — Eu estava com tanta raiva na primeira vez que vi você...
Mas agora isso passou. Você fez coisas muito boas por mim.

— Nós passamos por muito mais coisas do que jamais imaginei — disse
ela. — Mas estou feliz.

— Então, vamos dobrar sua calça jeans e voltar para a cidade. Acho que
podemos beber alguma coisa com Jack e Preacher antes de o bar fechar.
Depois, vamos para casa, acendemos o fogo e, se você quiser, releio a parte
cheia de safadeza daquele seu livro.

Ela deu um tapa no braço dele.

— Ah, qual é, não é safadeza! É romântico!

— Aham — respondeu ele, com um sorriso malicioso. — Muito.

E deu um beijo na testa de Marcie.

Chegando no bar de Jack, descobriram que aquela seria a última noite
do dono na cidade antes da viagem com a família para Sacramento, onde
passariam as festas de fim de ano. Por isso, Mel estava lá, assim como a
irmã de Jack, Brie, e o namorado dela, Mike Valenzuela. O clima era de
festa. David dormia nos aposentos de Preacher, que ficavam atrás do bar,
e todos estavam muito animados com a viagem que fariam no Natal. Ian
e Marcie pediram cerveja e foram contagiados pela animação.

O dr. Mullins não parecia estar por ali, então, enquanto Marcie usava o
telefone da cozinha para dar notícias à irmã, Ian tirou um momento para
conversar com Mel a respeito do vizinho, sugerindo que ele talvez não
estivesse muito bem. Ela apenas sorriu e disse:

— Obrigada, Ian. Antes de ir embora amanhã de manhã, vou falar
com o dr. Mullins e ele vai dar um pulo para ver como estão as coisas por
lá. Se ele precisar de ajuda, o doutor vai fazer o que puder para ajudá-
-lo. Mas esteja ciente de que algumas pessoas das antigas não mudam
a maneira de agir. Elas são teimosas em relação à ajuda, intervenção
médica, por aí vai.

— Nem me diga — comentou Ian. — Eu estava com o velho Raleigh
quando ele se foi.

— Então, você sabe. — Ela deu um sorriso. — Feliz Natal, Ian.

— Para você também.

250

Fazia muito tempo que Ian não comemorava o Natal. A última vez tinha sido com Shelly, antes de ele ir para o Iraque. Tinha dado a ela um anel e, de repente, aquele Natal passou a girar em torno do noivado.

O pai dele nunca tinha gostado muito de Natal. Era a mãe de Ian quem fazia a festa acontecer, decorando a casa, assando comida, preparando cestas para todo mundo que ela conhecia, escolhendo presentes com muito cuidado e carinho. O pai dele sempre aparecia com um presente mixuruca para a esposa, coisas do tipo uma assinatura de revista feminina, um suéter horroroso pelo qual ela agradecia efusivamente, alguns livros de culinária. Ele era famoso por acabar dando alguma coisa para a casa, como uma máquina de lavar ou um aspirador de pó, e dizia:

— Muito bem, então é um presente de Natal antecipado.

Depois que a mãe de Ian morreu, o Natal desapareceu por completo. A árvore não era montada, a casa não era enfeitada com luzes, não havia jantar especial. Ian ficava feliz por não estar por perto.

Mas, no Natal em que Ian deu o anel a Shelly, ele também deu a ela um colar e um lindo penhoar. Agora ele se lembrava dos detalhes, foi nessa ocasião que ele decidiu que *não* seria como o pai. Ele seria atento e cuidadoso.

Para Ian, o Natal daquele ano ainda não seria de verdade, embora ele estivesse mais animado do que tinha se sentido em muitos anos. Não tinha qualquer decoração e, provavelmente, acabaria abrindo uma lata de ensopado para jantar. Ele lamentava não ter um presente para Marcie e se sentia aliviado por ela não ter tido oportunidade ou condições de comprar qualquer coisa para ele. Mas ele gostava do fato de a cidade estar não apenas entrando no clima, mas também homenageando os homens e as mulheres que serviam e protegiam. Só aquilo já fazia daquela uma festa feliz.

Para sua surpresa, começou a pensar em perspectivas melhores para ele. *Porque passei essas semanas incomuns, inesperadas e iluminadas com Marcie.* Ela abrira seus olhos de tantas formas. E, a seguir, ele começou a rir sozinho, porque começou a pensar em fossas sépticas. O que seria preciso comprar para instalar uma fossa séptica, um sistema de aquecimento hidráulico e um banheiro dentro da cabana? Para começar, ele precisaria de dinheiro. Dinheiro de verdade, não a renda irregular que obtinha vendendo lenha no inverno e com o trabalho em meio período na empresa de mudanças durante o verão.

O dono da empresa de mudanças já tinha lhe oferecido algumas vezes um trabalho em tempo integral, porque Ian era forte e rápido, mas ele agradecera e recusara. Agora, estava considerando entrar em contato com o cara e começar por lá. Quem sabe ele pudesse até dar uma olhada ali por perto, ver se havia mais algum emprego... Ian estava em forma e não tinha medo de trabalho.

Então, uma vozinha o lembrou de que fazia quatro anos que ele não preenchia a declaração de imposto de renda, simplesmente porque não estava nem aí. Havia saído do mundo funcional; será que conseguiria, de fato, retornar?

Pelos motivos certos, pensou ele. Marcie o ensinara a rir outra vez. Só isso já o fizera querer arrumar um emprego de verdade e comprar uma fossa séptica. Não porque Marcie se importaria com essas coisas, mas porque seria bom melhorar, em vez de apenas subsistir. E, caramba, fazia um bom tempo desde que ele tomara uma bela de uma chuveirada.

Nesse momento, Marcie saiu da cozinha e se sentou no banco ao lado de Ian, no bar. Não parecia contente.

— Erin Elizabeth está ficando um pouco chateada, quer que eu volte para casa o quanto antes. Aliás, ela mais do que quer.

— Você não pode estar surpresa com isso — comentou Ian. — Você prometeu.

— Eu meio que deixei para contar outra hora que vou ficar aqui até a véspera de Natal. De carro, a viagem é de mais ou menos quatro horas.

Ele passou um dos braços por cima dos ombros dela e a beijou na têmpora.

— É o certo a fazer, Marcie. Sua família ama você, eles precisam de você. Não tome isso como algo garantido.

— Eu sei. Mas exatamente agora tenho tantas *coisas certas* para fazer. Aquecer a água do seu banho, arar os campos...

— Me fazer rir.

— E rugir.

Ao dizer isso, ela sorriu para ele.

— Não importa o que você ache agora, quando chegar em casa, vai ficar feliz — observou ele. — Vai experimentar uma sensação de familiaridade e conforto e... Me diz uma coisa, quando você disse a meu pai que ia procurar por mim, o que foi que ele falou?

— Eu já contei — respondeu ela, concentrando-se na cerveja. — Ele disse que eu, provavelmente, estava perdendo o meu tempo.

— Eu o conheço bem demais. O que mais ele disse?

— Sério, ele era só um velho rabugento.

— Vamos lá, Marcie, você não tem papas na língua. Diga a verdade.

Ela voltou aqueles olhos arregalados, inocentes, preocupados e verdes para ele.

— Ele... Ele disse que, se eu o encontrasse, deveria contar que ele deixou a casa e o carro para o entregador de jornais.

Sem qualquer aviso prévio, Ian irrompeu em uma gargalhada. Ele jogou a cabeça para trás e riu bem alto. Marcie simplesmente ficou olhando enquanto ele gargalhava até chorar. Os lábios dele ainda estavam curvados em um sorriso quando, enfim, se controlou.

— Isso *não* tem graça — disse ela. — Eu acho péssimo.

— Mas é tão típico dele — argumentou Ian. — Será que ele queimou todos os meus cards de beisebol e todas as minhas jaquetas de couro? Ou apenas deu tudo para alguém?

— Bom, ele não merece você — rebateu ela, fazendo um beicinho e depois tomando um gole da cerveja.

— Então você não vai tentar me convencer a voltar a Chico para ver meu pai uma última vez antes de ele morrer? — provocou ele.

Ela pareceu surpresa.

— Ian, eu nunca quis que você fizesse isso. Tenho certeza de que você não ia ver nada que não tivesse visto quatro ou cinco anos atrás.

— Você nega que queria que eu fosse vê-lo uma última vez, Marcie?

— Ian, não! Não, não era isso! Eu queria que *ele* visse *você*. Queria que ele soubesse que você estava bem, que não importava o quanto ele tivesse sido malvado, não importava com quanta crueldade ele lhe tivesse tratado, você estava bem. Forte e bem. Ou, para ser mais específica, eu queria que você o deixasse saber de tudo isso. Juro por Deus.

— Por quê? — perguntou ele, completamente confuso.

Ela cobriu a mão dele com a sua.

— Por causa da bondade que existe dentro de você. Ele não merece, não fez nada para merecê-la, nunca nem sequer agradeceu a você por isso. Mas é ele quem está em declínio e seria bom fazer isso, deixar aquele velho saber que, apesar de tudo, você ainda é um homem bom, forte e com coração, além de não se parecer em nada com ele. Você nunca vai ser igual a ele. Simples assim. Achei que, talvez algum dia, em algum momento, você pensaria nisso de qualquer maneira, e eu só não queria que você pensasse nisso quando fosse tarde demais. — Marcie sorriu para ele. — Tarde demais não para ele, para você.

— Você acha que me conhece tão bem assim?

— Conheço — respondeu ela. — Tenho observado você com a natureza, com os vizinhos, com tudo. É natural para você não medir esforços para fazer qualquer coisa que precise de coragem e generosidade. Aposto que, para você, essa foi a coisa mais difícil da qual você abriu mão.

Na manhã da véspera de Natal, Ian não acordou para entregar lenha. Ele poderia ter carregado a caminhonete e feito mais uma venda logo antes do Natal, recebendo um pagamento mais alto do que o de costume. Só que, em vez disso, ele preparou o café e serviu Marcie com uma caneca fumegante.

— Bom dia, flor do dia. Hoje é um grande dia para você.

— Você não vai sair? — perguntou ela, sonolenta, sentando-se.

— Hoje não. Seu café está quente, pode confiar.

E ele sorriu para ela.

— Humm — respondeu ela, aceitando a caneca. — Você dá uma ótima Abigail.

— Me diz o que posso fazer para facilitar isso para você?

Ela bebericou o café e pensou um instante antes de responder:

— Duas coisas.

— É só falar.

— Quero que você me leve para a cidade e me deixe lá. Se despeça e simplesmente vá embora. Não fique por lá, não me veja ir embora dirigindo.

Ian assentiu.

— Se é assim que você quer...

— E você pode me dizer se você sente alguma coisa por mim?

Ele pousou as mãos nas ondas bagunçadas do cabelo dela.

— Eu sinto tudo por você. Mas isso não vai mudar os fatos. Nós somos estranhos, vindos de dois mundos diferentes que não se misturam com facilidade, e eu ainda sou um cara com o que chamam de questões, muitas delas. Não estou pronto para fazer nenhuma mudança rápida, embora ache que acabei fazendo umas mudanças pequenas a despeito de mim mesmo. Para começar, agora tenho muito menos pelos.

— Você fez ótimos progressos — disse ela, dando um beijinho nele. — Acho que, se eu tivesse mais tempo...

Ele segurou o queixo dela, controlando a atenção de Marcie.

— Olha só, não vou mentir para você: você mudou tudo. Volte, se você quiser. Mas, se não voltar, não vou julgar você por isso. Lembre-se do que você me disse, que depois de fazer isso, depois de me encontrar e me agradecer, perguntar umas coisas e me contar outras que você queria que eu soubesse, você ia estar livre para seguir em frente. Está tudo bem, Marcie. Mesmo depois do que aconteceu entre nós. *Sobretudo* depois do que aconteceu entre nós. Você agora pode seguir em frente, se quiser. É o que estou esperando.

— E se eu quiser você? — perguntou ela.

— A única coisa no mundo que poderia me deixar triste seria a incapacidade de fazer você feliz. E isso é o que mais me deixa assustado, que você me queira e que eu a decepcione.

— Por que você sequer pensa nisso?

— É só um velho hábito patético — respondeu ele.

— Aposto que pode mudar esse hábito se você quiser.

Ele sorriu.

— Essa é uma das melhores coisas em você, sabia? Esse otimismo eterno.

— Ah, Ian, isso não é otimismo. É fé. Você deveria dar uma chance a ela qualquer hora dessas.

Dezesseis

À uma da tarde, Ian levou Marcie até a cidade, onde seu fusquinha verde estava estacionado. Ele mostrou a ela como colocar as correntes nos pneus traseiros, para o caso de ela pegar neve. Mas, naquele momento, as ruas estavam limpas como o céu, e ela estava pronta para ir. Seria melhor se pegasse a estrada dentro das próximas horas. Então, ele a abraçou e lhe deu um beijo longo e carinhoso, sem nem sequer olhar em volta para ver se eles tinham plateia. E disse:

— Obrigado por ser páreo para a minha teimosia.

— Não sei se concordo com isso — respondeu ela. — Isso é bem difícil.

— Quando você chegar em casa, vai começar a se sentir bem por estar com todos eles. Eles sempre apoiaram você — disse ele, fazendo questão de lembrá-la disso.

— Ade…

Ele tocou os lábios dela com um dedo.

— Shhh, não diga isso. Dirija com cuidado.

— Se eu escrever uma carta, você vai me responder?

— Com certeza — prometeu ele.

— Ora, ora, que progresso — disse ela, a voz fraca. — Eu… Ah, eu deixei uma coisa para você. Enfiei no meio das suas roupas, no baú, quando você não estava olhando.

— Ah, Marcie, você não devia ter feito isso.

— Não é um presente de Natal nem nada do tipo. É só uma coisa que eu queria lhe dar, mas nunca aparecia o momento certo. E, então, decidi que você deveria ter privacidade quando recebesse isso. Eu vou voltar a vê-lo, Ian. — Ela deu um sorriso trêmulo e uma lágrima escorreu em seu rosto. — Cuide bem de Buck.

— Pode deixar — respondeu ele, tocando mais uma vez os lábios dela. — Até mais tarde.

— Certo, então. Até mais tarde.

Ela subiu os degraus para entrar no bar enquanto ele seguia para a caminhonete. Ela escutou aquele motor rouco e alto à medida que ele se afastava. Marcie percebeu que ele não tinha pedido para ela deixar seu número de celular, caso ele ficasse louco e decidisse ligar. Ela deixaria o número dela com Preacher, e Ian já tinha o número da sua casa, que ela escrevera naquelas cartas que não tinha lido. No entanto, Marcie tinha poucas esperanças de que Ian fosse frequentar a cidade depois que ela fosse embora. Na verdade, estava preocupada com a possibilidade de ele se afundar ainda mais em si mesmo.

O bar estava calmo naquela hora do dia — apenas alguns clientes regulares terminando de almoçar. Preacher saiu dos fundos do estabelecimento e disse:

— Como vão as coisas, Marcie?

— Tudo bem, tudo certo. Estou voltando para Chico daqui a pouco. Mas, antes, queria um café. Pode ser?

— Com certeza. Você está bem?

— Acho que sim. Acabei de me despedir de Ian. Estou odiando ir embora. Quem diria que eu o encontraria e que ficaria tão próxima a ele?

— Mas você o encontrou — repetiu Preacher, servindo o café. — E suponho que você tenha cuidado de todos os assuntos pendentes.

— Foi. Nós conversamos muito. Está tudo certo — confirmou ela, erguendo o olhar, com coragem.

— É disso que gosto de ouvir. Ao que parece, ele é um cara sempre disposto a ajudar. Ele encontrou aquele garoto, né? Travis Goesel. Salvou a vida dele.

Marcie arregalou os olhos.

— Foi o Ian?

— Foi. Ele desenterrou o garoto de dentro de um abrigo de neve que o rapaz tinha feito para não morrer congelado, depois carregou Travis por mais de um quilômetro. O garoto tem mais ou menos um metro e oitenta e é grandalhão, pesado. Ian rasgou a camisa e esquentou o menino. Sério, mais uma hora ali e ele não passaria de um defunto. O garoto está bem. Ele vai abrir os presentes com a família dele amanhã de manhã.

— Ele me disse que... Ian me contou que o garoto tinha sido encontrado. Não levou o crédito por nada. Escute, Preacher... Meu Deus, não sei como pedir isso, mas será que tem como você tentar tirar ele de casa um pouco? O Ian? Não precisa ser nada muito grandioso, mas, enquanto eu estava lá, ele saiu um pouco daquela montanha e...

— Claro, garota. Nós gostamos da companhia dele.

— E eu queria deixar o número do meu telefone em Chico, por via das dúvidas. — Ela puxou um dos guardanapos do balcão e escreveu ali seu nome e telefone. — Se algum dia você precisar entrar em contato comigo, por qualquer motivo, este é o meu número. Eu tenho uma secretária eletrônica, você pode deixar recado. — Ela escreveu mais algumas coisas no guardanapo. — Celular — explicou. — Quero que você consiga falar comigo se... Bom, você sabe.

— Com certeza. Claro.

Preacher dobrou o guardanapo e o guardou no bolso. Então, colocou o bule de café ao lado dela.

— Escute, essa coisa à luz de velas que vai ter hoje à noite vai deixar o bar bem cheio, então nós estamos trabalhando lá na cozinha. Eu tenho que voltar para ajudar Paige. Se você precisar de qualquer coisa, tipo um sanduíche ou algo assim, é só enfiar a cabeça pela porta da cozinha e gritar.

— Vai lá. Eu estou bem. Vou embora depois de beber esse café, obrigada.

Então, Ian encontrara e salvara o garoto. E depois levou todas as latas de ensopado para o senhor que morava ao lado dele. Ou Ian tinha mudado radicalmente, ou sempre tinha sido o tipo de homem que gostava de ajudar os outros sempre que possível. Marcie havia notado algumas mudanças nele, mas na verdade achava que a vida solitária que ele levava não correspondia a quem ele de fato era. Ele não havia fugido mais do que tinha sido abandonado — pelo Corpo de Fuzileiros, pela namorada, pelo pai, pelos irmãos de armas. Então, se isolou durante um tempo, até conseguir se situar, descobrir para onde estava indo e como ia viver. Era possível que a informação que ela trouxera a respeito dos últimos três anos de Bobby e de sua morte o tenham ajudado a colocar um ponto-final naquela história. Era isso que ela viera fazer. Então, se obtivera êxito nisso, estava mais do que satisfeita.

Já em relação ao ponto-final que Marcie esperava conseguir colocar nas próprias questões, tinha acontecido o oposto. Ela agora o amava. E não tinha certeza se conseguiria abrir mão dele. Mas, por enquanto, precisava voltar para suas raízes, para casa. Também não podia abrir mão daquelas outras pessoas.

A porta se abriu atrás dela, mas ela nem sequer se virou.

— Você! Jovem!

Ela se virou e encontrou o dr. Mullins em pé na sua frente.

— Você consegue dirigir um jipe Hummer?

— Claro que não — respondeu ela. — Eu tenho um fusca.

— Bem, você vai aprender. Melinda viajou e eu tenho um caso de lesão na cabeça que preciso levar ao Hospital Valley. Não posso dirigir e cuidar do paciente ao mesmo tempo. Venha.

— Mas eu estou indo embora...

— Agora! — disparou ele, virando-se para sair.

Marcie ficou sentada por um segundo, pensando. A porta se abriu outra vez.

— Eu disse *agora*!

— Ah, pelo amor de Deus — murmurou ela, pegando a bolsa e seguindo o médico.

Ian voltou para a cabana e alimentou o fogo na lareira de metal. Ele pensou em cortar um pouco de lenha, remover um pouco de neve com a pá ou ir até a casa ao lado para ver como estava o senhor que morava ali, mas em vez de fazer qualquer uma dessas coisas, ele se sentou à mesa e não fez nada. Nada, exceto se lembrar de cada expressão no rosto de Marcie, cada frase que ela havia pronunciado. Então, ele pegou o livro que ela alugara na biblioteca e, colocando-o diante de si, começou a reler o trecho romântico do qual ela tanto gostava, que os deixara tão excitados. Ele não conseguia se lembrar de jeito nenhum de ter gostado de alguém tanto assim. Tinha sido só porque fazia muito tempo? Ou ele estava certo quando considerou que, para duas pessoas sem muita prática, eles com certeza aprenderam como satisfazer muito bem um ao outro em um período tão curto?

Foi bom, disse ele a si mesmo, foi bom que Marcie tivesse ido embora. Ela precisava voltar para Chico, onde era o lugar dela. Lá já não era mais a casa dele e ele não voltara àquele lugar desde que o pai jogara a última pá de cal na relação deles. Ian tinha enfrentado a realidade: não havia mais ninguém esperando por ele em Chico. Ninguém.

A não ser Marcie, a garota que tinha feito ele rir e amar.

Mas aquilo tinha acontecido ali, onde as circunstâncias os obrigaram a estar juntos. Quando tudo voltasse ao lugar, o que eles tinham vivido juntos não seria igual.

Ainda assim, ele se perguntou como seria rever o velho pai mais uma vez antes que o homem partisse, antes que fosse tarde demais. Ian não alimentava ilusões; o pai não passaria a agir de maneira calorosa e aco-lhedora. Na verdade, provavelmente estaria pior, por conta da idade e da doença. O velho Buchanan era rígido e impiedoso, e sempre fora assim. Tinha sido impossível impressioná-lo e despertar seu orgulho na época em que ele estava servindo; agora, depois dos últimos quatro anos, con-tinuaria do mesmo jeito.

Mas talvez enfrentar o homem fosse a cura que evitaria Ian de se trans-formar nele. Marcie talvez estivesse certa — ele não tinha de perdoar o pai mais do que precisava perdoar a si mesmo por odiar o pai, por deixar a desaprovação e a maldade do homem transformarem ele em um homem raivoso. Aquela poderia ser a saída daquela situação.

Como uma ruivinha brincalhona e teimosa podia ser tão incrivelmente perspicaz? Aquilo não fazia sentido na cabeça dele. A conta não fechava.

Ian se lembrou de que ela havia deixado *alguma coisa* para ele, mas não queria ver o que era; não tinha certeza se estava preparado. No entanto, outra parte dele pensou que, se ele tivesse alguma coisa concreta para se lembrar dela, talvez pudesse ser uma fonte de alegria em seus dias. Por isso, foi até o baú e, ali, bem em cima, repousava um envelope. Endereçado a Marcie. No verso, ela escrevera:

Querido Ian,

Eu queria te mostrar esta carta. Eu não achava que teria coragem de abrir mão dela, mas, no fim das contas, quero que você fique com ela. Você vai ver o porquê. E eu disse o que disse para valer. Eu me apaixonei por você. Marcie

Ele ficou parado de pé ao lado da lareira, começou a ler a carta e, então, precisou se sentar para terminar. Era uma mensagem de Bobby para Marcie. Foi escrita naquele papel de carta fino oferecido pelas Forças Armadas que você dobrava até virar o próprio envelope, um papel fininho e azul-claro com a imagem de uma águia-americana na página. Considerando a data do carimbo da postagem, era muito provável que Bobby tinha escrito aquelas palavras quando estava sentado ao lado de Ian, enquanto os dois paravam para rabiscar cartas às pressas para as respectivas namoradas a tempo de conseguirem enviá-las pelo serviço postal.

Ei, Marcie, meu amor. Estou com saudades, garota. Eu penso em você todos os minutos de todos os dias e estou contando os segundos para poder sentir seu corpo contra o meu outra vez. Obrigado, meu amor, por ser tão forte ao enfrentar toda essa porcaria. Eu não poderia estar com outro tipo de mulher. Alguns desses caras aqui, as namoradas deles escrevem cartas horríveis sobre como a vida está ruim para elas enquanto eles estão longe, e eu não aguentaria se você fizesse isso. Como eu sabia que você era a garota certa quando tínhamos 14 anos? Eu devo ser um tremendo gênio!

Tenho que dizer uma coisa para você. Eu não estou sendo covarde por dizer isso em uma carta em vez de contar quando eu chegar em casa — é só que não aguento esperar. Sabe, quero isto para sempre. Você provavelmente acha que eu estou doido por falar uma coisa dessas, especialmente agora. Quero dizer, este lugar é horrível. Nós não tivemos muitos problemas, mas outros esquadrões receberam tiros, foram emboscados, encontraram homens-bomba, todas essas merdas, e sabemos que podemos ser nós a qualquer momento.

Um dos motivos pelo qual ainda não fomos nós é Ian. O cara é inacreditável. Nunca conheci alguém como ele, e olha que conheço umas pessoas incríveis, sobretudo aqui nos fuzileiros. O cara é um tremendo de um soldado, meu amor. Ele sabe o que está fazendo. Ele consegue levar você em um território hostil e fazer você pensar que quer estar ali. Ele é a pessoa que não deixa ninguém ficar sentindo pena de si mesmo. Eu já vi esse homem se colocar entre um fuzileiro e um tiroteio. Nós nos machucamos na estrada, um garoto pisou num buraco e quebrou o tornozelo e Ian carregou o cara até o acampamento, deve ter dado uns oito quilômetros. E ele não entregou o garoto para ninguém, nem dividiu o peso. Eu me ofereci para levar o menino por uns dois quilômetros, mas Ian disse: cuide do que é da sua conta, fuzileiro, para que eu não tenha que carregar vocês dois.

Nós achamos uns insurgentes armados quando estávamos fazendo umas buscas de porta em porta e eu vi Ian derrubar um cara sem precisar de arma nenhuma. Uma hora depois, vi Ian segurando um bebezinho iraquiano e conversando com a mãe, sorrindo para ela, consolando a mulher. Não sei como ele faz isso, como ele passa do cara mais forte e malvado daqui para o mais doce. E aí, no fim do dia, quando todo mundo está de saco cheio, sujo e cansado, ele conversa com cada homem, para ter certeza de que eles estão com a cabeça no lugar. Ele não quer que ninguém esteja muito abalado, com medo ou solitário a ponto de não ficar vivo se a gente tiver algum problema. Um dos caras recebeu um pé na bunda e ficou péssimo. Ian podia ter dito para ele segurar a onda e agir com firmeza, mas, em vez disso, ele meio que conversou com ele e, quando o cara chorou, Ian não zombou da cara dele nem nada. Ele só ficou com a mão nas costas do garoto, firme, e conversou com ele de um jeito bem suave, disse que não existem muitas garantias na vida e que algumas coisas demoram um tempo para passar, mas que se servia de consolo, os irmãos dele nunca iriam abandoná-lo. Se a garota não queria ficar com ele, disse Ian, era melhor ele descobrir isso logo. Só uma garota muito especial fica com um fuzileiro.

Ele estava certo, meu amor. Você é especial. Não sei se você toparia se eu realmente ingressasse na carreira militar, mas espero que sim. A verdade é que, se eu for metade do líder e do amigo que Ian é, vou ser uma lenda. E não vejo a hora de você enfim conhecê-lo. Você vai admirar o cara tanto quanto eu. E depois você vai, provavelmente, fazer ele cair duro com um soco por ter feito o Corpo de Fuzileiros parecer uma coisa tão boa. Ha ha. Ele não vai ficar surpreso — eu contei para ele tudo sobre você, como você pode ser uma coisinha pequenininha, mas que não tem medo de se impor e falar as coisas.

Eu sinto tanta saudade de você, meu amor. Vou voltar logo, logo. Te amo, Marce.

Ian respirou fundo algumas vezes e, depois, releu a carta. O que era aquilo? Como é que Bobby o tinha em tão alta conta? Era uma idolatria boba de um herói e Ian não se sentia merecedor daquilo. Só estava fazendo o trabalho para o qual fora treinado, não era nada especial.

Bobby estava certo a respeito de Marcie, porém. Ela era fogo. Mas um fogo lindo que carregava consigo a luz do sol e gargalhadas, aonde quer que fosse. Uma coisinha determinada. Ela não desistia fácil; teria dado uma boa fuzileira. Bobby tinha sorte por tê-la encontrado no nono ano. Não era fácil assim achar uma mulher tão forte, tão poderosa, tão segura de si e do que queria.

Depois de tudo pelo que Marcie passou, depois de todas as coisas que eles compartilharam, que tipo de cara não diria, pelo menos, "Eu te amo também"?

O dr. Mullins levou Marcie em uma viagem alucinante até uma fazenda que ficava no pé da montanha e gritou para que ela o ajudasse com a maca. Depois, ele subiu na parte de trás do veículo para cuidar do paciente, um fazendeiro que tinha levado um coice de um burro na cabeça. A cabeça do homem estava aberta e ele estava vendo imagens duplas, mas ainda estava consciente. Então, enquanto o doutor atendia ao paciente, ele gritava com Marcie, reclamando de como ela dirigia, o que ela não conseguia entender, pois achava que estava indo muito bem, considerando que não estava acostumada com um carro daquele tamanho.

Quando chegaram ao Hospital Valley, tiveram que esperar pelo raio X antes que pudessem deixar o paciente ali. A seguir, o dr. Mullins a fez voltar dirigindo para Virgin River para que ela ganhasse mais experiência na direção daquele carro sem ter gente gritando ao fundo. Ao entrarem na cidade, Marcie estava um caco.

— Vamos lá — disse o médico. — Vou lhe pagar uma bebida. Você merece, se saiu muito bem.

— Bem, quem diria, depois do jeito como você berrou comigo — resmungou ela.

— Que nada, você foi quase tão boa quanto Melinda, o que é bom. Ela tem prática. Desliza aquele carro por aí como se fosse um skate. Vamos lá. É hora de beber.

— Não, dr. Mullins. Era para eu ter saído cinco horas atrás.

— Bom, você não se sente bem por ter ajudado? Dado uma mão? Se você não estivesse sentada bem ali, eu teria de levar Paige ou, quem sabe, a esposa do paciente, que não teria conseguido manter os olhos na estrada. Foi um golpe de sorte para todos nós. Beba um drinque e coma alguma coisa, sim? Você pode dirigir de noite, não pode? Nós vamos encher você de comida e café antes de você ir embora.

— Está bem — disse ela, cansada. — Claro, por que não? Eu já estou mesmo atrasada demais para conseguir pegar a ceia de Natal em Chico.

— Isso aí. Mais uma parada.

— Minha irmã pode não encarar assim...

— O que seria ainda melhor — disse o médico — seria se você bebesse dois drinques e passasse a noite no quarto extra que tem na minha clínica. Isso seria ainda melhor.

— Não — respondeu ela. — Sério, tenho que ir, não posso ficar. Isso só vai me deixar ainda mais triste.

— Bem, como quiser — disse o médico. — A oferta está de pé.

O bar estava cheio, todos se reunindo para o pequeno evento em volta da árvore. Havia bandejas com comidinhas por todo lado, de belisquetes quentes a biscoitos natalinos. Pessoas que Marcie nunca tinha visto antes se apresentaram a ela, perguntaram de onde ela era e se ficaria para ouvir as cantigas de Natal. Ela aceitou o conhaque que Preacher ofereceu, depois as comidinhas e, enfim, foi até a cozinha para telefonar para Erin.

— Eu sinto muito, mas estou atrasada...

— O quê? — disse Erin, quase explodindo. — Você está achando o quê? Você prometeu que vinha para casa!

— Eu estou indo, Erin — respondeu ela. — Aconteceu uma emergência. Um cara da cidade levou um coice na cabeça e o dr. Mullins precisava de alguém que pudesse dirigir até o hospital, assim ele podia cuidar do homem e... Bom, estou cinco horas atrasada e sinto muito. Então, vou pegar o Papai Noel no flagra, mas vou chegar.

— Está de noite! Eu não quero me preocupar com você na estrada!

Marcie respirou fundo.

— Eu dirijo de noite o tempo todo, mas vá em frente, fique sentada e preocupada se quiser. Vou comer um pouco, tomar um café e depois sigo viagem.

Quando Marcie voltou para o bar, estava exausta. Ela se sentia como se tivesse decepcionado todo mundo, sem falar nela mesma. Tinha ficado cansada. Sem dúvida por causa do longo dia, da emoção de deixar Ian, a viagem louca com o dr. Mullins. Mas, acima de tudo, ela se sentia decepcionada porque aquilo que ela e Ian tinham começado não parecia ter futuro.

Mas, até aí, o que poderia esperar? Que rissem juntos, fizessem amor durante uma semana mais ou menos e ele mudaria por completo? E, apesar de todo aquele papo dela — de que ela ficaria na cabana para sempre —, Marcie não tinha muita certeza se depois de um ano não estaria louca. Além disso, ela trouxera algum alívio a ele, mas não tinha curado ninguém; ele ainda tinha muita coisa para curar em si. E Ian provavelmente sabia do que precisava: rachar e vender suas lenhas, alimentar o cervo, cantar pela manhã e aos poucos, devagar, voltar ao mundo.

Por dentro, ela começou a sofrer a perda. Não conseguia evitar que seu coração doesse. Mas lembrou a si mesma que o que mais queria era que Ian enxergasse o próprio caminho para encontrar paz e felicidade. Com ou sem ela. Marcie sabia que tinha seus defeitos, mas egoísmo não era um deles.

As pessoas começaram a sair do bar e se reunir em volta da árvore. Ela seguiu o grupo. Na varanda, alguém disse:

— Aqui, Marcie.

Ela recebeu uma vela. Então, pensou que não faria muita diferença se ela cantasse umas canções natalinas antes de começar a viagem.

A árvore estava esplêndida; brilhava e resplandecia na noite límpida. A estrela emanava um faixo de luz que formava um caminho na rua. Havia muito mais pessoas reunidas lá fora do que dentro do bar. Era evidente que já fazia um tempo que vinham se reunindo. Muita gente estava interagindo e conversando, rindo e acendendo velas, e ninguém parecia estar comandando aquilo tudo. Enfim, alguém disse:

— "Então é Natal".

Devagar, de maneira compassada, todos começaram a cantar — a princípio, um pouco atrapalhados. Quando eles já estavam na metade do primeiro verso, e aquele era um grupo que engrenava no primeiro verso, as vozes ficaram mais fortes. Depois, outra pessoa gritou:

— "Os Três Reis do Oriente"!

E todos recomeçaram. A seguir, veio "Bate o sino", que as pessoas cantaram tropeçando nos versos até que todo mundo, inclusive Marcie, começou a rir. Houve muita gente murmurando sugestões e vagando sem direção, até que uma voz clara, forte e linda se destacou, vinda da parte de trás da multidão. De maneira suave, devagar e melodiosa.

Noite feliz, noite feliz
Ó Senhor, Deus de amor
Pobrezinho nasceu em Belém
Eis na lapa, Jesus nosso bem

O coração de Marcie deu uma cambalhota; os olhos dela se encheram de lágrimas enquanto ela se virava, apenas para encontrar toda a multidão atrás dela também se voltando para a direção de onde vinha a voz. Ela entregou sua vela a alguém, sem fôlego, com os olhos cheios de lágrimas, e abriu caminho empurrando as pessoas. Quando conseguiu atravessar o grupo, ela o viu ali, de pé do outro lado da rua. A luz da estrela caía em cima dele e ela mal o reconheceu. Ele estava barbeado, usando uma calça, uma camisa e uma jaqueta bem arrumadas. E ao lado dele, no chão, havia uma mala de viagem. Pronta.

Ela levou a mão trêmula até a garganta, que estava com um nó imenso. As lágrimas escorriam por seu rosto. Ele sorriu para ela, bem rápido, depois seus olhos se ergueram na direção da estrela enquanto ele cantava.

Noite feliz, noite feliz
Ó Jesus, Deus da luz
Quão afável é Teu coração
Que quiseste nascer nosso irmão
E a nós todos salvar
E a nós todos salvar

Ele era a voz do anjo.

Uma salvação, de fato. Marcie precisou se conter para não cair de joelhos. Mas Ian não parou de cantar; ele deu tudo de si na cantiga, depois em mais um refrão, alto e comovente. Não se ouvia mais a multidão e ninguém se juntou a ele, de tão incrível e apaixonado era o som de sua voz. E quando ele, enfim, chegou ao fim da canção, Ian simplesmente abaixou a cabeça em um gesto de reverência, olhando para baixo.

A princípio, as pessoas suspiraram de puro deleite, depois começaram a aplaudir, mas Marcie apenas caminhou até ele, os olhos brilhando, as pernas bambas. Quando ela o alcançou, colocou a mão no lado do rosto que ostentava a cicatriz longa e fina. E as mãos dele pousaram sobre as ondas macias e vermelhas do cabelo dela.

— O que você está fazendo aqui?

— Ensaiando cantar para as pessoas em vez de para a natureza — respondeu ele. — Era você quem não deveria estar aqui. Achei que seria bom parar para cantar uma ou duas cantigas de Natal antes de ir embora.

— É uma longa história. Mas para onde é que você está indo?

— Para Chico — disse ele, sorrindo. — Tenho um assunto para tratar com uma garota lá.

— Você vai ficar comigo?

— Talvez uma noite, já que está ficando tão tarde. Depois vou encontrar o garoto que entrega jornal para um certo senhor e ver se consigo alugar um quarto.

— Ah, Ian....

Ela jogou os braços em volta dele e ele a tirou do chão, beijando-a profundamente, para a satisfação da multidão que lhes assistia.

No entanto, a seguir, ele a colocou de volta no chão e segurou os braços dela em volta de si.

— Escute, Abigail. Tem umas coisas que você precisa saber. Eu tenho mil quatrocentos e onze dólares e preciso de gasolina. Não tenho poupança. Não preenchi a declaração do imposto de renda nos últimos quatro anos. Se eu não conseguir pagar os impostos do terreno durante a primavera, eu simplesmente vou embora, e não consigo pagar os impostos se não conseguir um emprego, coisa que não tenho há muito tempo. E o meu pai... Não tenho ilusões de que vai ser uma reunião emocionante, cheia de lágrimas. Ele provavelmente vai me chutar na sarjeta. Então, entre nessa sabendo que tudo ainda está uma zona. Só porque cantei alto não significa que...

— Você acha que sou frouxa? — perguntou ela, incrédula. — Você acha que depois de tudo sou uma mulher *fraca*? Se sim, por que você está indo? Eu sei como você detesta fraqueza!

— Para ver se existe alguma coisa para a gente. Eu não machucaria você por nada desse mundo, Marcie. Então me diga se você está disposta a manter este relacionamento mesmo que tudo entre em colapso. Porque entrar nessa é uma grande aposta, sem boas chances, a começar por mim. No fim das contas, posso acabar sendo uma grande decepção.

— Você devolveu os livros que eu peguei na biblioteca? — perguntou ela.

— Não — respondeu ele enquanto balançava a cabeça. — Tinha tanta coisa que eu precisava fazer se eu quisesse ir encontrar você antes do Natal.

Ela sorriu para ele.

— Bem, eu nunca soube muito bem para onde estava indo. Mas tinha essa luz e eu a segui... Eu já disse, eu te amo. Ian, eu te amo tanto. Vou começar a partir disso e lidar com as coisas conforme elas forem aparecendo.

— Mas eu não disse — rebateu Ian. — Porque eu não queria desestabilizar você, desapontá-la. Mas não consigo me lembrar de ter me sentido assim antes. Eu te amo, Marcie. Eu vou tentar qualquer coisa por nós.

— Certo, então. Por que não começamos tendo fé, e partimos daí?

Ele abriu um sorriso para ela.

— Erin Elizabeth vai ficar um tanto insatisfeita quando me vir.

Ela fez um carinho no rosto dele.

— Ela não vai reconhecer você, pelo menos durante uns dias. Você está magnífico. Quem vai alimentar o Buck?

— Buck está por conta própria agora. Nós vamos nos encontrar com ele quando a neve derreter. Pode ser?

— Perfeito — disse ela.

E Marcie pensou: se essas montanhas são lindas no inverno, devem ser de tirar o fôlego na primavera, com a promessa de renovação da vida. Como aconteceria com a dela.

Com a dele.

Com a dos dois.

Este livro foi impresso pela Cruzado, em 2022, para a Harlequin. A fonte do miolo é Minion Pro. O papel do miolo é pólen soft $70g/m^2$ e o da capa é cartão $250g/m^2$.